GW01339878

Сьюзен Коллинз

Сьюзен Коллинз

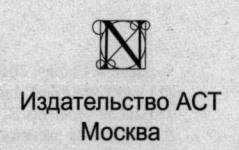

ГОЛОДНЫЕ ИГРЫ:
СОЙКА-ПЕРЕСМЕШНИЦА

Издательство АСТ
Москва

УДК 821.111-312.9(73)
ББК 84(7Сое)-44
К60

Серия «КИНО!!»

Suzanne Collins

MOCKINGJAY

Перевод с английского *А. Шипулина, М. Головкина*

Компьютерный дизайн *В. Воронина*

Печатается с разрешения автора и литературных агентств Intercontinental Literary Agency Limited и Andrew Nurnberg.

Distributed by Buena vista International TM &
© 2015 Lions Gate Entertainment Inc.
All rights reserved.

Коллинз, Сьюзен.
К60 Сойка-пересмешница : [фантастический роман] / Сьюзен Коллинз ; [пер. с англ. А. Шипулина, М. Головкина]. — Москва : Издательство АСТ, 2015. — 416 с. — (КИНО!!).

ISBN 978-5-17-093698-4

Китнисс выжила. Ее семья — в относительной безопасности, но Пит похищен власть имущими, и судьба его неизвестна. И тогда легенда становится реальностью. Таинственный Тринадцатый дистрикт, некогда инициировавший восстание против Капитолия, выходит из тени, где пребывал долгие годы. Начинается война, в которой Китнисс — символ Сопротивления. И если она не хочет оказаться пешкой в большой игре, где жизнь ее любимого принесли в жертву чужим интересам, ей придется стать сильнее, чем на арене Голодных игр...

УДК 821.111-312.9(73)
ББК 84(7Сое)-44

ISBN 978-5-17-093698-4

© Suzanne Collins, 2010
© Lions Gate Films, Inc., 2015
© Школа перевода В. Баканова, 2012
© Издание на русском языке AST Publishers, 2015

Кэпу, Чарли и Изабель

Часть I

ПЕПЕЛ

1

Я опускаю глаза и вижу, как на мои изношенные туфли тонким слоем ложится пепел. Вот тут стояла кровать, которую делили мы с Прим. Там, напротив, — кухонный стол. Ориентиром мне служит груда черных от сажи кирпичей, в которую превратилась печка. Как бы иначе я разобралась в этом море серости?

От Двенадцатого дистрикта не осталось почти ничего. Месяц назад капитолийские зажигательные бомбы спалили дотла бедные домишки шахтеров в Шлаке, лавки и магазины в центре и даже Дом правосудия. Огня избежала только Деревня победителей. Не знаю почему. Возможно, чтобы тем, кто приедет сюда по делам из Капитолия, было, где остановиться. Репортерам, комиссии по оценке угольных шахт, бригаде миротворцев в поисках возвращающихся беженцев.

Пока приехала лишь я. Ненадолго. Власти Тринадцатого дистрикта не одобряли мою поездку — мол, дорогостоящая и бессмысленная авантюра. Ради моей защиты им пришлось поднять по меньшей мере двенадцать планолетов, которые незримо кружат где-то вверху. Никаких полезных сведений поездка не даст. Но я должна была увидеть все сама. Даже поставила это условием нашего сотрудничества.

В конце концов Плутарх Хевенсби, главный распорядитель Голодных игр и предводитель мятежников в Капитолии, сдался:

— Пусть едет. Лучше потерять день, чем еще месяц. Возможно, так она скорее убедится, что мы на одной стороне.

На одной стороне... Левый висок пронзает боль, я прижимаю к нему ладонь. Сюда ударила меня катушкой проволоки Джоанна Мэйсон. Воспоминания вихрем проносятся в голове, пока я пытаюсь сообразить, где истина, а где ложь. Какая череда событий привела к тому, что я стою теперь посреди развалин своего города? Мысли путаются — сказывается сотрясение мозга после того удара. Из-за лекарств, которыми меня пичкают от физической и душевной боли, я порою вижу то, чего нет. Хотя точно не знаю. Я до сих пор не вполне уверена, что, когда однажды пол моей больничной палаты превратился в ковер из кишащих змей, это и впрямь было галлюцинацией.

Я использую способ, подсказанный одним из врачей: начинаю с простейшего — того, что знаю наверняка, — затем перехожу к более сложному.

Меня зовут Китнисс Эвердин. Мне семнадцать лет. Моя родина — Двенадцатый дистрикт. Я участвовала в Голодных играх. Сбежала. Капитолий меня ненавидит. Пита схватили. Его считают погибшим. Скорее всего, он убит. Возможно, лучше, если убит...

— Китнисс? Мне спуститься? — слышится в наушниках, которые мне навязали повстанцы. Мой друг Гейл вверху, на планолете. Внимательно наблюдает за мной и в случае чего мигом спустится.

Я осознаю, что сижу на корточках, обхватив голову руками. Должно быть, со стороны кажется, будто я на грани нервного срыва. Так дело не пойдет. Меня только-только понемногу начали отучать от лекарств.

Выпрямляюсь.

— Нет, все в порядке.

В подтверждение отхожу от моего прежнего дома и бреду в центр. Гейл хотел высадиться вместе со мной, но не настаивал, когда я отказалась. Понимает: любая компания мне сегодня в тягость. Даже его. Есть дороги, которые нужно пройти в одиночку.

Лето выдалось сухим и знойным. Редкие дожди не смыли кучи золы. Она вспархивает от моих шагов и тут же оседает. Ветра нет. Я внимательно смотрю под ноги. Здесь раньше была дорога. Высадившись на Луговине, я споткнулась о камень. Только оказалось, что это не камень, а человеческий череп. Он откатился, зияющие глазницы уставились в небо. Я долго не могла отвести взгляд от зубов, гадая, кому они принадлежали, и представляя, как выглядели бы мои.

По привычке стараюсь придерживаться дороги, но она усеяна останками людей, пытавшихся спастись бегством. Некоторые сгорели полностью, другие, избежав огня, задохнулись от дыма. На полуразложившихся трупах кишат мухи. Вас всех убила я. И тебя. И тебя. И тебя...

Потому что так и есть. Моя стрела, разрушившая силовое поле, вызвала огненный шквал возмездия и повергла в хаос весь Панем.

В голове звучат слова президента Сноу, сказанные мне перед туром победителей: «Вы, Огненная Китнисс, бросили искру, способную разгореться в адское пламя, которое уничтожит Панем». Он не преувеличивал. Возможно, он искренне пытался заручиться моей поддержкой, хотя от меня уже ничего не зависело.

Пожар все еще продолжается, машинально отмечаю я. Угольные шахты вдали изрыгают клубы черного дыма. Впрочем, кому какое дело? Почти все жители дистрикта погибли. Оставшиеся восемь процентов укрылись в Тринадцатом дистрикте — бесприютные беженцы, навсегда лишившиеся родины.

Конечно, так думать не следует. Я должна быть благодарна за то, что нас приняли. Больных, израненных, голодных, нищих. Однако мне не дает покоя мысль, что, если бы не мятежники Тринадцатого дистрикта, Двенадцатый был бы цел. Это не снимает вины с меня — ее хватит на всех. Но что бы я смогла без них?

Жители Двенадцатого дистрикта вообще ни в чем не виноваты, им просто не повезло, что у них есть я. И все же некоторые выжившие рады, что вырвались оттуда. Прочь от голода и гнета, гибельных шахт, от плети начальника миротворцев Ромулуса Треда. Крыша над головой — уже счастье, ведь до недавнего времени мы и не подозревали о существовании Тринадцатого дистрикта.

Все, кто выжил, целиком обязаны своим спасением Гейлу, хотя сам он этого не признает. Как только Квартальная бойня была сорвана — когда меня вытащили с арены, — в Двенадцатом дистрикте отключили электричество, экраны телевизоров погасли, и в Шлаке настала такая тишина, что люди слышали биение чужих сердец. Никто и не думал ни протестовать, ни ликовать по поводу случившегося на арене, но уже четверть часа спустя небо заполнилось планолетами и градом посыпались бомбы.

Гейл вспомнил про Луговину — одно из немногих мест, свободных от старых деревянных построек, пропитанных угольной пылью. Он направил туда всех, кого смог собрать, включая мою маму и Прим. Люди снесли проволочное ограждение, теперь обесточенное и безопасное, и Гейл увел их в лес, к озеру, которое отец показывал мне в детстве. Они стояли там и смотрели издали, как пламя пожирает весь их мир.

К рассвету бомбардировщики улетели, языки пламени опали, и к озеру подтянулись последние из спасшихся. Мама и Прим развернули пункт первой помощи, лечили раненых целебными травами из леса. У Гейла было два лука со стрелами, охотничий нож, рыболовная сеть и восемь с лишним сотен напуганных и голодных людей. Гейлу помогали все, кто был в состоянии охотиться. Удалось продержаться три дня. А потом неожиданно прилетел планолет из Тринадцатого дистрикта. На новом месте уцелевших разместили в чистых квартирах с белыми стенами, снабдили новой одеждой и кормили три раза в день. К сожалению, жилье подземное, одежда совершенно одинаковая, а еда довольно безвкусная, но для беженцев из Двенадцатого это мелочи. Главное — они живы, они в безопасности, их не бросили на произвол судьбы, а приняли с распростертыми объятиями.

Вначале я никак не могла понять, с чего это нам так радуются, но один человек по имени Далтон открыл мне глаза.

— Вы им нужны. Я им нужен. Мы все. Некоторое время назад у них тут была какая-то эпидемия вроде оспы. Многие умерли, остальные стали бесплодными. Племенной скот — вот кто мы для них.

Несколько лет назад Далтон сбежал из Десятого дистрикта и пешком пришел в Тринадцатый. У себя в Десятом он работал на скотоводческой ферме. Занимался сохранением генетического разнообразия стада при помощи замороженных коровьих эмбрионов. Похоже, он знает, о чем говорит, — детей в Тринадцатом и вправду почти не видно. Ну и что с того? Нас не держат в загоне, дают возможность получить профессию, дети ходят в школу. Подростки старше четырнадцати получили низший армейский чин, их теперь почтительно называют солдатами. Каждому беженцу власти автоматически предоставили гражданство.

Все равно ненавижу их. Хотя теперь я почти всех ненавижу. Больше всего себя.

Дорога под ногами стала тверже, под ковром пепла чувствуется булыжная мостовая. Я на площади. Ее границами служат невысокие насыпи из золы и мусора, в которые превратились магазины. Груда черных обломков на месте Дома правосудия. Иду туда, где стояла пекарня родителей Пита. Я узнаю ее только по оплавленной печи. Родители Пита и оба старших брата погибли в огне. Из тех, кто в Двенадцатом дистрикте считался зажиточными, спаслось не больше десятка. Питу не к кому больше возвращаться. Кроме меня...

Отступив на несколько шагов, я спотыкаюсь и падаю на кусок раскаленного от солнца металла. Что это? Тут я вспоминаю недавние нововведения Треда. Колодки, позорный столб и виселица, на обломках которой я теперь сижу. Черт. Вот угораздило. Перед глазами проносятся картины, мучающие меня и днем и ночью. Пит под пытками — его топят в воде, жгут железом, режут, бьют током, калечат, пытаясь вытащить из него то, о чем он не имеет понятия. Я изо всех сил зажмуриваюсь и пытаюсь дотянуться до него через многие сотни миль, передать ему мои мысли, сказать, что он не один. Но он один. Я ничем не могу ему помочь.

Бежать. Скорее прочь с этого места! Туда, где нет углей и пепла. Я пробегаю мимо того, что было домом мэра, где жила моя подруга Мадж. Ни о ней, ни об ее родственниках ничего не известно. Эвакуировали их в Капитолий благодаря положению отца или оставили огню? Из-под ног поднимаются тучи пепла, я закрываю рот краем рубашки. Мне не хватает воздуха — не столько от того, что я вдыхаю, сколько от сознания, кого я вдыхаю.

Вот и Деревня победителей. Трава здесь тоже выгорела, и земля усыпана серыми хлопьями, но двенадцать домов стоят целы и невредимы. Я вбегаю в тот, где жила в прошлом году, захлопываю дверь и прислоняюсь к ней. Все осталось на своих местах. Чистота и порядок. Тихо до жути. Зачем я вернулась в Двенадцатый? Неужели думала найти здесь какие-то ответы? Ответы на вопросы, от которых не скрыться.

— Что мне делать? — шепотом спрашиваю я у стен. Я правда не знаю.

Приходят люди, разговаривают со мной. Все говорят и говорят. Плутарх Хевенсби. Фульвия Кардью, его деловитая помощница. Всяческие чиновники. Военные. Только Альма Койн, президент Тринадцатого, помалкивает. Наблюдает со стороны. Ей пятьдесят или около того. У нее потрясающие волосы, ни одной выбившейся пряди, даже ни одного секущегося кончика. Идеальные. Глаза — серые, но не как у выходцев из Шлака. Бледно-бледно-серые, такие светлые, будто все живые краски из них выкачали. То, что осталось, напоминает цветом грязный подтаявший снег в конце зимы.

Им нужно, чтобы я взяла на себя роль, которую они для меня придумали. Стала символом революции. Сойкой-пересмешницей. Бросить вызов Капитолию, вдохновить повстанцев — недостаточно. Теперь я должна стать настоящим лидером — лицом, голосом и плотью революции.

Указать путь к победе. Я буду не одна. У них тут целая команда. Позаботятся о макияже, подберут одежду, напишут речи, организуют выступления — звучит до жути знакомо, не так ли? Мне останется только сыграть роль. Иногда я их слушаю, иногда только притворяюсь внимательной и разглядываю безупречно уложенные волосы Койн — может, это парик? В конце концов у меня начинает болеть голова, или сосать в желудке, или я чувствую, что начну биться в истерике, если сию же минуту не выберусь на поверхность. Не говоря ни слова, встаю и выхожу.

Вчера, перед тем как за мной закрылась дверь, я услышала слова Койн:

— Говорила же, в первую очередь надо спасти парня.

Это она о Пите. Я с нею согласна. Из Пита получился бы замечательный лидер.

А кого они вытащили вместо него? Меня, не желающую иметь с ними никаких дел. Еще Бити, изобретателя из Третьего. Бити я почти не вижу — едва он смог садиться на постели, его подключили к разработке оружия. Прямо на кровати отвезли в какой-то секретный отдел, и теперь он только иногда показывается в столовой. Он очень умный и рад внести свой вклад в борьбу, но повести за собой не сможет. Потом — Финник Одэйр, секс-символ рыбацкого дистрикта. Это он не дал умереть Питу на арене, когда я ничем не могла ему помочь. Из Финника тоже хотят сделать вождя повстанцев, только сперва нужно добиться, чтобы он не отключался каждые пять минут. Даже когда он в сознании, приходится повторять все по три раза, прежде чем до него дойдет. Врачи говорят, это из-за электрического шока, полученного на арене, но я знаю, что причина гораздо сложнее. Финник не может ни на чем сосредоточиться, потому что постоянно думает об Энни, сумасшедшей девушке из его дистрикта, — что с нею стало. Энни — единственная на земле, кого любит Финник.

В Тринадцатом я оказалась в том числе и по его милости. Но уже почти не держу на него обиды. Он, по крайней мере, понимает, каково мне. Да и трудно злиться на того, кто постоянно плачет.

Осторожно, стараясь не шуметь, обхожу первый этаж. Будто на охоте. Беру пару вещей на память: фотографию родителей в день свадьбы, синюю ленточку для волос, семейный справочник по лекарственным и съедобным растениям. Книга раскрывается на странице с желтыми цветами. Я быстро захлопываю ее. Цветы нарисовал Пит.

Что же мне делать?

А нужно ли вообще что-то делать? Мои мама, сестра, Гейл с семьей наконец в безопасности. Другие — либо погибли, чего уже не исправить, либо укрылись в Тринадцатом. Есть еще повстанцы в других дистриктах. Конечно, я ненавижу Капитолий не меньше, чем они, вот только принесу ли пользу повстанцам, став Сойкой? Как я могу помочь дистриктам, когда любой мой шаг оборачивается страданиями и гибелью людей? В Одиннадцатом дистрикте расстреляли старика за то, что он насвистывал мелодию Руты. У нас, в Двенадцатом, стало только хуже после того, как я заступилась за Гейла, когда его хотели высечь. Цинну, моего стилиста, перед Играми избили и выволокли без сознания из Стартового комплекса. Осведомители Плутарха считают, что его убили на допросе. Цинна, такой умный, загадочный, великодушный, умер из-за меня. Нет, нельзя об этом думать. Иначе мой хрупкий разум не выдержит и я совершенно потеряю связь с действительностью.

Что делать?

Став Сойкой-пересмешницей... чего я принесу больше, пользы или вреда? Кто мне ответит? Чьему ответу я поверю? Уж конечно, не той компании из Тринадцатого. Клянусь, я бы сбежала оттуда. Если бы не одно «но». Пит. Знай я наверняка, что он погиб, ушла бы в лес — только меня и видели. Даже не оглянулась бы. Но пока ничего не известно, я связана по рукам и ногам.

Внезапно за спиной слышится какое-то шипение. Я оборачиваюсь. В дверях кухни, хищно изогнув спину, плотно прижав уши к голове, стоит самый уродливый кот в мире.

— Лютик! — вырывается у меня.

Тысячи людей погибли, а он выжил и даже не исхудал. Что же он ел? Мы всегда оставляли приоткрытым окно в кладовке, чтобы он мог приходить и уходить, когда ему захочется. Наверное, ловил полевых мышей. О другой возможности думать не хочется.

Я сажусь на корточки и протягиваю руку:

— Иди ко мне, малыш.

Ага, как же. Он злится. Мы бросили его одного. К тому же в руке у меня ничего нет, а еда — это основное, что до некоторой степени примиряло его с моим существованием. На какое-то время мы с ним, правда, едва не сдружились. Так вышло, что мы оба невзлюбили новый дом и, случалось, в одно и то же время приходили к старому. Теперь это в прошлом. Желтые глаза Лютика недобро сверкают.

— Хочешь к Прим? — спрашиваю я.

Кот пошевелил ушами. «Прим» — единственное слово, кроме собственного имени, которое что-то для него значит. Хрипло мяукнув, он подходит ближе. Я беру его на руки, глажу, потом достаю из шкафа охотничью сумку и без лишних церемоний засовываю в нее кота. По-другому поднять его на планолет не получится, а эта животина слишком много значит для моей сестры.

Ее коза Леди, от которой действительно есть толк, к сожалению, не показалась.

Голос Гейла в наушниках говорит, что пора возвращаться. Однако охотничья сумка напомнила мне еще об одной вещи, которую я хотела взять. Вешаю сумку на спинку стула и взлетаю по ступенькам на второй этаж, в свою спальню. В шкафу висит отцовская охотничья куртка. Я привезла ее перед Бойней из нашего старого дома. Подумала, что куртка будет напоминать матери и Прим обо мне, если я не вернусь, и, может быть, утешит их. Слава богу, иначе она бы тоже превратилась в пепел.

Кожа мягкая и приятная на ощупь. Сколько часов я провела, закутавшись в эту куртку! От воспоминаний на душе становится тепло и спокойно.

Неожиданно ладони покрываются потом. Какое-то странное ощущение в затылке. Резко поворачиваюсь. Никого нет. В комнате порядок. Все на своем месте. Тишина. Меня испугал не звук. Тогда что?

Ноздри невольно вздрагивают. Запах. Тяжелый, неестественный. Среди высохших цветов на комоде что-то белое. Осторожно переставляя ноги, подхожу ближе. В вазе, едва видимая в кругу своих увядших сородичей, стоит белая роза — свежая и безупречная до кончиков лепестков, до последнего шелкового листика.

Я немедленно понимаю, от кого она.

От президента Сноу.

Задыхаясь от запаха, пячусь, поворачиваюсь и бегу прочь. Сколько она здесь простояла? Сутки? Час? Прежде чем мне разрешили сюда прилететь, здесь побывали разведчики повстанцев. Искали взрывчатку, жучки, все, что может представлять опасность. На розу они могли не обратить внимания. Всего лишь цветок. Только не для меня.

Внизу хватаю со стула сумку и по пути несколько раз задеваю ею пол, прежде чем вспоминаю, что она не пустая. Стоя на лужайке, отчаянно машу руками планолету. Толкаю локтем бьющегося в сумке Лютика, отчего тот приходит еще в большую ярость. Наконец появляется планолет и вниз спускается лестница. Становлюсь на ступеньку, и меня, обездвиженную током, поднимают на борт.

Гейл помогает мне сойти с лестницы.

— Все в порядке?

— Да, — отвечаю я, смахивая рукавом пот с лица и едва сдерживая крик: «Он прислал мне розу!» Лучше помалкивать, тем более когда за нами наблюдает Плутарх. Со стороны это будет похоже на бред. Будто я все это себе вообразила (что не исключено) или делаю из мухи слона. И в том и другом случае билет в страну наркотических грез, из которой я едва вырвалась, мне гарантирован. Никто другой не поймет, что такого страшного в цветке, пусть даже от президента Сноу. Потому что никто, кроме меня, не сидел с ним в кабинете перед туром победителей и не слышал его угроз. Это не просто цветок. Это обещание расплаты.

Белоснежная роза на комоде — послание, адресованное лично мне. О том, что пора платить по счетам. «Я найду тебя. Достану где угодно. Возможно, я уже сейчас вижу тебя», — шепчет она.

2

Может быть, капитолийские планолеты уже мчатся сюда, чтобы развеять нас по ветру? Все время, пока мы летим над Двенадцатым дистриктом, я жду нападения. Ничего не происходит. Через несколько минут я слышу радиообмен между пилотом и Плутархом о том, что воздушное пространство свободно, и немного успокаиваюсь.

Гейл кивком показывает на вопящую охотничью сумку:

— Так вот зачем тебе непременно надо было вернуться.

— Как будто был хоть один шанс его найти.

Сбрасываю на мягкое сиденье сумку — мерзкое существо внутри принимается угрожающе рычать — и сажусь напротив у окна.

— Заткнись.

Гейл садится рядом.

— Жуткое зрелище, да?

— Хуже не придумаешь.

Я смотрю в глаза Гейла и вижу в них отражение собственной скорби. Наши руки находят друг друга, жадно цепляясь за ту часть Двенадцатого дистрикта, которую не смог уничтожить Сноу. До конца полета сидим молча. Впрочем, лететь до Тринадцатого всего минут сорок. Пешком — неделя. Бонни и Твилл, беглянки из Восьмого дистрикта, которых я встретила в лесу прошлой зимой, были не так уж далеки от цели. Похоже, не дошли. Я пыталась навести справки в Тринадцатом, но никто ничего о них не слышал. Умерли в лесу, наверное.

С воздуха вид у Тринадцатого дистрикта ничуть не веселей, чем у нашего. Руины, правда, не дымятся, как показывают из Капитолия по телевизору, но на поверхности почти невозможно разглядеть никаких признаков жизни. Все семьдесят пять лет, прошедших с Темных Времен, когда Тринадцатый был якобы стерт с лица земли в войне с Капитолием, новое строительство велось исключительно под землей. Часть подземных сооружений существовала уже не одну сотню лет — тайные убежища для глав правительства на время войны либо последний приют человечества, если жизнь на поверхности станет невозможна. Но самое главное то, что Тринадцатый был центром по разработке ядерного вооружения для Капитолия. В Темные Времена повстанцы изгнали из своего дистрикта правительственные войска и, нацелив ядерные ракеты на Капитолий, предложили сделку: Капитолий оставляет Тринадцатый дистрикт в покое, а Тринадцатый дистрикт делает вид, будто его больше не существует. Хотя на западе страны Капитолий располагал резервным ядерным арсеналом, применить его без риска ответного удара со стороны Тринадцатого было нельзя. Оставалось принять условия. Капитолий разрушил все, что еще уцелело на поверхности, и перекрыл доступ к дистрикту извне. Возможно, лидеры Капитолия полагали, что, оставшись без поддержки, Тринадцатый постепенно вымрет сам. Несколько раз он и впрямь был на грани гибели, однако благодаря четкому распределению ресурсов, строгой дисциплине и постоянной бдительности ему всегда удавалось выкарабкаться и избежать диверсий Капитолия.

Теперь люди почти все время проводят под землей, лишь иногда, по расписанию, выбираясь на поверхность, чтобы размяться и побыть под солнцем. Расписание — это святое. Утром засовываешь в хитрую штуковину на стене правую руку до локтя и получаешь на ее внутренней стороне ядовито-фиолетовую татуировку: *7.00 — Завтрак. 7.30 — Дежурство по кухне. 8.30 — Образовательный центр, ауд. 17.* И дальше в таком духе. Чернила невозможно ни стереть, ни смыть до 22.00, когда по расписанию душ. К тому времени вещество, отвечающее за стойкость чернил, распадается, и весь распорядок утекает в канализацию. Ровно в 22.30 звучит отбой, после чего все, кто не занят в ночную смену, должны быть в постели.

Лежа в госпитале, я обходилась без ежедневного «клеймения». Теперь, переселившись в отсек 307 к маме и сестре, должна жить, как остальные. Как бы то ни было, я не особенно обращаю внимание на эти надписи — за исключением тех, что касаются посещения столовой. В остальное время сижу в нашем отсеке, брожу по Тринадцатому или заваливаюсь спать в каком-нибудь укромном уголке. В заброшенном вентиляционном коробе. За трубами в прачечной. В подсобке образовательного центра. Замечательное место эта подсобка. Никто никогда не зайдет ни за мелом, ни еще за чем. Тут все жутко бережливые, расточительство — чуть ли не уголовное преступление. К счастью, жизнь в Двенадцатом приучила нас быть экономными. Зато Фульвия Кардью как-то раз смяла и выбросила почти не исписанный лист бумаги. Видели бы вы, как на нее все посмотрели, — будто она кого-то убила. Фульвия покраснела как помидор, отчего серебряные розы на ее пухлых щеках стали еще отчетливее. Ходячий символ расточительства. Одно из немногих моих развлечений в Тринадцатом — наблюдать за горсткой отъевшихся капитолийских «бунтарей», как они из кожи вон лезут, чтобы соответствовать.

Не знаю, долго ли наши гостеприимные хозяева намерены мириться с моим полнейшим пренебрежением к пунктуальности и правилам, столь ими любимыми, но пока что меня никто не трогает. Чего ждать от человека, страдающего «психической дезориентацией»? (Такой диагноз значится на пластиковом медицинском браслете у меня на руке.) Впрочем, рано или поздно моим вольным блужданиям придет конец. Да и с Сойкой надо что-то решать.

С посадочной площадки, наматывая лестничные марши, мы с Гейлом спускаемся в отсек 307. Лифт тоже есть, вот только он слишком напоминает тот, который поднимал меня на арену. Мало приятного проводить столько времени под землей, однако сегодня, после той жуткой розы (действительно ли она была?), я впервые чувствую себя тем спокойнее, чем глубже спускаюсь.

У двери с номером 307 я останавливаюсь. Сейчас начнутся расспросы...

— Что мне им говорить о Двенадцатом? — обращаюсь я к Гейлу.

— Вряд ли им нужны подробности. Сами видели, как все горело. Думаю, они больше волнуются за тебя. — Пальцы Гейла касаются моего лица. — И я тоже.

На секунду я прижимаю его ладонь к своей щеке.

— Я справлюсь.

Потом делаю глубокий вдох и открываю дверь. Мать и сестра дома. Сейчас *18.00 — Анализ дня*, полчаса отдыха перед ужином. В глазах у них забота. Будто в душу хотят заглянуть. Прежде чем кто-нибудь успевает произнести хоть слово, я открываю сумку, и вместо анализа дня у нас *18.00 — Обожание кота.* Прим сидит на полу и со слезами на глазах нянчит этого жуткого котищу, а тот урчит, изредка прерываясь, чтобы шикнуть в мою сторону. Особенно уничижительным взглядом он меня награждает после того, как Прим повязывает ему вокруг шеи синюю ленточку.

Мама прижимает к груди свою свадебную фотографию, потом ставит ее на казенный комод, рядом кладет справочник растений. Я вешаю на стул отцову куртку. На мгновение кажется, будто мы снова дома. Все-таки не зря я смоталась в Двенадцатый.

18.30. Мы идем в столовую на ужин, когда на руке Гейла пищит телебраслет — штуковина, похожая на большие наручные часы, но может принимать текстовые сообщения. Телебраслеты — редкость. Их выдают в качестве поощрения тем, кто особенно значим для дела революции. Гейлу этот статус присвоили за спасение жителей Двенадцатого дистрикта.

— Нас с тобой вызывают в штаб, — говорит он мне.

Я плетусь в нескольких шагах позади Гейла, готовясь к очередной промывке мозгов. Вот и штаб — зал заседаний военсовета, оборудованный по последнему слову техники. Тут и говорящие стены со встроенными компьютерами, и электронные карты, показывающие перемещения войск в различных дистриктах, и гигантский прямоугольный стол с замысловатыми приборными панелями — мне до них лучше не дотрагиваться. Останавливаюсь в дверях, никто не обращает на меня внимания. Все собрались в дальнем конце зала у телевизионного экрана, по которому круглые сутки идут передачи из Капитолия. Я уже думаю, не улизнуть ли потихоньку, как вдруг Плутарх, чья массивная фигура загораживала мне телевизор, поворачивается и энергично машет рукой — скорее сюда! С неохотой подхожу ближе. Что там может быть интересного? Всегда одно и то же: военные сводки, пропаганда, кадры бомбежек Двенадцатого дистрикта. Ясная демонстрация того, что нас всех ждет. На таком фоне появление Цезаря Фликермена, вечного ведущего Голодных игр, с раскрашенной физиономией и в блескучем костюме выглядит почти ободряюще. До тех пор пока камера не отъезжает, чтобы показать гостя программы. Это — Пит.

У меня перехватывает дыхание, и я судорожно, со стоном хватаю ртом воздух, будто в последний момент, когда легкие уже разрываются болью от недостатка кислорода, вынырнула из-под воды. Пробившись к самому телевизору, касаюсь ладонью экрана. Вглядываюсь в глаза Пита, пытаясь уловить в них боль, тень страданий, которым его подвергали. Я ничего не нахожу. Вид у Пита не просто здоровый — цветущий. Гладкая, румяная кожа без единого изъяна, как после полной регенерации. Взгляд, движения — спокойные и уверенные. Ничего общего с тем избитым, окровавленным юношей, что виделся мне в кошмарах.

Цезарь усаживается поудобнее в кресле напротив, долго смотрит на Пита.

— Привет, Пит... С возвращением!

Губы Пита трогает легкая улыбка:

— Готов спорить, Цезарь, ты был уверен, что больше меня не увидишь.

— Признаюсь, ты прав. В тот вечер перед Квартальной бойней... кто бы мог подумать, что мы еще встретимся?

— У меня, по крайней мере, такого и в мыслях не было.

Цезарь слегка подается вперед:

— Думаю, все прекрасно знают, что было у тебя в мыслях. Пожертвовать собой ради Китнисс Эвердин и вашего ребенка.

— Именно так. Просто и ясно. — Пальцы Пита обводят узор на мягкой обивке подлокотника. — Только у других тоже были свои планы.

«Еще как были, — мысленно соглашаюсь я. — Значит, Пит обо всем догадался? Что повстанцы использовали нас как пешки в своей игре. Что меня с самого начала планировали спасти. И наконец, как наш ментор Хеймитч Эбернети предал нас обоих ради цели, которая его якобы совершенно не интересовала».

Пока длится пауза, я замечаю морщинки между бровями Пита. Да, он догадался, или ему рассказали. Однако Капитолий не убил его и даже не наказал. Такого я не решалась представить себе в самых смелых мечтах. Я не могу на него наглядеться. Пит — цел, невредим, здоров телом и духом. Осознание этого растекается по моим жилам подобно морфлингу, который мне колют в госпитале, и боль, мучившая меня вот уже несколько недель, отступает.

— Не мог бы ты рассказать зрителям о последней ночи на арене? — просит Цезарь. — Это позволило бы многое прояснить.

Пит согласно кивает, но с рассказом не торопится.

— Та ночь... Последняя ночь... Что ж, тогда для начала пусть зрители попробуют представить, что испытывает трибут на арене. Ты — букашка под колпаком с раскаленным воздухом. Кругом джунгли... зеленые, живые. Гигантские часы, отсчитывающие, сколько тебе осталось. Тик-так, тик-так. Каждый час — новое испытание, одно кошмарнее другого. Шестнадцать смертей за последние два дня. Некоторые погибли, защищая тебя. Если так пойдет дальше, оставшиеся восемь не доживут до утра. Кроме одного. Победителя. И ты сделаешь все, чтобы им стал другой.

Меня окатывает потом при воспоминании. Рука безвольно соскальзывает с экрана. Питу не нужно кистей и красок, чтобы живописать Игры. Он прекрасно обходится словами.

— Когда ты на арене, остальной мир для тебя не существует, — продолжает он. — Все, что ты любил, стало таким далеким, что его как бы и нет. Розовое небо, монстры в джунглях, трибуты, жаждущие твоей крови, — только это по-настоящему реально и имеет значение. Хочешь ты или нет, тебе придется убивать, потому что на арене у тебя лишь одно желание, и плата за него высока.

— Плата — твоя жизнь, — говорит Цезарь.

— Нет, гораздо выше. Убивать ни в чем не повинных людей... Это... это — отдать все ценное, что в тебе есть.

— Все ценное, что в тебе есть, — негромко повторяет Цезарь.

Студию заполнила тишина, и я чувствую, как она растекается по всему Панему. Целая нация приникла к экранам. Никто прежде не говорил о том, каково это — быть трибутом.

— И ты цепляешься за это желание, как за последнее, что у тебя осталось своего, — продолжает Пит. — В ту последнюю ночь мое желание было спасти Китнисс. Я не знал о повстанцах, но чувствовал — что-то не так. Все чересчур запуталось. Я жалел, что не убежал с ней днем, как она предлагала. Но в тот момент это было невозможно.

— Ты был слишком увлечен идеей Бити — пустить электричество в соленое озеро.

— Слишком увлечен игрой в союзники. Никогда себе не прощу, что позволил им нас разлучить! Тогда-то я ее и потерял.

— Когда ты остался у Дерева молний, а Китнисс с Джоанной Мэйсон понесли катушку проволоки к озеру, — уточняет Цезарь.

— Я не хотел оставаться! — Пит даже покраснел от волнения. — Но если бы я стал спорить с Бити, он бы догадался, что мы решили разорвать союз. А как перерезали провод, там такое началось... Всего и не упомнишь. Я пытался ее найти. Видел, как Брут убил Рубаку. Я сам убил Брута. Китнисс звала меня. Потом молния ударила в дерево, и силовое поле вокруг арены... лопнуло.

— Его взорвала Китнисс, — говорит Цезарь. — Ты видел запись.

— Она сама не понимала, что делает, — огрызается Пит. — Никто из нас не знал планов Бити. Китнисс просто пыталась избавиться от провода.

— Что ж, может быть, — уступает Цезарь. — Но выглядит это подозрительно. Как будто она с самого начала была в сговоре с мятежниками.

Внезапно Пит вскакивает, нависает над Цезарем и впивается пальцами в подлокотники его кресла.

— Подозрительно? А что Джоанна едва ее не убила — это как? Тоже часть заговора? Или, может быть, Китнисс хотела, чтобы ее парализовало током? Или чтобы планолеты разбомбили наш дистрикт? — Пит уже кричит. — Она не знала, Цезарь! Никто ничего не знал. Мы только старались спасти друг другу жизнь!

Цезарь кладет руку на грудь Пита — то ли желая успокоить, то ли пытаясь защититься.

— Ладно, ладно, Пит, я тебе верю.

— Хорошо.

Пит выпрямляется и запускает пальцы в волосы, приводя в беспорядок тщательно уложенные светлые локоны. Смущенно садится в свое кресло.

Какое-то время Цезарь молча изучает Пита.

— А как насчет вашего ментора, Хеймитча Эбернети?

Взгляд Пита становится жестким.

— Понятия не имею, что знал Хеймитч.

— Как думаешь, он замешан в заговоре?

— Хеймитч никогда не говорил на эту тему.

— Что подсказывает тебе сердце? — не унимается Цезарь.

— Что Хеймитчу не следовало доверять. Ничего больше.

Я не видела Хеймитча с тех пор, как расцарапала ему лицо в планолете. По слухам, ему тут нелегко. В Тринадцатом дистрикте производство и потребление опьяняющих напитков строго запрещено. Медицинский спирт в госпитале держат под замком. Волей-неволей приходится быть трезвенником, и даже никакой самодельной бурды не купишь для облегчения страданий. Хеймитча держат в изоляции, пока он не просохнет настолько, чтобы его можно было предъявить публике. Жестоко, но так ему и надо, обманщику. Надеюсь, он сейчас смотрит передачу и видит, что Пит в нем тоже разочаровался.

Цезарь хлопает Пита по плечу:

— Если хочешь, мы можем сейчас закончить.

Пит криво усмехается:

— Что мы еще должны обсудить?

— Ну, вообще-то я собирался спросить, что ты думаешь о разгоревшейся войне, но ты, кажется, слишком взволнован...

— Я отвечу. — Пит делает глубокий вдох и смотрит прямо в камеру. — Я хочу, чтобы все, кто меня сейчас видит, неважно, на чьей вы стороне — Капитолия или повстанцев, задумались на минуту, к чему приведет эта война. Мы едва не вымерли во время предыдущей. Теперь нас меньше. Наше положение еще более шаткое. Так чего же мы хотим? Истребить человечество? В надежде... что на дымящихся руинах нашей цивилизации поселится другой, более разумный вид?

— Я не... не совсем понимаю...

— Нам нельзя воевать друг с другом, Цезарь. Нас и без того слишком мало. Если мы все не сложим оружие — и притом немедля, — человечеству конец.

— То есть ты призываешь к перемирию?

— Да. Я призываю к перемирию, — устало повторяет Пит. — А теперь пусть охрана отведет меня обратно, и я построю еще сотню карточных домиков.

Цезарь поворачивается к камере:

— Что ж, на этом специальный выпуск завершен, мы возвращаемся к нашему обычному вещанию.

Звучит финальная музыка, затем дикторша зачитывает список товаров, нехватка которых ожидается в ближайшее время: свежие фрукты, солнечные батареи, мыло. Я не отрываюсь от экрана, будто меня это страшно интересует, знаю — все ждут моей реакции. А как тут реагировать, когда я сама не понимаю, что чувствую. Пит — жив и здоров! И он защищает меня перед Капитолием. А сам, похоже, с ним сотрудничает, раз призывает к перемирию. Да, конечно, он говорил так, будто осуждает обе стороны, но сейчас, пока преимущества у повстанцев столь незначительны, перемирие может означать только одно — все станет как прежде. Или хуже.

За спиной слышатся обвинения в адрес Пита. «Предатель», «лгун», «враг». Слова мячиками отскакивают от стен. Я не могу возразить и согласиться тоже не могу. Поэтому решаю просто уйти. Едва я достигаю двери, как над общим ропотом возвышается голос Койн:

— Тебя никто не отпускал, солдат Эвердин.

Один из ее людей кладет руку мне на плечо. Вполне безобидное действие, но после арены любое прикосновение я воспринимаю в штыки. Вырываюсь, бегу по коридорам. Сзади слышны звуки борьбы, но я не останавливаюсь. Быстро перебрав в уме свои маленькие укрытия, заскакиваю в подсобку образовательного центра и приваливаюсь к коробке с мелом.

— Ты жив, — шепчу я, прижимая ладони к щекам. Мои губы растянуты в такую широкую улыбку, что она, должно быть, смахивает на гримасу.

Пит — жив. Он предатель. Но для меня это сейчас неважно. Не имеет значения, что он говорит, как говорит и по чьему наущению. Главное, что он вообще способен говорить.

Через некоторое время дверь открывается, и кто-то входит. Ко мне подсаживается Гейл. Из носа у него идет кровь.

— Что случилось? — спрашиваю я.

Он пожимает плечами:

— Преградил дорогу Боггсу.

Вытираю ему нос своим рукавом.

— Полегче!

Я стараюсь сильно не нажимать. Промокаю, а не вытираю.

— Кто это?

— Да ты его знаешь. Правая рука Койн. Это он хотел тебя остановить.

Гейл отстранил мою руку.

— Брось! Так я у тебя совсем кровью истеку.

Действительно, после моих стараний кровь уже не капает, а бежит ручьем. Лучше бы не бралась.

— Ты дрался с Боггсом?

— Нет, просто встал в дверях, когда тот хотел бежать за тобой, вот и получил локтем по носу.

— Тебя, наверное, накажут.

— Уже. — Гейл поднял руку. Я смотрю на нее непонимающим взглядом. — Койн забрала у меня телебраслет.

Закусываю губу, силясь сохранить серьезный вид. Все так глупо.

— Сожалею, что доставила вам неприятности, солдат Гейл Хоторн.

— Не стоит, солдат Китнисс Эвердин, — улыбается Гейл. — Все равно я чувствовал себя придурком с этой штуковиной.

Мы оба смеемся.

— Кажется, я безнадежно упал в их глазах.

Вот что мне нравится в Тринадцатом: здесь я могу видеться с Гейлом. Капитолий нам теперь не указ, и мы снова стали друзьями. Гейла это устраивает — во всяком случае, с поцелуями он ко мне не лезет и разговоров о любви не затевает. Может, из-за того, что я еще толком не оправилась, может, хочет дать мне время разобраться со своими чувствами. Или потому, что это будет подло, пока Пит находится в руках Капитолия. Как бы то ни было, теперь у меня снова есть товарищ, с которым я могу делиться сокровенным.

— Что они за люди? — спрашиваю я.

— Такие же, как мы. Но у них было ядерное оружие, а у нас только пара угольных глыб — вот и вся разница.

— Хочется верить, что Двенадцатый не бросил бы остальных повстанцев на произвол судьбы. Тогда, в Темные Времена.

— Кто знает. Если стоит выбор — уступить или начать ядерную войну. Удивительно, как им вообще удалось выжить.

Может быть, оттого, что пепел родного дистрикта еще не успел осыпаться с моих ботинок, я впервые чувствую к Тринадцатому то, в чем до сих пор ему отказывала, — уважение. Он сумел выжить. Несмотря ни на что. Страшно представить, каково тут было в первые годы. Горстка людей, загнанных в подземелье под сожженным дотла городом. Помощи ждать не от кого. За семьдесят пять лет они многому научились, из граждан превратились в солдат и создали новое автономное общество. Они были бы еще сильнее, если бы их не подкосила оспа. Рождаемость упала, и потребовался приток новой крови. Их можно считать солдафонами, послушными винтиками, сухарями, но они живы. И они бросают вызов Капитолию.

— Не слишком-то они торопились себя проявить, — ворчу я.

— Не все так просто. Нужно было создать базу повстанцев в Капитолии, развернуть подполье во всех дистриктах, — говорит Гейл. — Потом понадобился кто-нибудь, кто привел бы все это в действие. Им была нужна ты.

— Им был нужен Пит, тут они просчитались.

Лицо Гейла мрачнеет.

— Сегодня Пит порядком нам навредил. Большинство повстанцев, конечно, пропустят его призыв мимо ушей, но есть дистрикты, где сопротивление слишком слабое. Хотя идея перемирия явно исходит от президента Сноу, в устах Пита она звучит разумно.

Я боюсь услышать ответ Гейла, но все равно спрашиваю:

— Как думаешь, почему он это сделал?
— Возможно, его пытали. Или просто убедили. Но мне кажется, Пит пошел с ними на сделку, чтобы спасти тебя. Он призывает к перемирию, а Сноу позволяет ему представить дело так, будто ты запутавшаяся беременная девушка и мятежники обманом тебя похитили. Если дистрикты потерпят поражение, у тебя будет шанс на помилование, при условии что ты правильно разыграешь эту карту.

Должно быть, вид у меня не шибко умный, потому что следующую фразу Гейл произносит очень медленно:

— Китнисс... Пит до сих пор пытается спасти тебе жизнь.

Спасти мне жизнь? И тут до меня доходит. Игры все еще продолжаются. Арена позади, но поскольку мы с Питом оба живы, его последнее желание — сохранить мне жизнь — все еще в силе. Он рассчитывает на то, что я буду сидеть тихо, не высовываясь, будто меня держат в плену. Тогда никому не понадобится меня убивать. А Пита? Победа повстанцев обернется для него гибелью. Если верх одержит Капитолий, кто знает? Может быть, нас обоих пощадят — конечно, если я правильно разыграю карту, — и мы до конца жизни будем смотреть Игры...

Перед глазами проносятся жуткие картины: копье, пронзающее насквозь тело Руты; избитый до бесчувствия Гейл у позорного столба; мой дистрикт, опустошенный и заваленный трупами. Ради чего? Ради чего? Кровь закипает у меня в жилах, картины меняются. Я вижу первый акт неповиновения, которому стала свидетелем в Восьмом дистрикте. Победителей, стоящих рука об руку в ночь перед Квартальной бойней. Мою стрелу, выпущенную в силовое поле. Случайно? Как бы не так! Я мечтала вонзить ее в самое сердце врага!

Я вскакиваю и опрокидываю коробку с карандашами, которые раскатываются по всему полу.

— Что такое? — спрашивает Гейл.

— Не будет никакого перемирия. — Я подбираю палочки с темно-серым графитом, сую их обратно в коробку. Получается плохо. — Мы не должны отступать.

— Я знаю. — Гейл сгребает карандаши в ладонь и постукивает по полу, чтобы выровнять.

— И все равно Пит не прав.

Дурацкие деревяшки никак не влезают в коробку, я пытаюсь запихнуть их силой, и некоторые ломаются.

— Знаю. Дай сюда. Ты их так все переломаешь.

Гейл забирает у меня коробку и быстрыми точными движениями укладывает в нее карандаши.

— Пит не знает, во что превратился Двенадцатый. Он не видел своими глазами, как я...

— Китнисс, я не спорю. Если бы я мог нажать на кнопку и убить всех, кто работает на Капитолий, я бы это сделал. Без колебаний. — Гейл засовывает последний карандаш в коробку и закрывает крышку. — Вопрос в том, как поступишь ты.

Внезапно я понимаю, что этот вопрос, мучивший меня столько времени, всегда имеет лишь один ответ. Но только выходка Пита помогла мне его осознать.

Как я поступлю?

Я набираю в грудь воздуха. Поднимаю руки, словно вспомнив черно-белые крылья, которые дал мне Цинна.

— Я стану Сойкой-пересмешницей.

3

В глазах Лютика отражается тусклый свет ночника над дверью. Кот снова на своем посту, под боком у моей сестры, защищает ее от ночных опасностей. Прим прижалась спиной к матери. Втроем они выглядят точь-в-точь как в утро перед той Жатвой, что привела меня на Игры.

У меня отдельная кровать. Во-первых, я еще не совсем поправилась, во-вторых, спать со мной рядом все равно невозможно. Из-за кошмаров я мечусь и толкаюсь.

Проворочавшись без толку несколько часов, я наконец смиряюсь с тем, что в эту ночь мне не заснуть. Спускаю ноги на холодный плиточный пол и под пристальным взглядом Лютика на цыпочках крадусь к комоду.

В среднем ящике лежит моя казенная одежда. Тут все носят одинаковые серые рубахи, заправленные в такие же серые штаны. Под одеждой я храню те немногие вещи, что были при мне, когда меня вытащили с арены. Брошка с сойкой-пересмешницей, талисман Пита, золотой медальон с фотографиями мамы, Прим и Гейла внутри, серебряный парашют с трубочкой, чтобы добывать живицу, и жемчужина, которую Пит подарил мне за несколько часов до того, как я взорвала силовое поле. Тюбик с мазью у меня забрали. Для госпиталя. Лук и стрелы тоже. Оружие выдают только охранникам, остальное хранится в арсенале.

Я шарю по дну ящика и достаю подарок Пита. Потом усаживаюсь по-турецки на кровати. Касаюсь губами гладкой переливчатой поверхности жемчужины. Как ни странно, меня это успокаивает. Словно сам Пит целует меня прохладными губами.

— Китнисс? — шепчет Прим. Она проснулась и смотрит на меня сквозь темноту. — Что случилось?

— Ничего. Просто плохой сон. Спи, — машинально говорю я. Я привыкла не посвящать маму и Прим в свои дела. Для их же безопасности.

Осторожно, чтобы не разбудить маму, Прим выбирается из кровати, забирает Лютика и подсаживается ко мне. Дотрагивается до моей руки, сжимающей жемчужину.

— Ты замерзла.

Она берет в ногах кровати запасное одеяло и накрывает им нас обеих вместе с Лютиком. Тепло Прим и жар пушистого кошачьего тела окутывают меня со всех сторон.

— Расскажи мне. Я умею хранить секреты. Даже от мамы.

Куда делась та девчушка с выбившейся и торчащей сзади, как утиный хвостик, блузкой? Пигалица, что не могла дотянуться до верхней полки буфета и тащила меня посмотреть на глазированные пироги в витрине булочной? Тяготы и заботы быстро сделали ее взрослой. Слишком быстро. Моя сестренка умеет зашивать кровавые раны и понимает, о чем можно рассказывать маме, а о чем нет.

— Завтра утром я соглашусь быть Сойкой, — говорю я.

— Ты сама этого хочешь или тебя вынудили?

Я усмехаюсь.

— Наверное, и то и другое. Нет. Я хочу. Я обязана, если это хоть чем-то поможет мятежникам победить Сноу. — Мои пальцы с силой сжимают жемчужину. — Только вот... Пит. Боюсь, если мы победим, мятежники казнят его как предателя.

Прим задумывается.

— Китнисс, по-моему, ты не понимаешь, как сильно им нужна. Они пойдут тебе на уступки. Ты сможешь защитить Пита, если захочешь.

Пожалуй, я и впрямь важная фигура. Сколько им пришлось потрудиться, чтобы меня спасти! А потом даже доставили меня в Двенадцатый дистрикт.

— Ты хочешь сказать... я могу потребовать, чтобы они предоставили Питу неприкосновенность? Думаешь, они согласятся?

— Я думаю, ты можешь потребовать что угодно, и они никуда не денутся. — Прим морщит лоб. — Только вот... сдержат они свое слово?

Да уж. Сколько всего наврал Хеймитч, чтобы мы с Питом делали то, что ему нужно. Почему бы мятежникам не поступить так же? Устное обещание, данное за закрытыми дверьми, или даже письменный документ недорого стоят. После войны окажется, что никто мне ничего не обещал, а бумаги недействительны. На свидетелей в штабе полагаться нельзя. Они, может, сами смертный приговор и подпишут. Свидетелей должно быть много. Так много, сколько возможно.

— Нужно публичное заявление, — говорю я. Лютик взмахивает хвостом. Видимо, одобряет. — Я потребую, чтобы Койн выступила перед жителями Тринадцатого.

Прим улыбается.

— Отличная идея. Конечно, это не полная гарантия, но так им, по крайней мере, будет труднее пойти на попятную.

Я чувствую облегчение, как всегда, когда решение окончательно принято.

— Пожалуй, надо будить тебя почаще, утенок.

— Я не против, — говорит Прим и чмокает меня в щеку.

— Постарайся теперь заснуть, хорошо?

И я засыпаю.

На следующее утро у меня *7.00 — Завтрак*, потом сразу *7.30 — Штаб*. Что ж, тем лучше. К чему затягивать? В столовой провожу рукой перед сенсором — кроме расписания на ней указано что-то вроде индивидуального номера. Двигаю поднос по металлической стойке мимо котлов с едой. Рацион на диво стабильный — миска горячей каши, чашка молока, что-нибудь фруктовое или овощное. Сегодня пюре из репы. Продукты доставляются с собственных подземных ферм Тринадцатого. Сажусь за стол — он общий для нескольких семей беженцев, включая Эвердин и Хоторнов, — и быстро уплетаю еду, мечтая о добавке, которой мне никто не даст. К питанию тут подходят с научной точки зрения. Ты получаешь ровно столько калорий, сколько необходимо, чтобы дотянуть до следующего приема пищи, ни больше, ни меньше. Размер порции зависит от возраста, роста, телосложения, состояния здоровья и доли физического труда в твоем расписании. Нас, беженцев из Двенадцатого, кормят все-таки немного получше, чем местных, чтобы мы поднабрали вес. Видимо, из тех соображений, что тощие солдаты быстрее устают. Что ж, результат налицо. Прошел всего месяц, а мы уже выглядим здоровее, особенно дети.

Рядом ставит свой поднос Гейл. Стараюсь не слишком жалобно смотреть на его пюре. Гейл и так часто со мной делится. Усилием воли отворачиваюсь и аккуратно складываю салфетку, но тут мне в миску шлепается полная ложка репы.

— Прекрати так делать, — ворчу я. Звучит не слишком убедительно, учитывая, что я тут же набрасываюсь на угощение. — Нет, правда. Может быть, это запрещено.

С едой тут очень строго. Если ты, к примеру, что-то не доешь, то выносить это из столовой нельзя. Наверное, поначалу кое-кто пытался делать запасы. Людям вроде меня и Гейла, которые годами добывали пропитание для своих семей, здешние правила не по нутру. Пусть мы раньше частенько голодали, зато, если уж доставали еду, могли распоряжаться ею, как душе угодно. В каком-то смысле Тринадцатый дистрикт контролирует своих обитателей даже больше, чем Капитолий.

— Что они мне сделают? Телебраслет уже забрали, — говорит Гейл.

Я все еще пытаюсь что-то выскрести из миски, и тут меня озаряет:

— А что, если поставить им такое условие, раз они хотят, чтобы я была Сойкой?

— Чтобы мне разрешили кормить тебя репой? — осведомляется Гейл.

— Нет. Разрешили нам охотиться.

Глаза Гейла тут же оживляются, и я продолжаю:

— Конечно, добычу придется отдавать на кухню. Но мы хотя бы...

Заканчивать не требуется, Гейл и так все понимает. Мы могли бы выбраться наружу. Бродить по лесу. Быть самими собой.

— Попробуй, — говорит Гейл. — Сейчас самый подходящий момент. Захочешь луну с неба, из кожи вылезут, но достанут.

Гейл не знает, что еще я собираюсь просить. Боюсь, это так же реально, как луна с неба. Пока раздумываю, сказать ему или нет, звенит колокол. Пора уступать места следующей смене. При мысли о встрече с Койн мне становится не по себе.

— Что у тебя дальше в расписании?

Гейл смотрит на руку.

— История ядерных технологий в образовательном центре. Тебя там, кстати, уже заждались.

— Мне нужно в штаб. Пойдешь со мной?

— Ладно. Если меня оттуда не вышвырнут после вчерашнего.

Мы относим подносы и выходим.

— Думаю, надо включить в условия Лютика, — говорит Гейл. — Сдается мне, бесполезных домашних питомцев тут не жалуют.

— Ничего, подыщут ему работу. Будет каждое утро получать расписание на лапу, — отшучиваюсь я, но мысленно включаю кота в список условий. Ради Прим.

Койн, Плутарх и их подручные уже в сборе. При виде Гейла некоторые поднимают брови, но прогнать его никто не решается. В голове у меня начинает все путаться, поэтому я сразу прошу лист бумаги и карандаш. Моя нечаянная деловитость явно застает присутствующих врасплох, несколько человек озадаченно переглядываются. Вероятно, для меня готовилась какая-нибудь особенно проникновенная лекция. Вместо этого Койн собственноручно подает мне писчие принадлежности, и все молча ждут, пока я усаживаюсь за стол и корябаю свой список.

Лютик. Охота. Прощение Пита. Публичное заявление.

Ну, все? Второго шанса, возможно, не будет. *Думай. Что еще тебе нужно?* За плечом стоит Гейл. Я чувствую его присутствие. «*Гейл*», — пишу я. Без него я не справлюсь.

Голова начинает болеть, мысли скачут. Я закрываю глаза и проговариваю про себя:

Меня зовут Китнисс Эвердин. Мне семнадцать лет. Мой дом в Двенадцатом дистрикте. Я участвовала в Голодных играх. Сбежала. Капитолий меня ненавидит. Пит в плену. Он жив. Он предатель, но он жив. Я должна его спасти...

Список... Я так мало написала. Нужно думать шире, смотреть дальше своего носа. Сейчас я для них имею огромное значение, но так будет не всегда. Попросить что-нибудь еще? Для семьи? Для горстки выживших из моего дистрикта? Я все еще чувствую пепел мертвецов на своей коже. Удар ноги о череп. Запах крови и роз.

Карандаш двигается сам по себе. Открываю глаза и вижу пляшущие буквы. Я УБЬЮ СНОУ. Если его захватят в плен, я хочу, чтоб мне предоставили такое право.

Плутарх вежливо кашляет.

— Ну как, готово?

Поднимаю голову и вижу часы. Я сижу уже двадцать минут! Не у одного Финника проблемы с концентрацией.

— Да, — говорю я. Голос звучит хрипло, и я откашливаюсь. — Да, я согласна. Я буду вашей Сойкой.

Вокруг слышатся вздохи облегчения, взаимные поздравления и похлопывания по плечам. Только Койн все такая же невозмутимая. Будто ничего другого и не ожидала.

— Но у меня несколько условий. — Я разглаживаю листок и начинаю: — Моей семье будет позволено оставить кота.

Даже такая невинная просьба вызывает спор. Капитолийцы не видят тут ничего особенного — в самом деле, почему бы нам не держать домашнее животное? — зато местные сразу находят массу невероятных трудностей. В конце концов нас решают переселить в отсек на верхнем уровне, где есть роскошное окно, на целых восемь дюймов выступающее над поверхностью земли. Лютик сможет выходить, когда захочет, и делать свои дела. Еду будет добывать себе сам. Не вернется до комендантского часа — останется на улице. При малейшей угрозе безопасности его застрелят.

Не так уж плохо. Вряд ли ему много лучше жилось в Двенадцатом, когда там никого не осталось. Только что застрелить было некому. А если сильно отощает, уж требухи я ему как-нибудь раздобуду — конечно, если будет принято мое следующее условие.

— Я хочу охотиться. С Гейлом. В лесу, — говорю я, и в зале повисает тишина.

— Мы не станем далеко уходить. Луки у нас свои. А мясо будем отдавать на кухню, — добавляет Гейл.

Быстро продолжаю, прежде чем кто-то скажет «нет»:

— Я... я тут задыхаюсь... Сижу взаперти, как... Мне бы сразу стало лучше, если бы я... могла охотиться.

Плутарх излагает свои возражения — всевозможные опасности, риск травмы, дополнительные меры защиты, — но Койн его прерывает.

— Нет. Пусть охотятся. Два часа в день за счет учебных занятий. Радиус — четверть мили. С рациями и маячками на ногах. Что еще?

Бросаю взгляд на листок.

— Гейл. Нужно, чтобы он был со мной.

— В каком смысле? Присутствовал на съемках? Снимался вместе с тобой? Выступил в качестве твоего нового возлюбленного?

Вопрос был задан совершенно по-деловому, без тени язвительности, но я чуть не задохнулась от возмущения.

— Что?!

— Думаю, с любовными отношениями пусть все остается, как есть, — говорит Плутарх. — Зрителям может не понравиться, если Китнисс слишком быстро отвернется от Пита. Тем более что она якобы ждет от него ребенка.

— Согласна. На экране Гейл может изображать соратника. Так подойдет?

Я молча таращусь на Койн. Та нетерпеливо повторяет:

— По этому пункту? Все устраивает?

— Мы можем представить его твоим кузеном, — замечает Фульвия.

— Мы не родственники, — произносим мы с Гейлом одновременно.

— Да, но для выступлений так, пожалуй, действительно лучше, — говорит Плутарх. — Чтобы не было лишних вопросов. В остальное время он может быть кем угодно. Еще условия будут?

Разговор совершенно выбил меня из колеи. Послушать их, выходит, будто мы с Гейлом любовники, на Пита мне наплевать, и вообще все было притворством. Мои щеки пылают. Неужели они всерьез считают, будто я в такой ситуации размышляю, кого лучше выставить своим любовником? Да за кого они меня принимают?! От злости мне даже не надо собираться с духом перед самым большим требованием:

— После войны, если мы победим, я хочу, чтобы Пита помиловали.

Мертвая тишина. Я чувствую, как напрягся Гейл. Наверно, надо было сказать ему раньше, но я не знала, как он отреагирует. Потому что речь идет о Пите.

— Он не должен понести никакого наказания, — продолжаю я. Тут мне приходит в голову еще одна мысль: — То же самое касается других трибутов, Джоанны и Энорабии.

По правде говоря, меня меньше всего волнует судьба Энорабии. Злобная стерва из Второго дистрикта никогда мне не нравилась. Однако не упомянуть ее одну кажется неправильным.

— Нет, — твердо произносит Койн.

— Да, — так же твердо отвечаю я. — Они не виноваты, что вы бросили их на арене. Кто знает, что теперь делает с ними Капитолий?

— Их будут судить вместе с другими военными преступниками. Как с ними поступить, решит трибунал.

— Они будут помилованы! — Я вскакиваю со стула. В моем голосе звенит металл: — Вы лично поручитесь за это перед жителями Тринадцатого дистрикта и беженцами из Двенадцатого. В ближайшее время. Сегодня. Запись выступления будет сохранена для будущих поколений. Отвечать за безопасность трибутов будет правительство и вы, президент Койн, иначе ищите себе другую сойку!

Мои слова надолго повисают в воздухе.

— Вот оно! — слышу я, как Фульвия шепчет Плутарху. — В самую точку. Еще костюм, выстрелы на заднем плане, да дыма подпустить...

— Да, то, что надо, — шепчет Плутарх в ответ.

Я бы, наверное, испепелила их взглядом, но понимаю, что мне нельзя выпускать из поля зрения Койн. Особенно сейчас, когда она взвешивает мои требования и пользу, которую я могу принести.

— Ваше решение, президент? — спрашивает Плутарх. — Может быть, объявить амнистию в виду особых обстоятельств. Этот мальчик... он ведь даже не совершеннолетний.

— Хорошо, — наконец говорит Койн. — Но тебе придется очень постараться.

— Я постараюсь, когда вы сделаете заявление, — заверяю я.

— Объявите, что сегодня во время анализа дня состоится общее собрание по вопросам национальной безопасности, — приказывает она. — Я выступлю с заявлением. Есть еще условия, Китнисс?

Листок у меня в руке превратился в измятый комок. Расправляю его на столе и читаю корявые буквы.

— Только одно. Я убью Сноу.

Впервые за все время на губах президентши появляется подобие улыбки.

— Когда дело дойдет до этого, бросим монетку.

Пожалуй, она права. Не у меня одной есть причины убить Сноу. В этом вопросе я могу положиться на Койн, как на саму себя.

— Идет.

Койн бросает взгляд на руку, потом на часы. Президент тоже живет по расписанию.

— Поручаю ее тебе, Плутарх. — Койн со своей командой выходит из зала, где остаются только Плутарх, Фульвия и мы с Гейлом.

— Отлично, отлично. — Плутарх опирается локтями на стол, трет глаза. — Знаете, чего мне не хватает больше всего? Кофе. Было б хоть чем запить эту овсянку да репу! Неужели я хочу слишком многого?

— Мы не ожидали, что здесь все так строго, — говорит Фульвия, массируя Плутарху плечи. — Даже в высших кругах.

— Хотя бы из-под полы продавался, — продолжает Плутарх. — В Двенадцатом и то был черный рынок, верно?

— Да, Котел, — говорит Гейл. — Мы там торговали.

— Ну вот. Хотя вы такие честные и неподкупные. — Плутарх вздыхает. — Ну да ладно, все войны когда-нибудь кончаются. Хорошо, что вы теперь в нашей команде.

Он протягивает руку, и Фульвия подает ему большой альбом в черном кожаном переплете.

— В целом ты уже имеешь представление, чего мы от тебя хотим, Китнисс. Знаю, решение далось тебе нелегко, но у меня, думаю, есть то, что поможет тебе избавиться от сомнений.

Плутарх пододвигает ко мне альбом. Минуту я смотрю на него с подозрением. Затем любопытство берет верх. Я открываю его и вижу на первой странице — саму себя. Стройную, сильную, в черной форме. Только один человек мог создать такую одежду. За кажущейся простотой — истинное мастерство художника. Стремительный контур шлема, изогнутая линия нагрудника, слегка расширенные рукава... Я снова Сойка. Благодаря ему.

— Цинна, — шепчу я.

— Да. Он заставил меня пообещать, что я не покажу его тебе, пока ты сама не примешь решение. Я едва вытерпел, можешь мне поверить. Ну, давай, листай дальше.

Медленно переворачиваю страницы, внимательно рассматривая каждую деталь. Нательная броня с тщательно подогнанными слоями, замаскированное оружие в ботинках и поясном ремне, специальные защитные пластины в области сердца. На последней странице набросок моей броши и подпись Цинны: «Я по-прежнему ставлю на тебя».

— Когда он... — Слова застревают у меня в горле.

— Э-э... точно не припомню. После того как объявили о Квартальной бойне. За пару недель до начала Игр, наверное. Эскизы — это не все. Форма уже готова! И Бити для тебя кое-что смастерил. Внизу, в арсенале. Все, молчу, молчу! Сама увидишь.

— Будешь самой элегантной мятежницей в истории, — улыбается Гейл.

Тут я понимаю, что он тоже знал. И с самого начала хотел, чтобы я согласилась.

— Мы разработали план информационной атаки, — рассказывает Плутарх. — Снять серию агитроликов с твоим участием и показать их всему населению Панема.

— Но как? Все телетрансляции идут через Капитолий, — говорит Гейл.

— Зато у нас есть Бити. Лет десять назад он занимался модернизацией подземной ретрансляционной сети. Считает, должно получиться. Конечно, сначала надо иметь, что показывать. Короче, Китнисс, студия тебя ждет не дождется. — Плутарх поворачивается к своей помощнице: — Фульвия?

— Мы с Плутархом долго думали и решили, что лучше всего начать с внешнего облика лидера повстанцев и уже от него перейти к... внутреннему. Другими словами, мы создаем тебе самый потрясный образ Сойки, какой только может быть, а потом работаем над тем, чтобы твой внутренний настрой ему соответствовал! — бодро докладывает Фульвия.

— Ну, форма-то для нее уже есть, — говорит Гейл.

— Да, но только форма! А боевые шрамы? Кровь? Дух мятежа, наконец? Лидер должен выглядеть устрашающе. Хотя перестараться тоже нельзя, чтобы не отпугнуть зрителей. Во всяком случае, она должна собой что-то представлять! Так, как есть... — подступив, Фульвия берет в ладони мое лицо, — абсолютно не годится.

Я рефлекторно отдергиваю голову, но Фульвия уже отвернулась и собирает со стола свои вещи.

— У нас для тебя еще один маленький сюрприз. Пошли.

Она машет нам рукой, и мы с Гейлом выходим вслед за ней и Плутархом в коридор.

— Вроде бы хочет, как лучше, а ведет себя по-свински, — шепчет мне на ухо Гейл.

— Добро пожаловать в Капитолий, — произношу я одними губами.

Слова Фульвии не произвели на меня впечатления. Однако я крепче сжимаю альбом и позволяю себе надеяться на лучшее. Наверное, я приняла правильное решение, если так хотел Цинна.

Мы входим в лифт.

— Минутку. — Плутарх сверяется с записной книжкой. — Отсек три-девять-ноль-восемь.

Он нажимает кнопку с номером 39. Ничего не происходит.

— Надо вставить ключ, — говорит Фульвия.

Плутарх достает из-под рубашки ключ на тоненькой цепочке и вставляет его в отверстие, которое я до сих пор не замечала. Двери закрываются.

— Ну вот.

Лифт едет вниз. Десять этажей, двадцать, тридцать! Все ниже и ниже. Я даже не подозревала, что Тринадцатый дистрикт уходит на такую глубину. Наконец створки разъезжаются, мы ступаем в широкий белый коридор с рядом красных дверей. По сравнению с серыми тонами на верхних этажах это кажется почти роскошью. На каждой двери ясно обозначен номер: 3901, 3902, 3903...

Я оглядываюсь на кабину и вижу, как поверх обычных дверок задвигается еще и металлическая решетка. Пока я смотрела на нее, появился охранник. Одна из дверей в дальнем конце коридора бесшумно покачивается на петлях.

Плутарх, вытянув руку, идет навстречу охраннику, мы следуем за ним. Мне тут как-то не по себе. Решетка, замкнутое пространство глубоко под землей, едкий запах дезинфекции... И еще что-то. Я бросаю взгляд на Гейла и понимаю, что он чувствует то же самое.

— Доброе утро, мы ищем... — начинает Плутарх.

— Вы ошиблись этажом, — резко обрывает его охранник.

— Неужели? — Плутарх снова глядит в блокнот. — У меня записано три-девять-ноль-восемь. Позвоните сами и...

— Сожалею, но я вынужден попросить вас уйти. По поводу ошибок в нумерации обращайтесь в главный офис.

Комната 3908 прямо перед нами. Всего в нескольких шагах. Дверь выглядит немного странно — точнее, все двери. Чего-то не хватает.

Точно. Нет ручек. Видимо, двери свободно открываются в обе стороны, как та, из которой вышел охранник.

— Напомните-ка, где он находится? — просит Фульвия.

— Главный офис на седьмом этаже, — говорит охранник и разводит руки в стороны, подгоняя нас обратно к лифту.

Тут из-за двери 3908 доносится звук. Тихий, жалобный. Похож на скулеж зашуганной собаки, которою хотят пнуть ногой, только слишком человеческий и знакомый. Мы с Гейлом встречаемся взглядами. Всего на миг, но для людей, привыкших действовать как единое целое, этого достаточно. В следующую секунду я с шумом роняю альбом Цинны к ногам охранника, а когда тот за ним нагибается, Гейл наклоняется тоже, и оба сталкиваются лбами.

— Ой, простите, — смеется Гейл, хватая охранника за руки, чтобы устоять на ногах, и в то же время слегка оттирая его в сторону.

Это мой шанс. Я проскакиваю мимо отвлекшегося охранника, толкаю дверь с цифрой 3908 и — что это? На полу, полуголые, все в синяках, прикованные к стене сидят... помощники Цинны.

Моя команда подготовки.

4

Дезинфекции в воздухе столько, что хоть топор вешай, но и она не в силах отбить вонь немытых тел, застарелой мочи и гниющих язв.

Едва ли я бы узнала своих старых знакомых, если бы не их капитолийские выверты — золотые татуировки на лице Вении, закрученные штопором оранжевые локоны Флавия и вечнозеленый цвет кожи у Октавии. Кожа выглядит дряблой, как сдувшийся шарик.

При виде меня Флавий и Октавия вжимаются в кафельную стену, будто ожидая удара, хотя я им никогда ничего плохого не делала. Злилась — бывало, да и то про себя. Почему же они от меня шарахаются?

Охранник приказывает мне выйти, потом слышится возня. Гейл как-то сумел его задержать. В поисках ответов я подхожу к Вении — она всегда была самой сильной из них. Приседаю на корточки и беру ее холодные как лед руки. Они сжимают мои ладони, словно тиски.

— Что случилось, Вения? — спрашиваю я. — Что вы тут делаете?

— Они увезли нас. Из Капитолия, — хрипло произносит она.

Сзади подходит Плутарх.

— Что здесь происходит?

— Кто вас увез? — допытываюсь я.

— Они, — расплывчато отвечает она. — Ночью, когда ты сбежала.

— Мы подумали, что тебе будет приятнее работать с привычной командой, — говорит Плутарх позади меня. — И Цинна так хотел.

— Цинна хотел этого? — рычу я. Потому что одно знаю точно — Цинна любил свою команду и никогда бы не одобрил такого. — Почему с ними обращаются как с преступниками?

— Честно — не знаю.

Что-то в голосе Плутарха заставляет меня поверить в его искренность, да и бледное лицо Фульвии выглядит убедительно.

Плутарх поворачивается к охраннику, который вместе с Гейлом как раз появился в дверях.

— Мне только сказали, что их держат под стражей. За что они наказаны?

— За кражу еды. Схватили и не хотели отдавать. Пришлось принять меры, — бурчит охранник.

Вения хмурит брови, будто пытается что-то понять.

— Нам ничего не объяснили. Мы очень хотели есть. Взяли всего один ломтик.

Октавия плачет, уткнувшись в свою оборванную тунику, чтобы заглушить всхлипы. Помню, когда я первый раз вернулась живой с арены, Октавия сунула мне под столом булочку. Видела, что я осталась голодной. Я осторожно приближаюсь к ее трясущейся от рыданий фигурке.

— Октавия.

Она вздрагивает от моего прикосновения.

— Все будет хорошо, Октавия. Я тебя отсюда вытащу. Обещаю.

— Ну, знаете, это уж слишком, — возмущается Плутарх.

— И все из-за какого-то куска хлеба? — спрашивает Гейл.

— Это уже не первое нарушение. Их предупреждали. А они все равно украли хлеб. — Охранник на мгновение замолкает, словно поражаясь их тупости. — Сказано же — нельзя брать хлеб!

Октавия все еще не решается открыть лицо, только слегка приподнимает голову. Кандалы на ее запястьях сдвигаются на несколько дюймов, обнаруживая кровоточащие раны.

— Я отведу их к моей матери, — говорю я охраннику. — Снимите цепи.

Мужчина качает головой.

— У меня нет на это полномочий.

— Снимите цепи! Немедленно! — кричу я.

Это выводит охранника из равновесия. Обычные граждане не разговаривают с ним в таком тоне.

— Я не получал приказа об освобождении. У вас нет права...

— У меня есть, — прерывает его Плутарх. — Мы в любом случае собирались их забрать. Они нужны отделу спецбезопасности. Всю ответственность беру на себя.

Охранник уходит, чтобы кому-то позвонить. Возвращается со связкой ключей. Арестанты так долго находились в одном положении, что с трудом могут идти. Нам приходится им помогать. Нога Флавия проваливается в металлическую решетку над круглым отверстием в полу. У меня холодеет в животе, когда понимаю, для чего в комнате понадобился сток, — так проще смывать с белых плиток следы человеческих страданий. Струей из шланга.

В больнице я нахожу маму — единственного человека, кому могу доверить пленников. Она с трудом их узнает — в таком они состоянии, и на ее лице отражается страх. Я ее понимаю. Одно дело каждый день видеть, как измываются над людьми в Двенадцатом, другое — осознать, что и здесь происходит то же самое.

Маму с радостью приняли на работу в больницу, правда, она тут скорее медсестра, чем врач, несмотря на то, что всю жизнь лечила людей. Однако ей никто не мешает провести нашу троицу в смотровую, чтобы самой обследовать. Я жду в коридоре на скамейке. Если их пытали, мама увидит.

Рядом садится Гейл и обнимает меня за плечи.

— Ничего, твоя мама их быстро подлатает.

Я киваю. Интересно, Гейл тоже сейчас вспомнил, как его стегали плетьми в Двенадцатом?

Плутарх и Фульвия садятся на скамейку напротив. Молчат. Если они ничего не знали о наказании, им должно быть неприятно, что президент Койн с ними даже не посоветовалась. Я решаю их подтолкнуть.

— Думаю, это предупреждение всем нам, — говорю я.

— Что? Нет... Что ты имеешь в виду? — спрашивает Фульвия.

— Их наказали, чтобы продемонстрировать свою власть. Не только мне. Вам тоже. Чтобы знали, кто тут хозяин и что будет, если ослушаться. Если у вас были какие-то иллюзии, лучше избавиться от них прямо сейчас. Капитолийское происхождение тут никого не защитит. Скорее наоборот.

— Как можно сравнивать Плутарха, организатора спасения повстанцев, с этими тремя... стилистами! — ледяным тоном возражает Фульвия.

Я пожимаю плечами.

— Как знаешь, Фульвия. Но что будет, если вы окажетесь в стане врагов Койн? Мою подготовительную команду похитили, но у них есть хотя бы надежда когда-нибудь вернуться в Капитолий. Гейл и я сможем жить в лесу. А вы? Куда денетесь вы двое?

— Надеюсь, от нас все-таки больше пользы, чем тебе кажется, — спокойно замечает Плутарх.

— Я понимаю. Трибуты тоже очень полезны для Игр. И с ними даже неплохо обращаются до поры до времени. Только чем все это заканчивается, ты знаешь не хуже меня, Плутарх.

Больше мы ничего не говорим. Сидим молча, пока не приходит моя мама.

— С ними все будет хорошо, — сообщает она. — Тяжелых телесных повреждений нет.

— Вот и отлично, — говорит Плутарх. — Когда они смогут приступить к работе?

— Возможно, уже завтра. Однако не исключена некоторая эмоциональная неустойчивость. После того, что они пережили. Им особенно тяжело, они ведь из Капитолия.

— Как и все мы, — говорит Плутарх.

То ли потому, что моя подготовительная команда выведена из строя, то ли я и сама выгляжу немногим лучше, Плутарх до конца дня освобождает меня от обязанностей Сойки-пересмешницы. Мы с Гейлом отправляемся в столовую. На обед тушеная фасоль с луком, толстый ломоть хлеба и стакан воды. После рассказа Вении хлеб не лезет мне в горло, я перекладываю оставшийся кусок на поднос Гейла. За весь обед мы не перекинулись и парой слов. Когда наши тарелки опустели, Гейл закатывает рукав, чтобы свериться с расписанием.

— У меня сейчас тренировка.
— У меня тоже.

Я показываю Гейлу свою руку и вспоминаю, что вместо тренировки у нас теперь охота.

Мне так не терпится убежать в лес, пусть даже всего на пару часов, что все заботы уходят на второй план. Может быть, под солнцем, среди зеленой листвы я скорее разберусь в своих мыслях. Едва миновав центральные коридоры, мы с Гейлом, будто школьники, бегом несемся к арсеналу. Я тяжело дышу, и у меня кружится голова.

Все-таки я еще не совсем оправилась от болезни. Охранники выдают нам наше старое оружие, а также ножи и тряпичный мешок вместо охотничьей сумки. Терпеливо жду, пока мне прикрепляют на щиколотку маячок и рассказывают, как пользоваться рацией. Даже делаю вид, будто слушаю. Единственное, что улавливаю — на ней есть часы, и мы должны вернуться в Тринадцатый в указанное время, иначе нас лишат права на охоту. Это условие я постараюсь выполнить.

Мы поднимаемся наверх, на большой огороженный полигон у кромки леса. Забор что надо, просто так не перелезешь. Футов тридцати в высоту, поверху витки стальной ленты, острой как бритва, и непрерывно гудит — видно, пущен ток. Охрана без слов открывает хорошо смазанные ворота. Мы углубляемся в лес до тех пор, пока забор не исчезает из виду. На небольшой полянке останавливаемся и запрокидываем головы, подставляя лица лучам солнца. Я раскидываю руки в стороны и вращаюсь на одном месте — медленно, чтобы не закружилась голова.

Как и в Двенадцатом, здесь давно не было дождя; многие растения увяли, под ногами хрустит ковер из засохших листьев. Мы разуваемся. Все равно это не обувь, а одно мучение. Из бережливости мне выдали старые ботинки, которые стали малы прежнему хозяину. Не знаю, у кого из нас неправильная походка — у меня или у него, но разношены они как-то не так.

Мы охотимся, как в старые добрые времена — молча. Нам не нужны слова, потому что в лесу мы — одно целое. Мы предугадываем движения друг друга, прикрываем друг другу спину. Сколько же прошло с тех пор, как мы ощущали себя такими свободными? Восемь месяцев? Девять? Конечно, сейчас все немного по-другому. Столько всего произошло... на ногах у нас маячки, и мне приходится часто останавливаться, чтобы отдохнуть. И я все равно счастлива — насколько можно быть счастливой в подобных обстоятельствах.

Зверье и птицы тут совсем непуганые. То мгновение, пока они пытаются понять, кто мы, приносит им смерть. Через полтора часа у нас целая дюжина тушек — кролики, белки, индейки, — так что мы бросаем охоту и решаем провести оставшееся время на берегу пруда. Вода в нем холодная и чистая — должно быть, из подземных источников.

Гейл говорит, что сам выпотрошит дичь, я не возражаю. Кладу на язык пару листиков мяты и с закрытыми глазами прислоняюсь к камню, впитывая звуки леса, позволяя горячему послеполуденному солнцу жарить мою кожу. Я наслаждаюсь покоем, пока его не нарушает голос Гейла.

— Китнисс, а почему ты так беспокоишься о своей подготовительной команде?

Я открываю глаза, стараясь понять, не шутит ли он, но Гейл сосредоточенно потрошит зайца.

— А что здесь такого?

— Ну, не знаю. Они только и делали, что разукрашивали тебя перед убийством, разве нет?

— Не все так просто. Я знаю их. Они не злые и не жестокие. Даже не шибко умные. Обидеть их — все равно что обидеть ребенка. Они не понимают... не знают... — Я путаюсь в собственных словах.

— Чего не знают, Китнисс? Что трибутов — вот они как раз дети, в отличие от этой троицы уродов, — заставляют убивать друг друга? Что ты идешь умирать на потеху публике? Это такая большая тайна в Капитолии?

— Нет, конечно. Просто они смотрят на это не так, как мы. Они выросли среди этого и...

— Не могу поверить, ты их действительно защищаешь? — Одним быстрым движением Гейл сдирает шкуру с зайца.

Я чувствую себя уязвленной, потому что на самом деле их защищаю, и понимаю, как нелепо это выглядит.

— Я стала бы защищать любого, с кем так обходятся из-за куска хлеба, — говорю я в попытке найти хоть какое-то логическое объяснение. — Возможно, потому, что слишком хорошо помню, что сделали с тобой из-за индейки!

Вообще-то Гейл прав. И правда странно, что я так переживаю за свою подготовительную команду. Ненавидеть и желать, чтобы их вздернули на виселице, было бы куда естественней. Но они такие наивные, к тому же помогали Цинне, а он ведь был на моей стороне, верно?

— Спорить не буду, — говорит Гейл, — но, по-моему, Койн ничего не собиралась тебе демонстрировать. Наказала их за нарушение правил, вот и все. Скорее уж думала сделать тебе приятное. — Гейл засовывает кролика в мешок. — Пора двигать обратно, а то опоздаем.

Я игнорирую его протянутую руку и неуверенно поднимаюсь на ноги.

— Пошли.

Всю дорогу по лесу мы молчим, но у ворот мне приходит в голову новая мысль.

— Перед Квартальной бойней Октавия и Флавий так ревели, что даже работать не могли. А Вения едва выговорила «прощай».

— Постараюсь не забыть об этом, когда они будут... работать над тобой.

— Постарайся.

Мы отдаем мясо на кухню Сальной Сэй. Ей нравится в Тринадцатом, хотя, по ее мнению, здешним поварам не достает воображения. Сама-то она даже из мяса дикой собаки с ревенем рагу состряпает, причем вполне съедобное. Тут так не разгуляешься.

После бессонной ночи и охоты я буквально валюсь с ног от усталости. Иду в свой отсек и — оказываюсь среди голых стен. Только тут вспоминаю, что нас переселили из-за Лютика. Поднимаюсь на верхний этаж и нахожу отсек Е. Он точно такой же, как и триста седьмой, только по центру стены в нем небольшое оконце — два фута в ширину и восемь дюймов в высоту. Окно закрывается толстой металлической пластиной. Сейчас пластина поднята, и кота, конечно, нигде не видно. Я растягиваюсь на кровати, и на моем лице играет луч солнца. В следующую секунду — по крайней мере, мне так кажется, — меня будит сестра. *18.00 — Анализ дня.*

Прим рассказывает, что после обеда постоянно объявляют о собрании. Должны присутствовать все жители, кроме тех, кто занят на особо важных работах.

Следуя указателям, мы идем в Ассамблею, огромный зал, в котором без труда умещаются несколько тысяч жителей Тринадцатого. Вероятно, тут проводились общие собрания и до эпидемии оспы, когда народу было много больше. Последствия катастрофы видны и по сей день. Прим тайком показывает мне покрытых рубцами людей, детишек с уродствами.

— Им многое пришлось перенести, — говорит она.

Только после сегодняшнего утра я не настроена на жалость.

— Не больше, чем нам в Двенадцатом.

Я вижу свою мать во главе группы способных передвигаться пациентов, одетых в больничные рубашки и халаты. Среди них Финник, все такой же красивый, несмотря на отрешенный вид. В руках у него кусок тонкой веревки, меньше фута в длину, слишком короткий, чтобы сделать удавку. Пока Финник тупо смотрит кругом, пальцы его быстро двигаются, механически завязывая и развязывая многочисленные узлы. Может, так нужно для лечения.

Я подхожу к нему:

— Привет, Финник.

Он не замечает меня, и я легонько толкаю его, чтобы привлечь внимание.

— Финник! Как дела?

— Китнисс, — произносит он, хватая меня за руку. Наверно, рад увидеть знакомое лицо. — Зачем нас здесь собрали?

— Я сказала Койн, что стану Сойкой-пересмешницей. Взамен я потребовала объявить амнистию остальным трибутам. Публично, чтобы было много свидетелей.

— О, отлично. Знаешь, я беспокоюсь за Энни. Она же не понимает. Скажет что-нибудь не то, а ее посчитают предательницей, — говорит Финник.

Энни. Надо же, совсем про нее забыла.

— Не беспокойся, все будет в порядке.

Я пожимаю Финнику руку и направляюсь прямо к трибуне в передней части зала. Койн, просматривающая перед выступлением свои записи, удивленно поднимает брови.

— Я хочу, чтобы вы добавили в список амнистированных Энни Кресту.

Президентша слегка хмурится.

— Кто это?

— Она...

Я задумываюсь. Кто, в самом деле?

— ...подруга Финника Одэйра. Из Четвертого дистрикта. Тоже победительница Игр. Ее схватили и отправили в Капитолий, когда взорвалась арена.

— А, та сумасшедшая девочка. Тебе незачем за нее просить. У нас не принято карать слабых.

Я вспоминаю утреннее происшествие. Октавию, прижавшуюся к стене. У нас с Койн разные представления о слабости. Вслух я говорю лишь:

— Правда? Тогда почему бы ее просто не добавить в список?

— Хорошо, — соглашается президент, записывая имя Энни. — Хочешь стоять рядом со мной во время заявления?

Я отрицательно мотаю головой.

— Так я и думала. Тогда иди. Я начинаю.

Я пробираюсь обратно к Финнику.

В Тринадцатом бережливость распространяется даже на слова. Койн призывает публику к вниманию и сообщает, что я согласилась быть Сойкой-пересмешницей при условии, что остальные победители — Пит, Джоанна, Энорабия и Энни — будут помилованы, какие бы преступления против революции они ни совершили. Толпа неодобрительно гудит. Похоже, никто тут не сомневался, что я горю желанием быть Сойкой-пересмешницей, и вдруг условие — помиловать возможных преступников! Я стараюсь не замечать направленных на меня враждебных взглядов.

Несколько секунд президент не вмешивается во всеобщий ропот, затем бодро продолжает. Однако на этот раз ее слова являются для меня полной неожиданностью.

— Выдвигая это беспрецедентное требование, солдат Эвердин со своей стороны обязуется целиком посвятить себя делу революции. Таким образом, всякое отступление от возложенной на нее миссии — словом или делом — будет рассматриваться, как нарушение сделки. В этом случае амнистия будет отменена, и участь четырех победителей определит суд согласно законам Тринадцатого дистрикта. Равно как и судьбу самой Китнисс Эвердин. Спасибо.

Другими словами — один неправильный шаг, и все мы умрем.

5

Еще одна сила, с которой нужно считаться. Еще один серьезный игрок, решивший использовать меня пешкой в своей игре, несмотря на то, что до сих пор это ни разу не приводило к желаемому результату. Распорядители Игр делают из меня звезду — потом не знают, как спасти свою шкуру из-за горстки ядовитых ягод. Президент Сноу пытается погасить мною пламя восстания, но каждый мой шаг распаляет огонь сильнее. Повстанцы вытаскивают меня металлическими щипцами с арены, чтобы я стала их Сойкой, и с удивлением понимают, что я вовсе не желаю отращивать крылья. И вот теперь Койн со своим драгоценным ядерным арсеналом и послушным Тринадцатым дистриктом, действующим как хорошо отлаженный механизм. Ей тоже довелось узнать, что поймать Сойку гораздо легче, нежели выдрессировать. Однако Койн быстрее других поняла, что я действую сама по себе, а потому представляю опасность. Поняла — и объявила об этом во всеуслышание.

Я провожу рукой по толстому слою пены. Хорошенько отмокнуть в ванне — только первый шаг. Подготовительной команде предстоит привести в порядок мои испорченные кислотой волосы, вылечить обожженную солнцем кожу, убрать уродливые шрамы, а уж потом портить, жечь и уродовать заново, но уже в более эстетичном варианте.

— Придайте ей вид «Базис-Ноль», — распорядилась Фульвия сегодня утром, — а дальше посмотрим.

«Базис-Ноль» — это то, как предположительно должен выглядеть хорошо выспавшийся человек, встав утром с постели, — максимальная безупречность в сочетании с естественностью. Ногти идеальной формы, но не отполированы. Волосы на голове мягкие и блестящие, но не уложены в прическу. Все волоски на теле удалены. Кожа гладкая и чистая, но без грамма косметики. Когда я впервые оказалась в Капитолии, Цинна наверняка дал такие же указания. Правда, тогда я была участником Игр. Мне казалось, что хотя бы в роли мятежницы я буду сама собой. Что ж, наверное, у телевизионных мятежников свои собственные стандарты.

Едва я смываю с себя пену, рядом уже стоит Октавия с полотенцем наготове. Без броской одежды, густого макияжа, красок, драгоценностей и всяких побрякушек в волосах она совсем не похожа на ту Октавию, какую я знала в Капитолии. Помню, как-то раз она заявилась с ярко-розовыми локонами, в которые были вплетены разноцветные фонарики в форме мышей. И рассказала, что держит дома мышей как домашних животных. Тогда мне показалось это дикостью — у нас мыши считаются вредителями, если только они не вареные. Наверно, она любила их, потому что они такие маленькие, мягкие и писклявые. Как она сама. Я пытаюсь привыкнуть к этой новой Октавии, пока она меня вытирает. Ее настоящие волосы приятного каштанового оттенка. Лицо — обычное, однако очень милое. Она моложе, чем я думала. Едва ли ей намного больше двадцати. Без длиннющих накладных ногтей пальцы будто обрубленные. У нее дрожат руки. Мне хочется успокоить ее, сказать, что все наладится, но вид разноцветных кровоподтеков, расцветших под ее болезненно-бледной кожей, напоминает мне о моей собственной беспомощности.

Флавий тоже кажется полинявшим без привычной красной помады и яркой одежды. Зато он каким-то образом ухитрился вновь обрести свои оранжевые кудряшки. Кто изменился меньше всех, так это Вения. Ее волосы цвета морской волны, прежде торчавшие во все стороны, теперь гладко прилизаны, у корней пробивается седина.

Однако самой яркой чертой внешности Вении всегда были татуировки, а они остались такими же золотистыми и потрясающими.

— Китнисс не причинит нам вреда, — говорит Вения тихо, но твердо, забирая из рук Октавии полотенце. — Она даже не знала, что мы здесь. Теперь все будет хорошо. — Октавия едва заметно кивает, но так и не осмеливается поднять на меня глаза.

Привести мою внешность в состояние «Базис-Ноль» оказывается очень непросто, несмотря на богатейший арсенал препаратов, приборов и инструментов, которые Плутарх предусмотрительно захватил с собой из Капитолия. Ну да моей команде не привыкать. Дело стопорится, когда они доходят до того места на моей руке, откуда Джоанна извлекла датчик слежения. Заштопывая зияющую рану, медики не особенно заботились о красоте, и теперь там бугрится здоровенный неровный шрам со стянутой вокруг кожей. В обычной одежде с длинным рукавом шрам не виден, но в костюме Сойки, который сделал Цинна, рукава оканчиваются чуть выше локтя. Проблема настолько серьезна, что приходится вызвать Фульвию и Плутарха. Могу поклясться, Фульвию едва не вырвало при одном взгляде на шрам. Для помощницы распорядителя Игр она слишком чувствительна. Вероятно, привыкла видеть неприятные вещи только на экране.

— Все и так знают, что у меня есть шрам, — бурчу я.

— Знать и видеть — не одно и то же, — возражает Фульвия. — Он просто отвратительный. Мы с Плутархом подумаем за обедом, что с ним делать.

— Ничего, разберемся, — отмахивается Плутарх. — Может, дадим тебе браслет или что-нибудь в этом роде.

С досадой я одеваюсь, чтобы идти в столовую. Моя команда подготовки сбилась в кучку возле двери.

— Вам принесут еду сюда? — спрашиваю я.

— Нет, — отвечает Вения. — Нам сказали идти в столовую.

Я вздыхаю про себя, представив, как вхожу в столовую с такой компанией. Правда, на меня и так все пялятся, так что большой разницы не будет.

— Идемте. Я покажу вам, где столовая.

Вокруг меня постоянно шушукаются и бросают украдкой взгляды, но реакция при виде моей экзотической троицы — это нечто. Люди буквально раскрыли рты и ахнули; некоторые даже тычут пальцами.

— Просто не обращайте на них внимания, — говорю я своим спутникам.

Опустив глаза и механически переставляя ноги, они движутся вместе с очередью, принимая миски с сероватого цвета рыбой, тушеной окрой и чашки с водой.

Мы садимся за стол рядом с моими земляками из Шлака. Они ведут себя посдержаннее, чем люди из Тринадцатого, — возможно, просто от смущения. Ливи, моя бывшая соседка в Двенадцатом, робко здоровается с ними, а Хейзел, мать Гейла, которая, должно быть, знает об их заточении, кивает на миску с тушеной окрой.

— Не бойтесь. На вкус она лучше, чем на вид.

Лучше всего обстановку разряжает Пози, пятилетняя сестренка Гейла. Она подбегает к Октавии и осторожно дотрагивается до нее пальчиком.

— У тебя зеленая кожа. Ты больная?

— Это такая мода, Пози, — объясняю я. — Как красить губы помадой.

— Чтобы быть красивее, — добавляет Октавия, и я вижу на ее ресницах слезы.

Пози на секунду задумывается, потом серьезно говорит:

— Ты красивая любого цвета.

На губах Октавии появляется робкая улыбка.

— Спасибо.

— Если хотите произвести впечатление на Пози, придется покраситься в ярко-розовый, — говорит Гейл, с шумом ставя свой поднос рядом со мной. — Это ее любимый цвет. — Пози хихикает и бежит обратно к маме. Гейл кивает на миску Флавия: — Лучше ешьте сразу. Остынет — будет вообще как клей.

Все принимаются за еду. На вкус окра более-менее сносная, только очень уж вязкая. Такое впечатление, что каждый кусочек глотаешь по три раза. Гейл, обычно неразговорчивый во время еды, старается поддержать беседу и расспрашивает, как идет работа над моим имиджем. Я-то знаю почему. Мы с ним вчера поссорились, когда он заявил, будто я сама вынудила Койн поставить ответные условия.

— Пойми, Китнисс, — увещевал он, — Койн — главная в этом дистрикте. Она не может допустить, чтобы у людей сложилось впечатление, будто ты ей командуешь.

— Ты хочешь сказать, она не приемлет чужого мнения, даже если оно справедливо, — парировала я.

— Я хочу сказать, что ты поставила ее в дурацкое положение. Ей пришлось заранее объявить амнистию Питу и другим трибутам, не зная, что еще они успеют натворить.

— По-твоему, я должна просто делать, что мне говорят, и бросить остальных трибутов на произвол судьбы? Впрочем, это действительно уже неважно, потому что мы и так их бросили!

С этими словами я захлопнула дверь у него перед носом. За завтраком я села в другом конце стола и не сказала ни слова, когда Плутарх отправил Гейла на тренировку. Знаю, Гейл беспокоится обо мне, но именно сейчас мне очень нужно, чтобы он был на моей стороне, а не на стороне Койн. Неужели это так трудно понять!

После обеда у нас с Гейлом запланирована встреча с Бити в отделе специальной обороны.

— Все еще злишься, — констатирует Гейл, когда мы едем в лифте.

— А ты все еще считаешь себя правым, — отвечаю я.

— Что есть, то есть. И готов повторить то же самое снова. Или ты хочешь, чтобы я соврал?

— Нет. Хочу, чтобы ты как следует подумал и пришел к правильному выводу.

Гейл только смеется в ответ. Я молчу. Бесполезно диктовать Гейлу, что и как ему думать. И если по-честному, это одна из причин, почему я ему доверяю.

Отдел спецбезопасности расположен почти так же глубоко, как тюрьма, в которой мы нашли группу подготовки. Целая сеть помещений заполнена компьютерами, научным оборудованием и испытательными установками.

Мы спрашиваем, как найти Бити, и нам указывают путь через длинный лабиринт коридоров, в конце которого находится огромное окно. Тут я впервые за все время в Тринадцатом дистрикте вижу нечто прекрасное — настоящий луг, воссозданный под землей, с деревьями, цветущими растениями и живыми колибри. Посреди луга в инвалидной коляске неподвижно сидит Бити, наблюдая за ярко-зеленой птичкой, которая, зависнув в воздухе, пьет нектар из большого оранжевого цветка. Внезапно она срывается с места, и, провожая ее глазами, Бити наконец замечает нас. Он машет рукой, чтобы мы заходили.

Воздух внутри неожиданно прохладный и совсем не спертый, как я предполагала. Со всех сторон слышится трепетание маленьких крылышек, и в первый момент мне кажется, будто я в нашем лесу около Двенадцатого дистрикта. Каким чудом могло появиться подобное здесь, на такой глубине?!

Бити все еще очень бледный, но его глаза за неуклюжими очками светятся от радости.

— Разве они не прекрасны? Тринадцатый дистрикт уже много лет занимается изучением их аэродинамики. Они могут летать задом наперед и развивают скорость до шестидесяти миль в час. Хотелось бы мне сделать такие же крылья для тебя, Китнисс!

— Вряд ли я бы сумела с ними управляться, Бити, — смеюсь я.

— Вот она здесь, а вот ее уже нет. Ты можешь подстрелить колибри из лука?

— Никогда не пробовала. Мяса у них ни на зуб.

— Да, конечно. Ты не убиваешь из спортивного интереса. Хотя, уверен, охотиться на них было бы непросто.

— Можно устроить ловушку, — говорит Гейл. Лицо его принимает отсутствующее выражение, как всегда, когда он задумывается над какой-нибудь трудной задачей. — Натянуть сеть с очень мелкими ячейками, оставить только небольшое отверстие — в пару квадратных футов. Внутри приманка — много цветов. Пока колибри будут лакомиться, подойти и закрыть отверстие. Птицы полетят прочь от шума, а там сеть.

— Думаешь, получится? — спрашивает Бити.

— Не знаю. Просто пришло в голову. Они могут оказаться умнее.

— Могут. Но идея хорошая, поскольку основана на природном инстинкте — улетать от опасности. Думай, как твоя жертва... и ты найдешь ее слабое место.

Тут я вспоминаю кое-что из того, о чем вспоминать не хочется. Во время подготовки к Бойне я видела запись — Бити, еще совсем мальчик, соединяет какие-то проводки, и группа детей, охотившихся за ним, умирает от электрического тока. Тела бьются в конвульсиях, лица искажены гримасами. И Бити тоже это видел. Видел всех, кого ему пришлось убить ради победы в тех далеких Голодных играх. Это не его вина. Он просто защищал свою жизнь. Мы все просто защищались...

Внезапно мне хочется поскорее уйти отсюда, прежде чем кому-нибудь придет в голову поставить сеть.

— Бити, Плутарх говорил, у тебя что-то для меня есть.

— Да. Твой новый лук. — Он нажимает кнопку на ручке кресла и выезжает из комнаты. Пока мы петляем по закоулкам отдела обороны, Бити поясняет, что вообще-то он уже понемногу ходит, но только слишком быстро устает, поэтому на кресле ему пока передвигаться проще.

— Как дела у Финника? — спрашивает он.

— Э-э... проблемы с концентрацией внимания, — отвечаю я. Не хочется рассказывать, во что тот на самом деле превратился.

— Проблемы с концентрацией, да? — Бити мрачно улыбается. — Знали б вы, что он пережил за последние несколько лет. Удивительно, как он вообще выжил. Скажи ему, что я делаю для него новый трезубец, ладно? Может, это немного отвлечет его от действительности.

Отвлекаться от действительности Финник сейчас, похоже, прекрасно умеет и без посторонней помощи, но я обещаю, что скажу.

У дверей с табличкой «Специальное вооружение» стоят четверо охранников. Проверив расписания на наших руках, они снимают у нас отпечатки пальцев, сканируют сетчатку глаз, берут анализы ДНК и пропускают через детекторы металла. Бити приходится оставить кресло снаружи, но как только мы проходим через все процедуры, ему предоставляют другое. Происходящее кажется абсурдом: неужто кто-нибудь, выросший в Тринадцатом дистрикте, может представлять для него угрозу, требующую таких серьезных мер? Или же меры предосторожности были введены недавно, в связи с притоком большого числа беженцев?

Затем нас ждет второй этап проверки — как будто моя ДНК могла измениться, пока я шла по коридору — и наконец мы допущены в само хранилище. Признаюсь, у меня просто дух захватывает при виде такого количества оружия. Чего там только нет! Пистолеты и ружья, гранатометы, мины, бронированные автомобили.

— Авиация, конечно, находится не здесь, — говорит Бити.

— Конечно, — соглашаюсь я, как будто это само собой разумеется. Удивительно, что среди всей этой суперсовременной техники может найтись место простому луку и стрелам, но тут мы подходим к стенду с боевым снаряжением для лучников. На тренировках в Капитолии я перепробовала целую кучу оружия, однако все оно не предназначалось для военных действий. Мое внимание привлекает грозного вида лук, так нагруженный разнообразной оптикой и прочими приспособлениями, что я бы и в руках его удержать не смогла, не говоря уже о том, чтобы из него выстрелить.

— Гейл, не хочешь попробовать? — предлагает Бити.

— Серьезно?

— Для боев тебе, разумеется, выдадут огнестрельное оружие, но если ты будешь сниматься с Китнисс в агитроликах, одна из этих штучек будет смотреться очень эффектно. Выбери на свой вкус.

— С удовольствием.

Гейл берет в руки тот самый лук, который я только что разглядывала, поднимает его на уровень плеча и смотрит вокруг через оптический прицел.

— Это уже нечестно, — замечаю я, — не оставлять оленю ни одного шанса.

— Ну, я ведь не собираюсь стрелять из него в оленей.

— Я на минутку, — говорит Бити, набирая код на панели. В стене открывается небольшая дверь. Когда Бити исчезает внутри, стена закрывается снова.

— А в кого собираешься? Для тебя так просто выстрелить в человека? — спрашиваю я.

— Я этого не говорил. — Гейл опускает лук. — Но если бы у меня было оружие, способное остановить то, что творилось в Двенадцатом... оружие, которое спасло бы тебя от арены... я бы пустил его в ход не задумываясь.

— Я тоже, — признаю я просто. Не знаю, как ему объяснить, что значит — убить человека. И что убитые навсегда остаются с тобой.

Бити возвращается с длинной черной коробкой, неуклюже зажатой между подножкой кресла и его плечом. Остановившись, он наклоняет коробку в мою сторону.

— Вот. Это тебе.

Я кладу коробку на пол и открываю защелки. Крышка бесшумно откидывается. Внутри, на бордовом жатом бархате, лежит черный лук.

— О! — вырывается у меня.

Осторожно вытаскиваю лук из футляра. Он великолепен. Прекрасная балансировка, изящная форма, плечи, изгибом напоминающие распростертые в полете крылья... И что-то еще. Или показалось? Я замираю. Нет, он действительно оживает в моих руках. Прижимаю его к щеке и чувствую легкую вибрацию.

— Что это? — спрашиваю я.

— Он здоровается, — широко улыбается Бити. — Услышал твой голос.

— Он узнает меня по голосу?

— *Только* тебя. Видишь ли, меня попросили сделать лук, который бы подходил к твоему костюму. Главное — внешний вид, остальное неважно. Я подумал-подумал и решил, что так не годится. Вдруг он тебе когда-нибудь действительно понадобится. Не как модный аксессуар, а как оружие. В итоге я сделал его поскромнее снаружи, зато в том, что касается начинки, дал волю фантазии. Но тебе лучше самой все увидеть. Хотите пострелять?

Еще бы мы не хотели! Стрельбище для нас уже готово. Стрелы Бити не менее удивительные, чем сам лук. Я попадаю ими точно в цель с расстояния сто ярдов. Различные их виды — стрелы-бритвы, зажигательные, подрывные — превращают лук в универсальное оружие. Разновидность стрелы легко определить по цвету древка. Есть даже возможность деактивировать стрелу голосовой командой, хотя не представляю, для чего это может понадобиться. Чтобы отключить специальные функции лука, достаточно произнести «Спокойной ночи». После этого лук переходит в режим сна до тех пор, пока мой голос снова его не разбудит.

Попрощавшись с Бити и Гейлом, я в бодром настроении возвращаюсь к команде подготовки. Терпеливо переношу оставшиеся процедуры, надеваю костюм, который теперь дополнен окровавленной повязкой на шрам — будто бы я только вернулась с поля боя. Вения прикрепляет мне против сердца брошку с сойкой-пересмешницей. Под конец я беру лук и колчан с обычными стрелами — кто мне даст разгуливать со специальными, — и мы все идем в съемочный павильон, где я стою столбом еще, наверное, несколько часов, пока остальные поправляют мне макияж, регулируют свет и степень задымления. Постепенно указания через интерком от невидимых людей в таинственной стеклянной кабинке поступают все реже и реже, а Фульвия и Плутарх все больше просто ходят вокруг и все меньше что-то меняют. Наконец на площадке становится тихо. Минут пять меня молча разглядывают, затем Плутарх говорит:

— Ну вот. То, что надо.

Меня подводят к контрольному монитору и показывают последние несколько минут записи. Женщина на экране кажется выше и внушительнее меня. Лицо перепачкано, но выглядит сексуально. Черные брови решительно изогнуты. От одежды поднимаются струйки дыма — то ли ее только что потушили, то ли она вот-вот загорится. Эту женщину я не знаю.

Финник, который уже нескольких часов бродит вокруг декораций, подходит ко мне сзади и говорит с долей прежнего юмора:

— Зрители захотят либо тебя убить, либо поцеловать, либо быть тобой.

На площадке царит радостное возбуждение — работа сделана на славу. Время идет к ужину, но никто не хочет прерываться. Речами и интервью, в которых я буду делать вид, будто участвую в боях бок о бок с повстанцами, мы займемся завтра. Сегодня нужно записать только один лозунг, одну фразу для короткого агитролика, который покажут Койн.

«Народ Панема, мы боремся, мы не сдаемся, мы отстоим справедливость!» — вот и все. Фразу сообщают мне с таким видом, будто работали над нею не один месяц, а то и год, и теперь жутко ею гордятся. А по-моему, язык сломаешь. И звучит неестественно. Не представляю, чтобы я сказала такое в реальной жизни — разве что для смеха, с капитолийским акцентом. Вроде того, как мы с

Гейлом изображаем Эффи Бряк: «И пусть удача всегда будет на вашей стороне!»

Фульвия становится передо мной и, глядя мне в глаза, описывает битву, в которой я только что участвовала. Поле боя усеяно мертвыми телами моих товарищей, и я, чтобы сплотить выживших, кричу этот призыв. Прямо в камеру.

Меня быстро тащат обратно к декорациям, дымовая машина начинает работать. Кто-то кричит: «Внимание!», слышится гудение камер, потом команда: «Мотор!». Я поднимаю над головой лук и со всей яростью, на какую способна, кричу:

— Народ Панема, мы боремся, мы не сдаемся, мы отстоим справедливость!

На съемочной площадке наступает гробовая тишина. Она длится и длится.

Внезапно из динамиков раздается треск, и студию заполняет едкий смех Хеймитча. Когда ему наконец удается совладать с собой, он произносит:

— Вот так, друзья, умирает революция.

6

Услышав вчера голос Хеймитча, я вначале была потрясена, потом разозлилась — оказывается, он полностью пришел в форму и теперь снова контролирует мою жизнь. Я пулей выскочила из студии, а сегодня игнорировала его комментарии из кабины. Хотя понимала, что он прав.

Хеймитч потратил все утро, объясняя остальным, почему у меня не получилось, и убеждая, что так ничего не выйдет. Выше головы не прыгнешь. Я не могу просто стоять посреди студии в костюме и гриме, окруженная облаком искусственного дыма, и призывать дистрикты к борьбе не на жизнь, а на смерть. Удивительно, как я вообще выдержала столько съемок. Впрочем, это заслуга Пита, а не моя. В одиночку я не смогу стать Сойкой-пересмешницей.

Мы собираемся на совещание в штабе. Вокруг громадного стола сидят Койн со своими помощниками, Плутарх, Фульвия, моя подготовительная команда плюс несколько человек из Двенадцатого, помимо Хеймитча и Гейла. Присутствие некоторых, например Ливи и Сальной Сэй, сбивает меня с толку. В последнюю минуту Финник вкатывает на коляске Бити, а за ними входит Далтон, скотовод из Десятого. Видимо, Койн организовала это странное мероприятие специально, чтобы засвидетельствовать мой провал.

Однако с приветствием к собравшимся обращается не она, а Хеймитч, и из его слов я понимаю, что всех пригласил именно он. Впервые нахожусь с Хеймитчем в одном помещении с тех пор, как расцарапала ему лицо. Я нарочно отворачиваюсь в сторону, но вижу его отражение на блестящей контрольной панели у стены. Он сильно похудел, желтоватое лицо осунулось. На мгновение мне становится страшно — вдруг он умрет? Впрочем, я тут же напоминаю себе, что меня это не волнует.

Первым делом Хеймитч показывает пленку, которую мы отсняли. Похоже, под руководством Плутарха и Фульвии я превзошла саму себя — голос срывается, движения нелепые, будто я марионетка, которую дергают за невидимые ниточки.

— Ну вот, — произносит Хеймитч, когда видео заканчивается. — Кто-нибудь из вас считает, что этот ролик поможет нам выиграть войну?

Ответа нет.

— Отлично. Значит, сэкономим время. Тогда давайте все минутку помолчим, и каждый постарается вспомнить один случай, когда Китнисс Эвердин действительно задела вас за живое. Не потому, что вы позавидовали ее прическе, поразились горящему платью или она сносно выстрелила из лука. И не потому, что Питу удалось выставить ее в привлекательном свете. Меня интересуют те случаи, когда она сама пробудила в вас какое-нибудь настоящее чувство.

Наступает долгая тишина, мне уже кажется, что она никогда не закончится, и тут я слышу голос Ливи:

— На Жатве. Когда она вызвалась участвовать в Играх вместо Прим. Она понимала, что идет на верную смерть.

— Хорошо. Отличный пример, — говорит Хеймитч. Берет фиолетовый фломастер и делает помету в блокноте: — Вызвалась добровольцем на Жатве. — Потом оглядывает присутствующих. — Кто следующий?

К моему удивлению, следующим оказывается Боггс, которого я всегда считала перекачанным роботом, бездумно исполняющим приказы Койн.

— Когда она пела песню. Над умирающей девочкой.

У меня в голове всплывает воспоминание — Боггс с маленьким мальчиком на коленях. Кажется, в столовой. Может статься, Боггс все-таки человек.

— Покажите мне того, кто не захлебнулся слезами в тот момент! — говорит Хеймитч, занося в блокнот и этот пункт.

— Я плакала, когда она подмешала снотворное Питу, чтобы добыть ему лекарство, и потом целовала его на прощание! — выпаливает Октавия и прикрывает рот рукой, будто боясь, что ляпнула глупость. Хеймитч только одобрительно кивает.

— Да, да. Усыпила Пита, чтобы спасти ему жизнь. Очень хорошо.

Примеры сыплются один за другим без особой последовательности: когда я взяла Руту в союзники; пожала руку Рубаке после интервью; пыталась нести Мэгз. Снова и снова речь заходит про эпизод с ягодами, который каждый понял по-своему — любовь к Питу, упорство в безнадежной ситуации, протест против бесчеловечности Капитолия.

Хеймитч поднимает руку с блокнотом вверх.

— А теперь вопрос. Что объединяет все эти случаи?

— Китнисс была в них сама собой, — тихо произносит Гейл. — Никто не указывал ей, что делать или говорить.

— Точно! — восклицает Бити. — Она действовала не по сценарию! — Он похлопывает меня по руке. — Выходит, нам нужно просто тебе не мешать?

Все смеются. Даже я не удерживаюсь от улыбки.

— Все это очень занятно, но не слишком полезно, — ворчит Фульвия. — К сожалению, здесь, в Тринадцатом, у нее нет таких возможностей проявить себя. Так что если ты не предлагаешь бросить ее в гущу сражения...

— Как раз это я и предлагаю, — прерывает ее Хеймитч. — Высадить ее на поле боя и включить камеры.

— Но все ведь думают, что она беременна, — напоминает Гейл.

— Намекнем, что она потеряла ребенка из-за электрического шока на арене, — предлагает Плутарх. — Очень печальная история.

Идея Хеймитча вызывает много споров, однако его доводы звучат убедительно. Если я способна проявить себя только в реальных условиях, то так тому и быть.

— Пока она выполняет указания и произносит заученные реплики, результат в лучшем случае будет сносный. Все должно исходить от нее самой. Тогда это берет за душу.

— Даже если мы будем предельно осторожны, мы не сможем обеспечить ей полную безопасность, — возражает Боггс. — Она будет желанной мишенью для каждого...

— Я хочу сражаться, — вмешиваюсь я. — Здесь от меня никакого прока.

— А если тебя убьют? — спрашивает Койн.

— Вы снимите это на пленку и сделаете агитролик, — отвечаю я.

— Ладно, — соглашается Койн. — Но не будем торопиться. Вначале определим наименее опасную ситуацию, подходящую для наших целей. — Койн подходит к светящимся картам, где отображаются передвижения войск в различных дистриктах. — Сегодня после обеда доставьте ее в Восьмой. Утром там была интенсивная бомбардировка, но сейчас, кажется, уже закончилась. Выдайте ей оружие и телохранителей. Съемочная группа — на земле, ты, Хеймитч, на планолете в постоянном радиоконтакте с Китнисс. Посмотрим, что из этого выйдет. Будут еще предложения?

— Умойте ее, — говорит Далтон. Все поворачиваются к нему. — Она молодая девушка, а вы сделали из нее тридцатипятилетнюю женщину. К чему нам эта капитолийская мода?

Койн объявляет собрание закрытым, и Хеймитч спрашивает у нее разрешения поговорить со мной наедине. Все выходят, только Гейл неуверенно останавливается около моего стула.

— Чего ты боишься? — спрашивает его Хеймитч. — Телохранитель нужен скорее мне.

— Все в порядке, — говорю я Гейлу, и он уходит.

В зале слышны лишь гудение приборов и тихий шелест вентиляционной системы. Хеймитч садится напротив меня.

— Нам снова придется работать вместе. Так что давай, выкладывай все, что ты обо мне думаешь.

Я вспоминаю нашу яростную стычку на планолете. Мне хотелось убить Хеймитча. Однако теперь я говорю только:

— Поверить не могу, что ты не спас Пита.
— Знаю.

Меня не отпускает чувство недосказанности. Не только потому, что Хеймитч даже не извинился. Мы были одной командой. Мы дали друг другу обещание беречь Пита. Пьяное, нереальное обещание под покровом ночи, но что это меняет? В глубине души я знаю — виноваты мы оба.

— Теперь ты, — говорю я Хеймитчу.
— Не могу поверить, что ты упустила его из виду в ту ночь.

Я киваю. В том-то и дело.

— Постоянно думаю об этом. Что я могла сделать? Как остаться с ним, не нарушив союза? Я до сих пор не знаю.

— У тебя не было выбора. А если бы мне удалось уговорить Плутарха остаться и спасти Пита, планолет бы рухнул. Мы и так едва успели.

Наконец я смотрю в глаза Хеймитча. Глаза жителя Шлака — серые и глубокие, с темными кругами от бессонных ночей.

— Китнисс, Пит жив. Не надо хоронить его раньше времени.

— Игра еще не окончена. — Я стараюсь произнести это с оптимизмом, но мой голос срывается.

— Да. Игра продолжается. И я по-прежнему твой ментор. — Хеймитч тычет фломастером в мою сторону. — Помни, ты будешь на земле, я — в воздухе. Сверху обзор лучше, поэтому делай то, что я тебе скажу.

— Посмотрим, — отвечаю я.

Возвращаюсь в гримерную и хорошенько мою лицо, глядя, как струи макияжа исчезают в водостоке. Из зеркала на меня смотрит девушка с шелушащейся кожей и усталыми глазами, довольно потрепанная, однако похожая на меня. Срываю с руки повязку, обнажая уродливый шрам от жучка. Вот так. Это тоже я.

Бити помогает мне надеть защитную экипировку, разработанную Цинной. Шлем из эластичных металлических нитей плотно прилегает к голове; в случае надобности его можно сдвинуть назад, как капюшон. Жилет обеспечивает защиту жизненно важных органов. К воротнику прикреплен маленький белый наушник. На пояс Бити цепляет мне маску — на случай газовой атаки.

— Если увидишь, что кто-то упал по неизвестной причине, немедленно надевай, — инструктирует он.

Потом пристегивает колчан, разделенный на три отсека.

— Запомни: справа — зажигательные, слева — подрывные, в центре — обычные. Вряд ли тебе придется стрелять, но, как говорится, береженого Бог бережет.

Приходит Боггс, чтобы проводить меня в отдел авиации. Как раз когда подъезжает лифт, появляется взволнованный Финник.

— Китнисс, они меня не пускают! Я сказал, что здоров, но они даже не дают мне полететь в планолете!

Я смотрю на Финника — голые ноги, торчащие из-под больничного халата, шлепанцы, спутанные волосы, веревка в руке, безумный взгляд — и понимаю, что вступаться за него бесполезно. Да я и сама не уверена, стоит ли его брать.

— Ой, совсем забыла, — говорю я, ударив себя по лбу. — Дурацкое сотрясение. Бити просил передать, чтоб ты зашел к нему в отдел спецвооружения. Он сделал для тебя новый трезубец.

При слове «трезубец» мне кажется, будто я вижу прежнего Финника.

— Правда? И какой он?

— Не знаю. Но если из того же разряда, что мой лук со стрелами, он тебе понравится, — заверяю я. — Только тебе придется немного потренироваться.

— Да, конечно. Я прямо сейчас туда спущусь.

— Э-э... может, лучше сначала надеть штаны?

Финник смотрит вниз, будто впервые замечая свой наряд. Затем сбрасывает с себя больничный халат и остается в нижнем белье.

— Зачем? — Он дурашливо принимает вызывающую позу. — Мой вид тебя возбуждает?

Не могу сдержать смеха — ситуация вдвойне забавная, потому что Боггс буквально не знает, куда девать глаза от смущения, а еще я рада, что Финник ведет себя, как тот парень, которого я встретила на Квартальной бойне.

— Я всего лишь человек, Одэйр, — успеваю сказать я, прежде чем двери лифта закрываются. — Извините, — говорю я Боггсу.

— Не за что. По-моему, ты... здорово справилась, — отвечает он. — Лучше, чем если бы я его арестовал.

— Да уж.

Я украдкой присматриваюсь к нему. Боггсу на вид около сорока пяти, поседевшие волосы коротко стрижены, глаза голубые. Превосходная выправка. За сегодняшний день он уже дважды заставил меня задуматься, что мы могли быть с ним друзьями, а не врагами. Может, стоит дать ему шанс? Жаль, что он так предан Койн...

Раздается серия громких щелчков. Лифт на мгновение останавливается, а потом вдруг едет влево.

— Он двигается и вбок? — удивляюсь я.

— Да. Под Тринадцатым проложена целая сеть шахт, — поясняет он. — Та, в которой мы сейчас, идет над транспортной осью к пятой подъемной платформе. Это в ангаре.

Ангар, тюрьма, спецвооружения... А еще где-то производят еду, вырабатывают энергию, очищают воду и воздух.

— Тринадцатый даже больше, чем я думала.

— В основном это не наша заслуга, — говорит Боггс. — Мы, так сказать, получили это место в наследство. Нужно только следить, чтобы все оставалось в исправности.

Щелчки возобновляются. Мы снова падаем вниз — теперь всего на пару уровней, — и двери открываются посреди ангара.

— Ого, — вырывается у меня при виде бесчисленных рядов всевозможных планолетов. Ну и флотилия... — Их вы тоже унаследовали?

— Некоторые создали сами, другие входили в состав воздушных сил Капитолия. Конечно, с тех пор мы их модернизировали.

В груди снова просыпается ненависть к Тринадцатому.

— Значит, все это у вас было, и вы бросили остальные дистрикты беззащитными перед Капитолием.

— Все не так просто, — возражает Боггс. — До недавнего времени у нас не было возможности воевать. Мы едва выжили. После того как мы свергли и казнили приспешников Капитолия, осталась всего горстка людей, умеющих управлять планолетами. Ударить ядерными ракетами? Могли. И чем бы тогда закончилась наша война с Капитолием? Уцелел бы хоть один живой человек на Земле?

— Пит сказал то же самое. А вы все назвали его предателем.

— Да. Потому что он призывает к прекращению войны. Ты же видишь — ни одна сторона не применяет ядерное оружие. Воюем по старинке. — Боггс показывает на один из небольших планолетов. — Нам туда, солдат Эвердин.

Я поднимаюсь по трапу. Внутри уже расположилась съемочная группа со своим оборудованием и еще несколько человек в серых десантных комбинезонах. Даже Хеймитч одет по-военному, хотя явно не в восторге от плотного форменного воротничка.

Ко мне подбегает Фульвия Кардью и разочарованно вздыхает, увидев мое лицо.

— Вся работа коту под хвост. Я тебя не виню, Китнисс. Что поделаешь, не все рождаются с фотогеничными лицами. Вот как он. — Она хватает Гейла, который разговаривает с Плутархом, и разворачивает его к нам. — Разве не красавец?

Гейл и правда выглядит впечатляюще в военной форме. Однако, учитывая обстоятельства, вопрос лишь смущает нас обоих. Я пытаюсь придумать остроумный ответ, когда Боггс вдруг выдает:

— Нас не так-то легко поразить. Мы только что видели Финника в одних трусах.

Боггс мне определенно нравится.

Звучит предупреждение о взлете; я сажусь рядом с Гейлом, напротив Хеймитча и Плутарха, и пристегиваю ремень безопасности. Планолет скользит по лабиринту туннелей, которые выходят на платформу. Какой-то механизм медленно поднимает ее вверх через все уровни, и внезапно мы оказываемся под открытым небом на огромном поле, окруженном лесом. Планолет отрывается от платформы и уплывает за облака. Теперь, когда волна возбуждения схлынула, я осознаю, что понятия не имею, что меня ждет в Восьмом дистрикте. Мало того, я почти ничего не знаю о ходе войны. Во что нам станет победа. И что будет, если мы победим.

Плутарх пытается меня немного просветить. Во-первых, на данный момент в состоянии войны с Капитолием находятся все дистрикты, кроме Второго, который, несмотря на свое участие в

Голодных играх, всегда был в привилигированном положении. Там больше продовольствия и лучше жилищные условия. После Темных Времен и мнимого уничтожения Тринадцатого, Второй дистрикт стал новой военной базой Капитолия, хотя официально фигурировал в качестве поставщика строительного камня, так же, как Тринадцатый в свое время считался производителем графита. Помимо производства оружия, Второй дистрикт занимается подготовкой и даже набором миротворцев.

— То есть... некоторые миротворцы родом из Второго дистрикта? — спрашиваю я. — Я думала, они все из Капитолия.

Плутарх кивает.

— Так вы и должны были думать. Часть их действительно из Капитолия, однако его население просто не в состоянии предоставить такого количества рекрутов. При том, что граждане Капитолия не особо горят желанием обрекать себя на суровую жизнь в дистриктах. Контракт заключается на двадцать лет, семью заводить нельзя. Одни идут на это ради престижа, другие — в качестве альтернативы наказанию. К примеру, вступившим в миротворцы списываются долги. В Капитолии полно людей, которые по уши в долгах, только не все из них годятся для военной службы. Поэтому недостающих рекрутов набирают во Втором дистрикте. Для них это шанс выбраться из нищеты и каменоломен. В детях там с малых лет воспитывают воинский дух. Ну, да ты и сама видела, как они стремятся стать трибутами.

Катон и Мирта. Брут и Энорабия. Я видела их рвение и жажду крови.

— Но все остальные дистрикты на нашей стороне?

— Да. Наша цель — занять один за другим все дистрикты, оставив Второй напоследок, и тем самым лишить Капитолий поставок. Затем, когда он достаточно ослабеет, мы двинемся на него, — объясняет Плутарх. — Это будет задача совсем другого уровня. Однако не будем забегать вперед.

— Если мы победим, кто будет управлять государством? — спрашивает Гейл.

— Все, — отвечает Плутарх. — Мы образуем республику. Жители каждого дистрикта, и Капитолия в том числе, будут выбирать представителей, которые смогут защищать их интересы в централизованном правительстве. Не смотрите так недоверчиво — когда-то эта система работала.

— В книгах, — бурчит Хеймитч.

— В книгах по истории, — уточняет Плутарх. — Если получалось у наших предков, почему не получится у нас?

По правде говоря, наши предки столько дров наломали, что дальше некуда. Посмотрите только, с чем они нас оставили — войны, разоренная планета. Похоже, им было наплевать, как будут жить люди после них. Однако в любом случае республика лучше того, что у нас сейчас.

— А если мы проиграем? — спрашиваю я.

— Если проиграем? — Плутарх иронично улыбается, глядя на облака за иллюминатором. — Ну, тогда Голодные игры в следующем году станут незабываемыми. Да, кстати. — Он достает из бронежилета пузырек, вытряхивает на ладонь несколько фиолетовых капсул и протягивает нам. — Мы назвали их «морник» в твою честь, Китнисс. Нельзя допустить, чтобы кого-то из нас захватили в плен. Обещаю, это совершенно безболезненно.

Я беру капсулу, но не соображу, куда ее дсть. Плутарх дотрагивается пальцем до моего левого рукава. Я присматриваюсь и вижу на нем крошечный кармашек как раз по размеру капсулы. Даже если у мсня будут связаны руки, я смогу наклонить голову и откусить ее.

Цинна продумал все до мелочей.

7

Планолет опускается на широкую дорогу на окраине Восьмого дистрикта. Тут же открывается люк и выдвигается лестница. Едва последний пассажир спрыгивает на асфальт, судно взмывает в воздух и исчезает. Я остаюсь на попечении охраны в лице Гейла, Боггса и двух других солдат. Съемочная группа состоит из двух десятков капитолийских операторов с тяжелыми переносными камерами, напоминающими панцири диковинных насекомых, режиссера — женщины по имени Крессида с бритой головой, украшенной татуировками в виде виноградных лоз, и ее помощника Мессаллы — стройного молодого человека со множеством серег в ушах. Присмотревшись, замечаю еще одну серьгу с большим серебристым шариком у него в языке.

Боггс уводит нас всех с дороги, ближе к складам, и на площадку садится второй планолет. Он привез ящики с медикаментами и команду из шести врачей в белых халатах. Мы все следуем за Боггсом в проход между двумя мрачными серыми складами. Кое-где на поцарапанных металлических стенах укреплены пожарные лестницы, ведущие на крышу. Миновав склады, мы выходим на широкую улицу и будто оказываемся в другом мире.

Отовсюду несут и везут раненых. На самодельных носилках, на тачках и тележках, перекинув через плечо и просто крепко обхватив руками. Окровавленных, с оторванными конечностями, без сознания. Их сносят в один из складов, над входом в который грубо намалеван красный крест. Мне вспоминается кухня в нашем старом доме, где мама ухаживала за умирающими, только здесь их в десятки, в сотни раз больше. Я ожидала увидеть разрушенные бомбежками здания, а вместо этого оказалась среди искалеченных человеческих тел.

Меня хотят снимать здесь? Я поворачиваюсь к Боггсу.

— Ничего не выйдет, — говорю я. — Здесь у меня ничего не получится.

Должно быть, он замечает панику в моих глазах, потому что останавливается и кладет руки мне на плечи.

— Получится. Пусть они просто тебя увидят. Ты подействуешь на них лучше всякого лекарства.

Тут женщина, принимающая пациентов, видит нас, присматривается и, убедившись, что зрение ее не подводит, широкими шагами направляется в нашу сторону. От нее пахнет металлом и потом, усталые темно-карие глаза опухли, повязку на шее следовало сменить еще дня три назад. Женщина дергает плечом, поправляя автомат на спине, чтобы ремень не врезался в шею. Большим пальцем показывает медикам на склад. Те идут внутрь, не задавая лишних вопросов.

— Командующая Восьмым Пэйлор. — говорит Боггс. — Капитан, это солдат Китнисс Эвердин.

Для капитана она выглядит довольно-таки молодо. Тридцать с хвостиком. Но когда она начинает говорить, голос звучит настолько властно, что не возникает сомнений в ее авторитете. Рядом с ней, в моей начищенной и сияющей новехонькой форме, я чувствую себя неопытным птенцом, только начавшим разбираться в жизни.

— Да, я ее узнала, — говорит Пэйлор. — Значит, ты жива. Мы сомневались.

Мне кажется, или в ее голосе проскальзывают обвинительные нотки?

— Я сама еще не уверена, — отвечаю я.

— Долгий реабилитационный период. — Боггс стучит себя по голове. — Сильное сотрясение, — его голос на секунду понижается, — выкидыш. Но она настояла на приезде, хочет лично увидеть раненых.

— Да, раненых у нас предостаточно.

— Вы размещаете их всех в одном месте? — спрашивает Гейл, хмуро глядя на госпиталь. — Я думаю, это не очень разумно.

Мне тоже так кажется. Любая заразная болезнь распространится здесь как пожар в сухом лесу.

— Думаю, это лучше, чем бросить их умирать одних, — говорит Пэйлор.

— Я не это имел в виду.

— Пока у меня нет других вариантов. Если вы придумаете что-то еще и сумеете убедить Койн, буду только рада. — Пэйлор машет рукой в сторону двери. — Заходи, Сойка. И бери с собой своих друзей.

Я оглядываюсь на диковинную компанию у меня за спиной, набираюсь решимости и следую за Пэйлор. Передняя часть склада отделена тяжелыми брезентовыми шторами. Вповалку лежат трупы. Края штор трутся об их головы, лица закрыты белыми простынями.

— Мы начали рыть общую могилу в нескольких кварталах к западу отсюда, но у меня нет свободных рук, чтобы отнести их туда, — говорит Пэйлор. Находит щель между шторами и раздвигает их шире.

Я хватаюсь за запястье Гейла и шепчу:

— Не отходи от меня.

— Я рядом, — спокойно отвечает он.

Делаю шаг внутрь и получаю мощный удар по обонянию. В первый миг мне хочется зажать нос от ужасающей вони грязного постельного белья, гниющей плоти и рвоты. Люки в металлической крыше открыты, однако свежий воздух не в состоянии пробиться сквозь густую пелену жаркого зловония. Постепенно мои глаза привыкают к тусклому свету, доходящему от узких люков, и я различаю многочисленные ряды раненых. Они лежат на койках, тюфяках и просто на полу. Места слишком мало для всех. Гудение черных мух, стоны страдающих людей, плач их родных сливаются в один адский хор.

В дистриктах нет настоящих больниц. Мы умираем дома, но уж лучше на своей постели, чем здесь. Потом я вспоминаю: почти все, кого я вижу, потеряли дома во время бомбежек.

Пот градом катится по спине, собирается в ладонях. Спасаясь от вони, дышу ртом. Перед глазами мельтешат черные точки, кажется, я сейчас упаду в обморок, но тут ловлю на себе цепкий взгляд Пэйлор — она хочет знать, из какого я теста, не зря ли они на меня рассчитывали. Бросаю руку Гейла и заставляю себя пройти в глубь склада, протискиваясь в узкий проход между двумя рядами коек.

— Китнисс? — раздается хриплый голос откуда-то слева. — Китнисс?

Чья-то рука тянется ко мне из сумрака. Я цепляюсь за нее как за спасительную соломинку.

Рука принадлежит молодой женщине с замотанной ногой. Сквозь толстые повязки сочится кровь, на ней кишат мухи. Лицо выражает боль и что-то еще, что-то совсем несовместимое с ее состоянием.

— Это правда ты?
— Да, это я.

Радость. Вот что написано на ее лице. Оно светлеет при звуке моего голоса, и на миг с него исчезает страдание.

— Ты жива! Ты правда жива! Люди говорили, но мы боялись поверить! — взволнованно произносит она.

— Мне крепко досталось. Но сейчас уже лучше. Вы тоже поправитесь.

— Надо сказать брату! — Женщина пытается сесть и кричит кому-то через несколько кроватей. — Эдди! Эдди! Она здесь! Китнисс Эвердин!

Мальчик лет двенадцати поворачивается в нашу сторону. Половину лица скрывает повязка. Край рта открывается в немом восклицании. Я иду к нему и откидываю влажные каштановые пряди с его лба. Ласково бормочу: «Привет». Мальчик не может говорить, но так внимательно смотрит на меня здоровым глазом, будто старается запомнить каждую черточку моего лица.

Мое имя волнами прокатывается по жаркой атмосфере госпиталя.

— Китнисс! Китнисс Эвердин!

Звуки боли и горя сменяются словами надежды. Меня окликают со всех сторон. Я иду дальше, пожимая протянутые ко мне руки, касаюсь тех, кто не может двигаться. Здороваюсь, знакомлюсь, спрашиваю, как дела. Ничего особенного, никаких складных речей и призывов. Но это неважно. Боггс прав. Один лишь взгляд на меня, живую, уже вдохновляет их.

Пальцы жадно хватают меня, желая ощутить мое тело. Один раненый обхватывает ладонями мое лицо, и я мысленно благодарю Далтона за то, что он посоветовал смыть макияж. Как нелепо я бы выглядела среди этих людей в разрисованной капитолийской маске. Шрамы, изъяны, следы усталости — вот что роднит меня с ними.

Многие спрашивают о Пите, несмотря на то интервью. Никто не сомневается, что его заставили. Я стараюсь говорить о нашем будущем с оптимизмом, но все очень расстраиваются, когда упоминаю, что потеряла ребенка. Одна женщина даже плачет. Мне очень хочется рассказать ей правду, однако, выставив Пита лжецом, я не добавлю популярности ни ему, ни себе. Ни общему делу.

Теперь я начинаю понимать, зачем повстанцы потратили столько сил на мое спасение. Что я для них значу. В войне с Капитолием, которая часто казалась мне единоборством, я была не одна. На моей стороне стояли тысячи, десятки тысяч людей из разных дистриктов. Я стала их Сойкой-пересмешницей задолго до того, как сознательно взяла на себя эту роль.

Новое, незнакомое чувство зарождается в моей душе, но полностью я осознаю его, лишь когда, стоя на столе, машу рукой на прощание людям, хрипло скандирующим мое имя. Власть. Я обладаю властью, о которой даже и не подозревала. Сноу знал о ней с тех пор, как я вытащила ягоды. И Плутарх, когда спасал меня с арены, тоже знал. Теперь знает Койн. Настолько хорошо, что вынуждена публично напоминать о своих полномочиях.

Когда мы выходим на улицу, я прислоняюсь к стене склада, чтобы отдышаться. Боггс подает мне фляжку с водой.

— Ты отлично справилась.

Ну да, меня не вырвало, я не упала в обморок и не убежала с криками. По правде говоря, выплыла на волне эмоций, охвативших людей.

— Получился неплохой материал, — говорит Крессида.

Я будто впервые вижу жуков-операторов, обливающихся потом под своими камерами-панцирями. Мессаллу, делающего какие-то пометки в блокноте. Я даже забыла, что меня снимают.

— Да я ничего такого не сделала, — говорю я.

— Ты недооцениваешь свои прошлые заслуги, — возражает Боггс.

Прошлые заслуги? Та череда бедствий, что шлейфом тянется за мной. Колени подкашиваются, и я сползаю вниз по стене.

— Это еще как посмотреть.

— Что ж, до идеала тебе, конечно, далеко, но по нынешним временам сгодишься.

Гейл садится рядом на корточки.

— Поверить не могу, что ты позволяла всем этим людям себя трогать, — качает он головой. — Все ждал, когда же ты бросишься к выходу.

— Заткнись, — смеюсь я.

— Твоя мама будет тобой гордиться, когда увидит репортаж.

— За всеми ужасами, которые здесь творятся, она меня даже не заметит. — Я поворачиваюсь к Боггсу. — И так во всех дистриктах?

— Почти. Мы изо всех сил стараемся помочь, но не всегда это возможно. — На минуту он замолкает, прислушиваясь к словам в наушнике. Я вспоминаю, что до сих пор не слышала голос Хеймитча, и начинаю копаться в своем, проверя, не сломался ли. — Мы возвращаемся. Срочно, — говорит Боггс, одной рукой помогая мне встать. — Возникли проблемы.

— Какие проблемы? — спрашивает Гейл.

— Бомбардировщики на подходе. — Боггс натягивает мне на голову шлем Цинны. — Живо!

Не понимая, что происходит, бегу вдоль стены склада к посадочной площадке. Я не чувствую опасности. Голубое небо все такое же чистое, люди по-прежнему несут раненых к госпиталю. Никакой тревоги. И тут начинает выть сирена. Считаные секунды спустя над нами возникает клин капитолийских планолетов и начинают сыпаться бомбы. Меня отбрасывает на стену склада. Правую ногу сзади чуть повыше колена обжигает боль. В спину тоже что-то ударило, но бронежилет меня защитил. Боггс прикрывает меня своим телом. Земля под ногами сотрясается от разрывов.

Стоять прижатой к стене, когда вокруг сыплются бомбы, — ощущение не из приятных. Как там отец говорил про легкую добычу? Глушить рыбу в бочке. Мы и есть та самая рыба. А улица — бочка.

— Китнисс! — Я вздрагиваю от голоса Хеймитча в ухе.

— Что? Да. Что? Я здесь! — кричу я.

— Слушай меня. Пока они бомбят, мы приземлиться не можем. Главное, чтобы они не заметили тебя.

— А они еще не знают, что я тут? Удивительно. Обычно причиной всех бед бываю я.

— Разведка считает — нет. Атака была спланирована заранее.

Следом подключается Плутарх, его голос звучит спокойно, но властно — голос главного распорядителя Игр, привыкшего командовать в любых обстоятельствах.

— Через три здания от вас синий склад. Внутри, с северной стороны, убежище. Сможете туда добраться?

— Постараемся, — говорит Боггс.

Плутарха, должно быть, слышали все, потому что телохранители и съёмочная группа сразу поднимаются с земли. Я машинально ищу глазами Гейла. Он тоже на ногах. Кажется, его не задело.

— У вас около сорока пяти секунд до следующей атаки, — предупреждает Плутарх.

У меня вырывается стон, когда переношу вес на правую ногу, но я не останавливаюсь. Нет времени осматривать рану. Может быть, даже лучше, что я её не вижу. К счастью, обувь на мне тоже Циннина. Подошвы рифлёные и хорошо пружинят. В тех разношенных ботинках, что мне выдали в Тринадцатом, я бы далеко не убежала. Боггс идёт впереди, я следом. Никто не думает меня обгонять, наоборот, все прикрывают меня со спины и по бокам. Секунды утекают как вода, и я заставляю себя перейти на бег. Второй серый склад позади, мы бежим вдоль грязно-коричневой стены третьего. Впереди уже виднеется выцветший синий фасад. Там убежище. Вот и угол, осталось только перебежать проход между зданиями, но тут начинается новая атака. Инстинктивно бросаюсь на землю в проход и откатываюсь к синей стене. Теперь своим телом меня прикрывает Гейл. На этот раз бомбежка длится дольше, зато взрывы гремят не так близко к нам.

Я поворачиваюсь на бок и встречаюсь глазами с Гейлом. На мгновение весь мир отступает на второй план, я вижу только разгоряченное лицо Гейла с пульсирующей на виске жилкой и приоткрытым ртом, которым он жадно втягивает воздух.

— Жива? — спрашивает он. Его слова почти тонут в грохоте.

— Да. Кажется, меня не заметили. За нами не охотятся.

— Нет, у них другая цель.

— Но тут ведь больше ничего...

И тут мы понимаем.

— Госпиталь! — кричит Гейл, вскакивая. — Их цель — госпиталь!

— Это не ваше дело, — жестко отрезает Плутарх. — Бегом в убежище!

— Но там же раненые! — говорю я.

— Китнисс! — В голосе Хеймитча звучит угроза, я уже знаю, что будет дальше. — Даже не думай...

Я выдергиваю наушник, оставляя его болтаться на проводе. Теперь, когда меня ничто не отвлекает, я слышу другой звук. На крыше коричневого склада строчит пулемет. Кто-то отстреливается. Прежде чем меня успевают остановить, бегу к лестнице и карабкаюсь вверх. Если я что и умею делать как следует, так это лазать.

— Не останавливайся! — слышу снизу голос Гейла. Затем удар ботинком в чье-то лицо. Если это лицо Боггса, Гейлу не поздоровится. Я уже у края крыши и перебираюсь с лестницы на смоляное покрытие. Разворачиваюсь, чтобы помочь Гейлу, мы оба бежим к пулеметным гнездам на противоположной стороне. Каждый пулемет обслуживают несколько повстанцев. Мы бросаемся в гнездо с двумя солдатами и пригибаемся к барьеру.

— Боггс знает, что вы здесь? — За пулеметом справа от нас стоит Пэйлор.

— Конечно, — отвечаю я чистую правду.

Пэйлор смеется.

— Ну да, еще бы он не знал. Умеете стрелять из таких? — Она хлопает по стволу оружия.

— Я — да. Научился в Тринадцатом, — говорит Гейл. — Но предпочитаю свое оружие.

— У нас есть луки. — Я поднимаю свой, и тут понимаю, насколько несерьезно он выглядит. — Это он только с виду такой безобидный.

— Надеюсь, что так. Ладно. Ожидается еще три волны. Им приходится отключать маскировку перед тем, как сбросить бомбы. Это наш шанс. Только не высовывайтесь из-за барьера.

Я готовлюсь стрелять с колена.

— Начнем с зажигательных, — предлагает Гейл.

Я киваю и достаю стрелу из правого колчана.

Если мы не попадем в цель, стрелы куда-нибудь да упадут, и скорее всего на склады через дорогу. Лучше уж пожар, чем взрыв.

Внезапно я их вижу. Семь небольших бомбардировщиков летят клином кварталах в двух от нас.

— Гуси! — кричу я Гейлу.

Он поймет, что я имею в виду. На осенней охоте у нас с ним выработалась особая система, чтобы не стрелять обоим в одну и ту же птицу. Я беру на себя дальнее ответвление косяка, Гейл — ближнее, а в переднюю птицу стреляем по очереди. Сейчас времени на обсуждение нет. Оцениваю скорость и делаю выстрел. Попадаю в крыло одного из планолетов, ближе к фюзеляжу, и его охватывает огнем. Гейл промахивается. Огонь вспыхивает на крыше пустого склада напротив. Гейл тихо чертыхается.

Планолет, который я подстрелила, выбивается из строя, но продолжает сбрасывать бомбы. По крайней мере, он не исчезает из виду — так же, как и другой, в который попали из пулемета. Должно быть, повреждены маскировочные щиты.

— Отличный выстрел, — говорит Гейл.

— Я не в него целилась, — бормочу я.

Планолет, который я держала на прицеле, успел улететь вперед.

— Они быстрее, чем кажется.

— Приготовиться! — кричит Пэйлор.

Следующая группа планолетов уже на подходе.

— Зажигательные не годятся, — говорит Гейл. Я киваю, и мы оба берем стрелы со взрывающимися наконечниками. Склады, кажется, все равно заброшенные.

Пока планолеты подлетают, принимаю еще одно решение.

— Я встаю! — кричу я Гейлу и поднимаюсь на ноги. В таком положении у меня максимальная точность. Целюсь в точку впереди планолета и с первого выстрела пробиваю днище переднего. Гейл попадает в хвост следующего. Тот переворачивается в воздухе и с серией взрывов падает посреди улицы.

Неожиданно маскировку снимает третья группа. На сей раз Гейл точно поражает передний планолет, я подбиваю крыло второго, и тот, закружившись, врезается в летящий за ним. Оба падают на крышу склада через дорогу от госпиталя. Четвертый планолет прошивает пулеметная очередь.

— Вот так-то, — говорит Пэйлор.

Языки пламени и черный дым, поднимающийся от обломков, закрывают обзор.

— Они попали в госпиталь?

— Скорее всего, — отвечает она мрачно.

По пути к лестнице на другом конце крыши с удивлением вижу, как из-за вентиляционного короба показываются Мессалла и один из «жуков»-операторов. Я думала, они остались внизу.

— Кажется, они начинают мне нравиться, — говорит Гейл.

Внизу стоят один телохранитель, Крессида и второй «жук». Я ожидаю головомойки, но Крессида только указывает мне рукой в сторону госпиталя и кричит:

— Мне плевать, Плутарх! Просто дай нам еще пять минут!

Не спрашивая ни у кого разрешения, я выбегаю из прохода на улицу.

— О нет, — шепчу я, едва вижу госпиталь. Вернее — то, что от него осталось.

Я двигаюсь мимо раненых, мимо горящих остовов планолетов, не сводя глаз с того ужаса, который впереди. Люди кричат, дико мечутся не в силах помочь. Бомбы обрушились на крышу госпиталя и подожгли его, заперев раненых в ловушке. Группа спасателей пытается расчистить вход. Однако я знаю, что они там увидят. Если обломки и огонь кого-то пощадили, то дым сделал свое дело.

Сзади подходит Гейл. То, что он не кидается на помощь, только подтверждает мои подозрения. Шахтеры не опускают руки, пока есть хоть какая-то надежда.

— Пойдем, Китнисс. Хеймитч сказал, сейчас за нами пришлют планолет.

Я не могу пошевелиться.

— Зачем они это сделали? Зачем нападать на людей, которые и так умирают?

— Чтобы запугать остальных, — говорит Гейл. — Им не нужны раненые. Во всяком случае, не нужны Сноу. Это лишняя обуза. Если Капитолий победит, что они будут делать с толпами покалеченных рабов?

Сколько раз в лесу Гейл заводил свои тирады против Капитолия, а я их почти не слушала. Удивлялась, зачем разбираться в мотивах — какая разница, почему наши враги поступают так, а не иначе. Теперь понятно, что задуматься стоило. Когда Гейл спрашивал, стоит ли собирать всех раненых в одно место, он думал не об эпидемиях, а об этом. Потому что он знает, с кем мы имеем дело.

Я медленно поворачиваюсь спиной к госпиталю и вижу в двух шагах от себя Крессиду с «жуками» по бокам. Ни следа волнения на лице. Вот у кого железная выдержка!

— Китнисс, — говорит она, — по приказу президента Сноу бомбежка транслировалась в прямом эфире. Затем он заявил, что это его предупреждение мятежникам. Что ты об этом думаешь? Может быть, ты тоже скажешь что-нибудь повстанцам?

— Да, — шепчу я.

На одной из камер мигает красный огонек. Меня снимают.

— Да, — повторяю я увереннее. Все — Гейл, Крессида, «жуки» — отступают дальше, предоставляя «сцену» мне одной. Мой взгляд фокусируется на красной лампочке. — Я хочу сказать восставшим, что я жива. Что я здесь, в Восьмом дистрикте, где Капитолий только что разбомбил госпиталь, полный безоружных мужчин, женщин и детей. Все они погибли. — Потрясение, испытанное мной, перерастает в гнев. — Люди! Если вы хотя бы на мгновение поверили, что Капитолий будет относиться к нам по-человечески, если вы надеетесь на прекращение войны, вы обманываете самих себя. Потому что вы знаете, кто они, вы видите их дела. — Я машинально развожу руки в стороны, словно показывая весь ужас, творящийся вокруг меня. — Вот как они поступают! Они должны за это заплатить!

Движимая яростью, я приближаюсь к камере.

— Президент Сноу предупреждает нас? Я тоже хочу его предупредить. Вы можете убивать нас, бомбить, сжигать наши дистрикты, но посмотрите на это. — Одна из камер следует за моим жестом, указывающим на горящие планолеты на крыше склада. Сквозь языки пламени четко просматривается капитолийский герб. — Огонь разгорается! — Я перехожу на крик, чтобы Сноу точно не пропустил ни слова. — Сгорим мы — вы сгорите вместе с нами!

Мои последние слова повисают в воздухе. Мне кажется, будто время остановилось, и я парю над землей в облаке жара, исходящего не от пылающих вокруг обломков, а от меня самой.

— Снято! — голос Крессиды возвращает меня к реальности, остужая мой пыл. Она кивает в знак одобрения.

— То, что надо!

8

Появляется Боггс и крепко берет меня за руку, хотя я и не думаю убегать. Бросаю последний взгляд на госпиталь — как раз в тот миг, когда остов здания обрушивается, — и силы меня оставляют. Всех этих людей — сотен раненых, их родственников, врачей из Тринадцатого — больше нет. Поворачиваюсь к Боггсу и вижу кровоподтек на его лице от ботинка Гейла. Я не специалист, однако нос у него определенно сломан. Впрочем, в голосе Боггса звучит скорее усталость, нежели злость.

— Все на посадочную полосу!

Я послушно делаю шаг вперед и морщусь от ужасной боли под правым коленом. Теперь, когда действие адреналина прошло, тело разваливается на части. Я изранена, окровавлена, и у меня такое чувство, будто в голове сидит кто-то и лупит молотком по левому виску. Взглянув на мое лицо, Боггс подхватывает меня на руки и бежит к взлетной полосе. На полпути меня начинает тошнить. Кажется, у Боггса вырывается вздох, хотя не уверена, потому что он совсем запыхался.

Небольшой планолет, не похожий на тот, который доставил нас сюда, уже стоит на взлетной полосе. Как только все поднимаются на борт, мы взлетаем. На сей раз нет ни удобных сидений, ни иллюминаторов. Очевидно, это грузовое судно. Боггс оказывает первую помощь раненым. Хочется снять испачканный рвотой бронежилет, но тут слишком холодно. Я устраиваюсь на полу, положив голову на колени Гейлу. Последнее, что помню, — Боггс накрывает меня мешками.

Просыпаюсь я только на своей старой кровати в больнице. Мне тепло, раны перевязаны. Рядом мама.

— Как ты себя чувствуешь?

— Будто побитая. Но терпимо, — говорю я.

— Нам никто даже не сказал, пока ты не улетела.

Я чувствую укол стыда. Нельзя забывать о таких вещах, после того как твоя семья дважды провожала тебя на Голодные игры.

— Прости. Мы не ожидали нападения. Предполагалось, что я только навещу пострадавших, — объясняю я. — В следующий раз заставлю их вначале договориться с тобой.

— Китнисс, со мной уже давно никто ни о чем не договаривается.

Она права. Никто. Даже я. С тех пор, как умер мой папа. К чему притворяться?

— Ну, я попрошу, чтобы они хотя бы... предупреждали тебя.

На тумбочке лежит осколок, вынутый из моей ноги. Врачей больше волнует моя голова, я ведь еще от прошлого сотрясения не совсем оправилась. Впрочем, в глазах у меня не двоится, ничего такого, и мысли не путаются. Я проспала вечер и всю ночь, и теперь ужасно хочу есть. Завтрак мне приносят совсем скудный — несколько кусочков хлеба, размоченных в теплом молоке.

Потом меня вызывают в штаб на утреннее совещание. Я собираюсь встать, но меня, оказывается, хотят отвезти туда прямо на больничной койке. Говорю, что прекрасно дойду сама, однако никто даже слушать не хочет. Наконец мы сходимся на кресле-каталке. Я ведь правда совсем в порядке. Ну, не считая головы, ноги, пары ушибов и небольшой тошноты после завтрака... Нет, пожалуй, хорошо, что я поеду в каталке.

Пока меня катят в штаб, на душе становится беспокойно. Вчера мы с Гейлом прямо нарушили приказ, и Боггс может подтвердить это своим сломанным носом. Конечно, нас накажут, но насколько сурово? Аннулирует ли Койн наше соглашение об амнистии победителям? Не лишила ли я Пита той ничтожной защиты, которую могла ему дать?

В штабе я застаю только Крессиду, Мессаллу и «жуков».

— А вот и наша маленькая звезда! — восклицает Мессалла, и все они так искренне улыбаются, что я не могу не улыбнуться в ответ.

Они здорово удивили меня вчера. Не послушались Плутарха. Ради репортажа полезли за мною в самое пекло. Они не просто выполняют свою работу, они ее любят. Как Цинна.

В голову приходит странная мысль, что, окажись мы вместе на арене, я выбрала бы их в союзники. Крессиду, Мессаллу и... и...

— Хватит мне уже называть вас «жуками», — говорю я вдруг операторам.

Потом объясняю, что не знаю, как их зовут, а они сами в костюмах и с аппаратурой напоминают насекомых. Кажется, такое сравнение их ничуть не обижает. Даже без камер они очень похожи друг на друга. Одинаковые песочные волосы, рыжие бороды и голубые глаза. Один, с обгрызенными ногтями, представляется Кастором и говорит, что другого зовут Поллукс. Он его брат. Поллукс только молча кивает. Сперва я думаю, это он от скромности или просто не очень разговорчивый, однако положение его губ и видимое усилие, с которым он сглатывает, мне знакомы. Я еще до объяснения Кастора понимаю, что Поллукс безгласый. Ему отрезали язык, он никогда больше не будет говорить. А я больше не буду удивляться их готовности рисковать жизнью ради свержения Капитолия.

Зал постепенно наполняется, я настраиваю себя и на менее радушные встречи. Однако недовольными выглядят только Хеймитч, для которого это обычное состояние, и Фульвия Кардью, явившаяся с кислой миной. Лицо Боггса от верхней губы до лба закрыто маской телесного цвета — я была права насчет сломанного носа, — поэтому о его мимике судить трудно. Койн с Гейлом входят в зал вместе, болтая как старые приятели.

— Завел новых друзей? — спрашиваю я, когда Гейл опускается на стул рядом с моей каталкой.

Гейл еще раз бросает взгляд на президента, затем поворачивается ко мне.

— Ну, должен же кто-то из нас налаживать контакты. — Он нежно касается моего виска. — Как себя чувствуешь?

Должно быть, на завтрак в столовой давали тушеную тыкву с чесноком. Чем больше народу собирается, тем сильнее запах. Желудок у меня сжимается, а освещение вдруг кажется слишком ярким.

— Слегка покачивает, — отвечаю я. — А ты?
— В порядке. Вытащили пару осколков. Ничего страшного.

Койн просит внимания.

— Наша информационная атака официально началась. Для тех из вас, кто пропустил вчерашнюю вечернюю передачу и семнадцать повторов, которые с тех пор Бити удалось передать в эфир, мы прокрутим ролик прямо сейчас.

Прокрутят ролик? Выходит, они не только успели просмотреть отснятый материал, но и смонтировали из него ролик и даже уже несколько раз показали? При мысли, что сейчас я увижу себя на экране, мои ладони покрываются потом. Как я выгляжу? Что, если такая же скованная и никчемная, какой была в студии, и они просто отчаялись добиться от меня чего-нибудь получше?

Из стола выдвигаются несколько дисплеев, свет тускнеет. В зале наступает тишина.

Несколько секунд экран остается черным. Затем в его центре вспыхивает маленькая искорка. Она становится все ярче и ярче, постепенно увеличивается в размере, поглощая окружающую черноту, пока наконец весь экран не взрывается пламенем, настолько мощным и реальным, что я как будто чувствую исходящий от него жар. На фоне огня возникает моя брошь с сойкой-пересмешницей, переливающаяся красным золотом, и тут же раздается низкий, звучный голос, который преследует меня в кошмарах.

— Огненная Китнисс Эвердин, — вещает Клавдий Темплсмит, официальный комментатор Голодных игр. — Она все еще пылает.

Внезапно вместо броши на экране появляюсь я сама на фоне настоящего огня и дыма в Восьмом дистрикте.

— Я хочу сказать восставшим, что я жива. Что я здесь, в Восьмом дистрикте, где Капитолий только что разбомбил госпиталь, полный безоружных мужчин, женщин и детей. Все они погибли.

На экране рушащийся госпиталь, отчаяние очевидцев, в то время как мой голос за кадром продолжает:

— Люди! Если вы хотя бы на мгновение поверили, что Капитолий будет относиться к нам по-человечески, если вы надеетесь на прекращение войны, вы обманываете самих себя. Потому что вы знаете, кто они, вы видите их дела.

Камера снова возвращается ко мне, когда я развожу руками, показывая на разрушения вокруг.

— Вот как они поступают! Они должны за это заплатить!

Далее следует фантастическая нарезка фрагментов битвы. Первые бомбы, мы бежим, нас сбивает взрывной волной, крупный план моего ранения (ого, сколько кровищи!), карабкание на крышу, пулеметные гнезда... Наконец несколько самых впечатляющих выстрелов повстанцев, Гейла и моих. Больше всего моих. Падающие планолеты. Резкая смена кадра. Я иду прямо на камеру.

— Президент Сноу предупреждает нас? Я тоже хочу его предупредить. Вы можете убивать нас, бомбить, сжигать наши дистрикты, но посмотрите на это!

Камера показывает охваченные огнем планолеты на крыше склада. Герб Капитолия на крыле тает, превращаясь в мое лицо.

— Огонь разгорается! — кричу я президенту. — Сгорим мы — вы сгорите вместе с нами!

Языки пламени снова заполняют собой весь экран. Поверх них появляются толстые черные буквы, из которых слагается фраза:

СГОРИМ МЫ — ВЫ СГОРИТЕ ВМЕСТЕ С НАМИ!

Слова воспламеняются, изображение на экране выгорает до полной черноты.

Мгновение в зале царит тишина, затем раздаются аплодисменты, а следом за ними просьбы показать ролик еще раз. Койн милостиво нажимает кнопку воспроизведения. На повторе, зная, чего ожидать, я представляю, будто смотрю свой старенький телевизор дома в Шлаке. Манифест против Капитолия. Такого еще никогда не показывали по телевизору. По крайней мере, на моей памяти.

К тому моменту, когда финальный кадр выгорает во второй раз, у меня появляется множество вопросов:

— Это видели во всем Панеме? И в Капитолии?

— В Капитолии — нет, — говорит Плутарх. — Мы пока не можем проникнуть в их систему, но Бити над этим работает. Зато во всех дистриктах видели. Даже во Втором, который в настоящий момент для нас, пожалуй, важнее Капитолия.

— А Клавдий Темплсмит тоже с нами? — спрашиваю я.

Вопрос очень веселит Плутарха.

— Только его голос. Но как удачно вписался! Нам даже подправлять ничего не пришлось. Клавдий действительно произнес эту фразу еще на первых твоих Играх. — Плутарх шлепает ладонью по столу. — А теперь давайте еще раз поаплодируем Крессиде, ее потрясающей команде и, конечно, нашей звезде экрана!

Я тоже хлопаю, пока не понимаю, что я и есть та самая звезда экрана и, наверное, нескромно аплодировать самой себе. Впрочем, все равно никто на это не обращает внимания. Случайно я замечаю, как вымученно улыбается Фульвия. Ей трудно смириться с тем, что идея Хеймитча в сочетании с мастерством Крессиды принесла такой успех, а ее собственный студийный подход оказался провальным.

В конце концов Койн это ликование, похоже, надоедает.

— Что ж, аплодисменты заслуженные. Результат превзошел наши ожидания. Однако у меня вызывает опасения тот риск, на который вы пошли ради успеха операции. Да, налет явился для вас неожиданностью. Тем не менее, учитывая обстоятельства, считаю, нам следует обсудить целесообразность решения отправить Китнисс в реальный бой.

Решения? Отправить меня в бой? Выходит, Койн не знает, как я нагло проигнорировала приказы, вытащила наушник и сбежала от телохранителей? Что еще они от нее скрывают?

— Решение далось нам нелегко, — говорит Плутарх, морща лоб. — Но все сошлись на том, что мы ничего не добьемся, если при первом выстреле будем запирать ее в бункере.

— Ты тоже с этим согласна? — спрашивает президент.

Гейл пинает меня под столом, и только тогда я понимаю, что она обращается ко мне.

— Я? Да, целиком и полностью. Приятно было, для разнообразия сделать что-то самой.

— Хорошо, — говорит Койн. — Однако я призываю подходить к подобным акциям с большой осторожностью. Тем более теперь, когда Капитолию известно, на что она способна.

Слышится гул одобрения.

Нас с Гейлом никто не выдал. Ни Плутарх, на приказы которого мы наплевали. Ни Боггс со своим сломанным носом. Ни «жуки», которых мы затащили за собой в пекло. Ни Хеймитч — впрочем... Хеймитч одаряет меня убийственной улыбкой и медоточивым голосом цедит:

— Ну, разумеется, мы ведь не хотим потерять нашу маленькую птичку, едва она начала петь.

Я отмечаю про себя, что, пожалуй, не стоит оставаться с Хеймитчем наедине. Уж он-то мне не простил этого дурацкого наушника.

— Что вы еще планируете? — интересуется президент.

Плутарх кивает Крессиде, которая заглядывает в свои записи на планшете.

— У нас есть отличный материал с Китнисс в госпитале Восьмого. Можно сделать еще один агитролик под девизом «Вы знаете, кто они, вы видите их дела». Основная тема — как Китнисс общается с пациентами, особенно с детьми, потом бомбардировка госпиталя и его руины. Мессалла уже монтирует. Потом — ролик о Сойке. Самые удачные выстрелы Китнисс, смонтированные с эпизодами восстаний и кадрами войны. Мы назовем его «Огонь разгорается». И еще одной гениальной идеей с нами поделилась Фульвия.

От удивления Фульвия на секунду даже забывает кисло кривить губы, но быстро приходит в себя.

— Не знаю, насколько моя идея гениальна, но я подумала, почему бы нам не снять серию роликов под названием «Мы помним». Каждый ролик посвятить одному из погибших трибутов. Маленькой Руте из Одиннадцатого, старушке Мэгз из Четвертого... Это было бы своего рода персональное обращение к каждому конкретному дистрикту.

— Наша дань памяти вашим трибутам, так сказать, — говорит Плутарх.

— Это потрясающе, Фульвия, — искренне восклицаю я. — Лучший способ напомнить людям, за что они сражаются.

— Это должно сработать, — соглашается она. — А ведущим мог бы стать Финник. Конечно, если ролики будут пользоваться популярностью.

— По моему мнению, чем больше таких роликов мы снимем, тем лучше, — говорит Койн. — Вы можете приступить к работе уже сегодня?

— Конечно, — отвечает Фульвия, явно повеселевшая от такой поддержки ее идеи.

Ну вот, конфликт в творческом коллективе улажен. Крессида похвалила Фульвию за ее и впрямь замечательную идею и теперь без помех сможет заниматься собственным проектом с Сойкой-пересмешницей. Зато Плутарха, похоже, похвалы не интересуют. Ему главное, чтобы информационная атака работала. Я напоминаю себе, что Плутарх — распорядитель Игр, а не фигура в игре. Он сам по себе. Его значимость определяется не отдельными удачами, а конечным результатом. Если мы выиграем войну, тогда Плутарх выйдет на сцену. И будет вознагражден.

Президент отправляет всех заниматься делом, и Гейл везет меня обратно в госпиталь. Мы смеемся над тем, как все нас выгораживали. Гейл говорит, им просто стыдно признаться, что они за нами не уследили. Я великодушно предполагаю, что они сами не прочь повторить подобную вылазку, ведь у нас только-только стало что-то получаться. Возможно, мы оба правы. Потом Гейл уходит к Бити в спецвооружение, и я засыпаю.

Кажется, всего минуту назад сомкнула глаза, но, открыв их, я вздрагиваю от неожиданности. Рядом сидит Хеймитч. Ждет. Возможно, уже давно, если верить часам. Хочу кого-нибудь позвать, однако понимаю, что разговора все равно не избежать.

Хеймитч наклоняется и болтает у меня чем-то перед носом. Я не могу разглядеть, но догадываюсь, что это.

— Твой наушник, — говорит Хеймитч, бросая его на простыню. — Даю тебе еще один шанс. Если опять его вытащишь, будешь носить вот это.

Он показывает какой-то металлический обруч, который я про себя нарекаю оковами для головы.

— Альтернативное аудиоустройство. Надевается на голову и защелкивается под подбородком. Единственный ключ будет у меня. А если ты исхитришься снять и его, — Хеймитч кидает обруч на кровать и достает из кармана маленький серебряный чип, — я попрошу имплантировать тебе в ухо вот это. Тогда я смогу разговаривать с тобой двадцать четыре часа в сутки.

Хеймитч круглосуточно в моей голове. Это уже слишком.

— Я больше не буду вытаскивать наушник, — бормочу я.

— Что? Не слышу.

— Я больше не буду вытаскивать наушник! — повторяю я так громко, что наверно бужу половину госпиталя.

— Уверена? Лично меня устроит любой из трех вариантов.

— Уверена, — отвечаю я.

Зажимаю наушник в руке, а свободной швыряю обруч Хеймитчу в лицо. Он ловко его ловит. Явно был наготове.

— Что еще? — спрашиваю я.

Хеймитч поднимается.

— Я съел твой обед, пока ждал.

На тумбочке стоит поднос с пустой миской.

— Я на тебя пожалуюсь, — бурчу я в подушку.

— Конечно, солнышко.

Он знает, что я не доносчица.

Пытаюсь снова заснуть, но я слишком возбуждена. В голове вспыхивают картины вчерашнего дня. Бомбардировка, горящие планолеты, лица раненых, которых больше нет. Смерть подступает со всех сторон. Мое воспаленное воображение возвращает меня в гущу боя. Вот передо мной взрывается бомба. Вот я в планолете с отвалившимся крылом падаю в никуда. Вот лежу беспомощная на койке, и на меня обрушивается крыша госпиталя. Все это я видела собственными глазами или на пленке. Все это вызвала я сама — одним выстрелом из лука. Этот кошмар навсегда останется со мной.

Во время ужина Финник приходит ко мне со своим подносом, чтобы вместе посмотреть новый ролик. Вообще-то его определили в отсек на том же этаже, где раньше жила я, но у него так часто случаются рецидивы, что практически он живет в госпитале. Сегодня показывают ролик «Вы знаете, кто они. Вы видите их дела», смонтированный Мессаллой. Репортаж из Восьмого сопровождается студийными комментариями Гейла, Боггса и Крессиды. Мне тяжело видеть свое посещение госпиталя, зная, что произойдет дальше. Когда на крышу начинают сыпаться бомбы, я зарываюсь лицом в подушку и снова смотрю на экран только в конце, после гибели раненых.

По крайней мере, Финник не аплодирует и не радуется.

— Люди должны знать, что происходит, — говорит он просто.

— Давай выключим, Финник, пока они не дали повтор, — прошу я.

Но как только рука Финника тянется к пульту, кричу:

— Подожди!

Капитолий включился со специальным выпуском. На экране знакомое лицо. Да, это Цезарь Фликермен. Нетрудно догадаться, кто будет его гостем.

Изменения, произошедшие с Питом, повергают меня в шок. Здоровый парень с ясными глазами, которого я видела несколько дней назад, похудел по крайней мере на пятнадцать фунтов. Руки нервно дрожат, под глазами мешки. Его явно готовили к интервью, но ни элегантная одежда, ни грим не могут скрыть боли, которую он чувствует при каждом движении. Он искалечен и физически и морально.

Как же это случилось? Я совсем недавно его видела! Всего четыре — нет, пять — да, пять дней назад. Когда он успел так измениться? Что они с ним делали? И тут до меня доходит. Я прокручиваю в голове то первое интервью с Цезарем. Можно ли понять, когда оно происходило? Нет, никак. Его могли снять через день или два после того, как я взорвала арену, а потом они делали с Питом, что хотели.

— О, Пит... — шепчу я.

После нескольких дежурных фраз Цезарь спрашивает Пита, что тот думает о слухах, будто я снимаюсь в агитационных роликах для дистриктов.

— Они ее используют, — говорит Пит. — Чтобы подстегнуть повстанцев. Скорее всего, она не понимает, что происходит на самом деле. Что поставлено на карту.

— Может быть, ты хочешь ей что-нибудь сказать? — спрашивает Цезарь.

— Да, хочу. — Пит смотрит в камеру, прямо мне в глаза. — Не будь дурой, Китнисс. Думай своей головой. Тебя хотят превратить в оружие, которое уничтожит человечество. Используй свое влияние, чтобы остановить войну. Пока все не зашло слишком далеко. Спроси себя, доверяешь ли ты людям, которые рядом с тобой? Знаешь ли ты, что происходит на самом деле? И если нет, — узнай.

Черный экран. Герб Панема. Передача закончилась.

Финник выключает телевизор. Через минуту сюда заявится целая куча народа, чтобы разрушить то впечатление, которое оказали на меня слова Пита и его состояние. Я должна буду с ними соглашаться. Однако, по правде говоря, я не доверяю ни повстанцам, ни Плутарху, ни Койн. Я не уверена, что они говорят мне правду. И не смогу притворяться.

Шаги уже приближаются.

Финник крепко берет меня за плечи.

— Мы этого не видели.

— Что? — спрашиваю я.

— Мы не видели Пита. Только ролик о Восьмом. Потом сразу выключили телевизор, потому что ты расстроилась. Идет?

Я киваю.

— Доедай свой ужин.

Прежде чем входят Плутарх и Фульвия, я успеваю немного прийти в себя. С аппетитом ем капусту с хлебом. Финник восхищается тем, как смотрелся Гейл на экране. Мы поздравляем вошедших с удачным роликом и невзначай упоминаем, что сразу после него выключили телевизор. На их лицах появляется облегчение. Поверили.

Никто не упоминает о Пите.

9

После того как меня несколько раз будят кошмары, я больше не пытаюсь заснуть. Просто лежу в кровати и притворяюсь спящей, когда кто-нибудь заглядывает в палату. Утром меня выписывают. Советуют беречь себя и поменьше волноваться. Крессида просит записать несколько реплик для нового агитролика. За обедом я напрасно жду, что кто-нибудь заговорит о вчерашнем интервью Пита. Но ведь кто-то должен был его видеть, кроме нас с Финником!

После обеда у меня тренировка. Гейла отправили к Бити — работать над каким-то оружием, поэтому мне разрешают взять с собой в лес Финника. Некоторое время мы просто гуляем, потом прячем наши маячки под кустом и отходим подальше обсудить ситуацию.

— Я ни единого слова не слышал о Пите. А при тебе никто о нем не говорил? — интересуется Финник.

Я мотаю головой. После паузы он спрашивает:

— Даже Гейл?

У меня еще остается крошечная надежда, что Гейл действительно ничего не знает.

— Может, он просто ждет подходящего момента, чтобы поговорить с тобой?

— Может быть.

Мы сидим молча так долго, что прямо на нас выходит олень. Я убиваю его из лука, а Финник оттаскивает тушу к забору.

На ужин сегодня овощи, тушенные с олениной. После еды Гейл провожает меня до отсека Е. Расспрашиваю его о новостях, но он снова ничего не говорит о Пите.

Как только мама с сестрой засыпают, вытаскиваю из комода жемчужину и, зажав ее в руке, вторую ночь подряд прокручиваю в голове слова Пита. «Спроси себя, доверяешь ли ты людям, которые рядом с тобой? Знаешь ли ты, что происходит на самом деле? И если нет, — узнай».

Узнай. Что? У кого? И как Пит сам может знать что-нибудь кроме того, что ему говорят в Капитолии? Это всего-навсего их агитролик. Пропаганда. А если это просто уловки Капитолия, почему Плутарх мне ничего не сказал? Почему все молчат?

Однако истинная причина моей тревоги — Пит. Что они с ним сделали? И что делают прямо сейчас? Конечно, Сноу не поверил, что мы с Питом ничего не знали о восстании. Теперь, когда я стала Пересмешницей, его подозрения укрепились. А Пит может лишь гадать о планах повстанцев или сочинять небылицы для своих мучителей. Однако, как только ложь раскроется, его жестоко накажут. Каким покинутым он, должно быть, себя чувствует. В своем первом интервью Пит пытался защитить меня — как от Капитолия, так и от повстанцев, а я лишь навлекла на него еще большие беды.

Утром просовываю руку в стену и мутным взглядом разглядываю свое расписание. Сразу после завтрака съемки. В столовой быстро глотаю горячую кашу с молоком, тертую свеклу и тут замечаю на запястье Гейла телебраслет.

— Когда тебе его вернули, солдат Хоторн? — спрашиваю.

— Вчера. Решили, раз мы с тобой в одной команде, дополнительное средство связи не помешает.

А мне вот никто не предлагал телебраслет. Интересно, дадут, если попрошу?

— Ну, должен же кто-то из нас налаживать контакты, — говорю с ноткой ехидства.

— Что ты хочешь сказать?

— Ничего. Просто повторяю твои слова. И совершенно согласна — ты для этой роли подходишь больше. Надеюсь только, мы еще не потеряли контакт друг с другом.

Наши взгляды встречаются, и тут я осознаю, насколько зла на Гейла. Что я ни секунды не верила, будто он не видел ролика с Питом. Я чувствую себя преданной.

Гейл очень хорошо меня знает; разумеется, он уловил мое настроение и догадался о его причине.

— Китнисс... — начинает он. Уже в самом голосе слышится признание вины.

Я хватаю свой поднос, иду к транспортеру и с грохотом сваливаю на него посуду. Гейл догоняет меня в коридоре и хватает за руку.

— Почему ты ничего не сказала?

— Я? — Выдергиваю руку. — Почему ты ничего не сказал, Гейл? А я, между прочим, спрашивала тебя, что нового!

— Я виноват. Прости. Я не знал, что делать. Хотел сказать тебе, но все боялись, что ты расстроишься.

— Да, они правы. Я расстроилась. А еще больше расстроилась, потому что ты врешь мне. Ты заодно с Койн. — Тут телебраслет у него на руке начинает пищать. — А вот и она. Давай беги. Тебе есть, что ей рассказать.

На мгновение на его лице отражается боль. Затем ее сменяет холодная ярость. Гейл разворачивается и уходит. Возможно, я была слишком язвительна, не дала ему объясниться. Возможно, все просто пытаются меня защитить. Плевать. Я устала от людей, которые врут мне ради моей пользы. На самом деле они пекутся о своей пользе. Соврем Китнисс о восстании, а то она натворит глупостей. Пошлем ее на арену, ни о чем не предупредив, — так будет проще вытащить ее оттуда. Не скажем ей о передаче с Питом, чтобы не расстраивать. Иначе она не сможет сниматься.

Мне действительно тяжело. Очень тяжело. Не знаю, как выдержу целый день перед камерой. Но я уже перед дверью в студию. Делать нечего, вхожу внутрь. Сегодня, говорят мне, мы полетим в Двенадцатый дистрикт. Крессида хочет взять интервью у меня с Гейлом о нашем разрушенном городе.

— Если, конечно, вы оба к этому готовы, — говорит Крессида, внимательно глядя мне в лицо.

— На меня можете рассчитывать.

Стою молча и неподвижно, будто манекен, пока подготовительная команда меня одевает, делает прическу и накладывает макияж. Неброский, только чтобы скрыть круги под глазами от бессонных ночей.

Боггс провожает меня до ангара, но мы не разговариваем, только поздоровались. Я рада, что не приходится оправдываться за мое поведение в Восьмом, тем более что маска у Боггса на лице выглядит жутковато.

В последний момент вспоминаю, что надо предупредить маму. Заверяю ее, что волноваться не о чем. В планолете мне отводят место у стола, за которым уже сидят Плутарх, Гейл и Крессида. На столе разложена карта. Плутарх с гордостью демонстрирует мне расположение войск до и после показа агитроликов. Повстанцы, которые в некоторых дистриктах едва удерживали оборону, вновь начали активно атаковать и полностью взяли в свои руки Третий и Одиннадцатый дистрикты — последний особенно важен, в нем производится большая часть продуктов питания для Панема.

— Ситуация обнадеживает. Даже очень, — говорит Плутарх. — Сегодня Фульвия должна закончить первый ролик из серии «Мы помним». Мы сможем прицельно воздействовать на отдельные дистрикты. Финник просто великолепен.

— Прямо за душу берет, — добавляет Крессида. — Многих трибутов он знал лично.

— В том-то все и дело, — говорит Плутарх. — Идет от самого сердца. Вы все молодцы. Койн очень довольна.

Значит, Гейл ничего им не рассказал. Что я видела выступление Пита и злюсь из-за их вранья. Но теперь мне этого мало, чтобы простить Гейла. Впрочем, все равно. Он тоже не хочет со мной разговаривать.

Только когда мы приземляемся на Луговине, я замечаю, что с нами нет Хеймитча. На мой вопрос Плутарх качает головой и говорит:

— Сказал, что не вынесет этого.

— Хеймитч? Не вынесет? Скорее уж, просто захотел устроить себе выходной, — предполагаю я.

— Кажется, буквально он сказал: «Без бутылки я этого не вынесу», — уточняет Плутарх.

Я закатываю глаза. Меня уже давно тошнит от причуд моего ментора, его слабости к алкоголю и от того, что он может, а чего не может вынести. Однако уже через пять минут пребывания в Двенадцатом, сама начинаю жалеть, что у меня нет с собой бутылки. Казалось бы, я уже смирилась с гибелью Двенадцатого — столько о ней слышала, видела разрушения с воздуха и даже ходила по пеплу. Так почему же эта рана до сих пор так болит? Может, раньше я была еще слишком далека от своего мира, чтобы до конца осознать его потерю? Или выражение на лице Гейла, когда тот впервые ступает на пепелище, заставляет меня по-новому прочувствовать весь ужас?

Крессида решает начать с моего старого дома. Я спрашиваю, что мне делать.

— Что хочешь, — отвечает она.

Я стою посреди своей кухни и не хочу абсолютно ничего. На меня нахлынуло слишком много воспоминаний. Поднимаю голову и смотрю на небо — крыша не уцелела.

Спустя какое-то время Крессида говорит:

— Отлично, Китнисс. Идем дальше.

Гейл так легко не отделывается. Несколько минут Крессида просто снимает, но как только он вытаскивает из пепла погнутую кочергу — единственное, что осталось от прежней жизни, — начинаются вопросы. О семье, о работе, о жизни в Шлаке. Крессида заставляет его вернуться в ночь бомбежки и воспроизвести все события. Мы следуем за Гейлом через Луговину и дальше в лес, к озеру. Я плетусь позади съемочной группы и телохранителей. Кажется, их присутствие оскверняет любимый мной лес. Мое сокровенное место, мое убежище, уже поруганное ненавистью Капитолия. Даже когда обуглившиеся тела вблизи забора остаются позади, мы все еще натыкаемся на разлагающиеся останки. Неужели это нужно снимать для всех?

К тому времени, как мы добираемся до озера, Гейл едва может говорить. Все мы обливаемся потом, особенно Кастор и Поллукс в своих панцирях, и Крессида объявляет перерыв. Я зачерпываю руками воду из озера, мечтая окунуться в него с головой и вынырнуть голой и никем не видимой. Брожу у берега, потом возвращаюсь к бетонному домику и, став в дверях, вижу, как Гейл прислоняет найденную им гнутую кочергу к стене у очага. На секунду представляю себе, что когда-нибудь сюда забредет одинокий путник и наткнется на это небольшое пристанище с кучкой дров, очагом и кочергой. Вот удивится, откуда все это тут взялось. Гейл поворачивается и встречается со мной взглядом. Я знаю, он думает сейчас о нашей последней встрече здесь. Когда мы спорили, бежать нам или остаться. Если бы мы сбежали, был бы Двенадцатый дистрикт по-прежнему цел? Думаю, да. Но и Капитолий по-прежнему властвовал бы в Панеме.

Все разбирают бутерброды с сыром и, устроившись в тени деревьев, начинают есть. Я специально сажусь с краю, рядом с Поллуксом, чтобы избежать разговоров. Хотя и так почти никто не разговаривает. В тишине птицы снова садятся на деревья. Я толкаю локтем Поллукса и показываю ему маленькую черную птичку с хохолком. Она перепрыгивает на другую ветку, на мгновение открывая белые пятнышки под крыльями. Поллукс указывает на мою брошь и вопросительно поднимает брови. Я киваю — да, это сойка-пересмешница. Поднимаю вверх палец, как бы говоря: «Подожди, сейчас кое-что увидишь», и изображаю птичий свист. Сойка-пересмешница склоняет головку набок и отвечает мне. Тут к моему удивлению Поллукс тоже насвистывает несколько нот, и птичка сразу же их повторяет. Лицо Поллукса озаряется восторгом, и он снова и снова обменивается с птицей мелодичным пересвистом. Думаю, это его первая беседа за долгие годы. Музыка привлекает соек-пересмешниц, как цветы пчел, и вскоре в ветвях над нашими головами собираются с полдюжины птиц. Поллукс хлопает меня по плечу и веточкой выводит на земле одно слово. СПОЙ.

При других обстоятельствах я бы не стала, но отказать Поллуксу не могу. Вдобавок сойки-пересмешницы поют совсем иначе, чем свистят, и мне хочется, чтобы он это услышал. Бессознательно у меня вырываются четыре ноты Руты, которыми она сообщала о конце рабочего дня в Одиннадцатом. Которые стали музыкальным фоном к ее убийству. Но птицы этого не знают. Они подхватывают простую мелодию и сладкозвучно перебрасываются ею друг с другом. Точь-в-точь как на Голодных играх, когда выскочившие из-за деревьев перерóдки загнали нас на Рог изобилия, а потом не спеша превращали Катона в кровавое месиво...

— Хочешь услышать, как они поют настоящую песню? — предлагаю я вдруг.

Хоть чем-нибудь заглушить воспоминания. Быстро встаю и опираюсь рукой о шершавый ствол клена, на котором устроились птицы. Я не пела «Дерево висельника» уже лет десять, потому что эта песня запрещена, но помню каждое слово. Начинаю негромко, как мой отец:

В полночь, в полночь приходи
К дубу у реки,
Где вздернули парня, убившего троих.
Странные вещи случаются порой,

Не грусти, мы в полночь встретимся
с тобой?
Сойки-пересмешницы притихли,
услышав новую мелодию.

В полночь, в полночь приходи
К дубу у реки,
Где мертвец своей милой кричал: «Беги!»
Странные вещи случаются порой,
Не грусти, мы в полночь встретимся
с тобой?

Птицы внимательно слушают. Еще один куплет, и они запомнят мотив — он простой и повторяется четыре раза почти без изменений.

В полночь, в полночь приходи
К дубу у реки.
Видишь, как свободу получают бедняки?
Странные вещи случаются порой,
Не грусти, мы в полночь встретимся
с тобой?

В кронах — тишина. Только шелест листьев на ветру, не слышно ни одной птицы — ни соек-пересмешниц, ни других. Пит прав. Когда я пою, они умолкают и слушают. Так же, как слушали отца.

В полночь, в полночь приходи
К дубу у реки
И надень на шею ожерелье из пеньки.
Странные вещи случаются порой,
Не грусти, мы в полночь встретимся
с тобой?

Птицы ждут продолжения, но его нет. Последний куплет. В тишине вспоминаю, как однажды мы с отцом возвратились из леса. Я сидела на полу с Прим, которая едва только научилась ходить, пела «Дерево висельника» и плела нам ожерелья из пеньки, как в песне. Настоящего смысла я, конечно, не понимала, просто мне понравился мотив, и слова нетрудные. Да я тогда что угодно могла запомнить, лишь бы это пелось. Вдруг мама выхватила у меня веревочные ожерелья и заругалась на папу. Мы с Прим начали плакать, потому что мама никогда раньше не ругалась. Я выбежала из дома и спряталась. У меня был только один тайник — на Луговине под кустом жимолости, поэтому отец быстро меня нашел. Он успокоил меня, сказал, что все хорошо, только нам лучше не петь эту песню. Мама запретила. С этого момента каждое слово навсегда впечаталось в мою память.

Эту песню мы с отцом больше никогда не пели. Даже не заикались о ней. После его смерти она мне часто приходила на ум. Тогда я уже начинала понимать смысл слов. Начало будто бы совсем обычное — парень уговаривает девушку тайком встретиться в полночь. Правда, он выбирает странное место для свидания — под деревом, на котором повесили убийцу. Возлюбленная убийцы, наверное, была его сообщницей, или ее просто хотели наказать заодно с ним, потому что повешенный кричит ей, чтоб она бежала. Странно, конечно, что труп разговаривает, но по-настоящему не по себе становится, когда доходишь до третьего куплета. Оказывается, песня поется от лица мертвого убийцы. Он все еще висит на том дереве. И хотя просил любимую бежать, уговаривает ее прийти к нему на свидание. От слов «видишь, как свободу получают бедняки?» прямо мурашки по телу. Может быть, он зовет ее к себе — умереть и стать свободной. В последней строфе становится ясно, что именно этого он и хочет. Чтобы его возлюбленная висела рядом с ним. Набросив ожерелье из пеньки на шею.

Раньше я считала этого убийцу таким мерзким типом, что хуже некуда. Теперь, с двумя поездками на Голодные игры за плечами, я стараюсь никого не судить, не зная всех подробностей. Возможно, его возлюбленная тоже была приговорена к смерти, и он хочет ее утешить. Или, может быть, жизнь там, где он ее оставил, еще хуже смерти. Разве я сама не хотела убить Пита, чтобы спасти его от Капитолия? Неужели у меня не было другого выхода? Наверное, был, но тогда мне не пришло в голову ничего лучшего.

Очевидно, мама решила, что семилетней девочке рано думать о таких вещах. Особенно если она начинает плести веревочные ожерелья. Конечно, о казнях мы знали не только из песен. Множество людей в Двенадцатом кончили жизнь на виселице. Мама боялась, как бы мне не взбрело в голову спеть такое перед всем классом на уроке пения. Да и сейчас бы ей не понравилось. Хорошо хоть этого никто... Нет, подождите-ка... Я поворачиваюсь и вижу в руках Кастора включенную камеру. Все смотрят на меня. По щекам Поллукса бегут слезы. Очевидно, моя сумасшедшая песенка пробудила в нем какие-то страшные воспоминания. Только этого мне не хватало. Со вздохом приваливаюсь к стволу. И тут сойки-пересмешницы начинают свой вариант «Дерева». С их голосами получается очень красиво. Сознавая, что меня снимают, я стою неподвижно, пока не слышу голос Крессиды: «Снято!»

Ко мне со смехом подходит Плутарх.

— Где ты этого набралась? Мы бы и нарочно такого не придумали! — Он обнимает меня и звонко чмокает в макушку. — Ты просто клад!

— Я пела не для камер.

— Тогда нам повезло, что они были включены. Ну-ка, все, поднимайтесь, возвращаемся в город!

На обратном пути, проходя мимо валуна, мы с Гейлом как по команде поворачиваем головы в одном направлении, будто пара гончих, почуявших след. Крессида это замечает и спрашивает, что там. Не глядя друг на друга, признаемся — место, где мы раньше встречались перед охотой. Крессида хочет посмотреть, хотя мы уверяем, что ничего особенного там нет.

Ничего особенного, всего лишь место, где я была по-настоящему счастлива.

Наш скалистый уступ над долиной. Может быть, не такой зеленый, как раньше, но кусты ежевики усыпаны ягодами. Отсюда мы шли охотиться, рыбачить, ставить силки. Здесь мы облегчали сердце и наполняли охотничьи сумки. Тут начинался мир, благодаря которому мы не умерли с голоду и не сошли с ума. И мы оба были друг для друга ключами от этого мира.

Нет теперь ни Двенадцатого дистрикта, откуда убегать, нет миротворцев, чтоб их дурачить, нет голодных ртов, чтобы кормить. Капитолий лишил меня всего, и я вот-вот потеряю Гейла. Узы взаимной потребности друг в друге, связывавшие нас эти годы, начали истончаться. Свет между нами угас, остались только темные тени. Как же вышло, что мы сегодня, стоя перед руинами Двенадцатого, настолько обозлены, что даже разговаривать не хотим?

Он ведь меня практически обманул! Пусть даже для моей пользы. Правда, он извинился. Думаю, искренне. А я не приняла извинений. Оскорбила его. Что с нами происходит? Почему мы постоянно ссоримся? Все так запутано, но отчего-то мне кажется, будто источник проблемы — во мне. Неужели я действительно хочу оттолкнуть его от себя?

Срываю с куста ежевику, осторожно перекатываю ее между большим и указательным пальцами, потом вдруг разворачиваюсь и бросаю Гейлу.

— И пусть удача...

Я бросила ягоду достаточно высоко, чтобы у него было время решить — принять ее или нет. Гейл смотрит на меня, а не на ягоду, но в последний миг открывает рот и ловит ее. Жует, глотает и после долгой паузы заканчивает:

— ...всегда будет на вашей стороне.

Все-таки он это сказал.

Крессида просит нас сесть в укромном местечке между выступами скал, где можно поместиться, только прижавшись плечом к плечу, и заводит разговор об охоте. Как мы первый раз попали в лес, как встретились друг с другом, что больше всего запомнилось. Постепенно мы оттаиваем, даже смеемся, вспоминая наши приключения с пчелами, дикими собаками и скунсами. Потом Крессида спрашивает, помогли ли нам наши охотничьи навыки во время бомбардировки в Восьмом, и я замолкаю.

Гейл лишь говорит:

— Давно пора было пустить их в дело.

Пока мы добираемся до городской площади, день сменяется вечером. Я веду Крессиду к развалинам пекарни и прошу снять меня на их фоне.

Гляжу в объектив, не чувствуя уже ничего, кроме усталости и опустошения.

— Пит, посмотри на свой дом. Со времени бомбардировки о твоей семье ничего не было слышно. Двенадцатого больше нет. Ты призываешь сложить оружие? — Я окидываю взглядом пепелище. — Тут нет никого, кто бы мог тебя услышать.

У искореженного куска металла, который был виселицей, Крессида спрашивает, пытали ли нас когда-нибудь. В ответ Гейл задирает рубашку и поворачивается спиной к камере. Я смотрю на рубцы и снова слышу свист хлыста, вижу окровавленное тело, подвешенное за запястья.

— Не могу больше, — признаюсь я. — Встретимся в Деревне победителей. Хочу взять кое-что для... мамы.

Не помню, как я туда шла, как открывала дверь, осознаю себя уже сидя на полу напротив кухонных шкафчиков в нашем доме в Деревне победителей. Аккуратно ставлю в коробку керамические и стеклянные баночки, прокладывая между ними чистые бинты, чтобы не разбились. Связываю в пучки высушенные травы.

Вдруг вспоминаю про розу на комоде. Существовала ли она на самом деле? И если да, то стоит ли по-прежнему там? С трудом перебарываю желание пойти и проверить. Если она там, то снова напугает меня. Лучше поторопиться.

Опустошив шкафы, поворачиваюсь и вижу на кухне Гейла. Иногда он появляется так бесшумно, что даже жутко. Гейл стоит, упершись руками в стол. Я ставлю между нами коробку.

— Помнишь? — спрашивает он. — Тут ты меня поцеловала.

Значит, лошадиной дозы морфлинга, полученной после порки, оказалось недостаточно, чтобы вытравить это из его сознания.

— Я думала, ты не вспомнишь.

— Мне пришлось бы умереть, чтобы забыть. А может, и тогда б не забыл. Может, я как тот парень из «Дерева висельника», что вечно ждет ответа.

У Гейла, которого я ни разу в жизни не видела плачущим, в глазах слезы. Прежде чем они успевают скатиться, подаюсь вперед и прижимаюсь губами к его губам. Жар. Пепел. Страдание. Необычный вкус для нежного поцелуя. Гейл прерывает его первым и криво ухмыляется.

— Я знал, что ты меня поцелуешь.

— Это еще почему? — спрашиваю. Ведь минуту назад я сама этого не знала.

— Потому что мне больно. Только в этом случае я могу рассчитывать на твое внимание. — Гейл поднимает коробку. — Не переживай, Китнисс. Это пройдет.

Он выходит, не дожидаясь ответа.

Я слишком устала, чтобы раздумывать о его упреке. Во время короткого перелета обратно в Тринадцатый я сижу, свернувшись калачиком на своем кресле, стараясь не слушать Плутарха, разглагольствующего на свою излюбленную тему — старинная военная техника, утраченная человечеством. Высоко летающие самолеты, военные спутники, клеточные дезинтеграторы, управляемые снаряды, биологическое оружие. Все в свое время было либо снято с производства по моральным соображениям, либо пришло в негодность из-за атмосферных воздействий и недостатка ресурсов. В голосе главного распорядителя Игр слышится сожаление. Еще бы. Такие были славные игрушки, а приходится довольствоваться планолетами, ракетами «земля — земля» да обычными пулеметами.

Сбросив с себя костюм сойки-пересмешницы, отправляюсь прямиком в постель, даже не поужинав. И все равно утром Прим приходится меня расталкивать. После завтрака решаю наплевать на расписание и вздремнуть в подсобке. Когда я выбираюсь из своего укромного местечка между коробками с мелом и карандашами, уже опять время ужина. Получаю в столовой большую порцию горохового супа, быстренько с нею расправляюсь и иду в отсек Е, однако тут меня перехватывает Боггс.

— В штабе собрание, — говорит он. — Текущее расписание отменяется.

— Есть отменяется, — соглашаюсь я.

— Да ты вообще смотрела на него сегодня? — досадливо спрашивает он.

— Кто его знает? У меня же психическая дезориентация. — Я поднимаю руку, чтобы показать браслет с диагнозом, и вижу, что он пропал. — Ну вот. Даже не помню, когда мне сняли браслет. А зачем я понадобилась в штабе? Что-то случилось?

— Кажется, Крессида хочет показать тебе агитролики из Двенадцатого. Хотя ты их и так увидишь, когда будет эфир.

— Вот это бы мне в расписании не помешало. Просмотр роликов, — говорю я.

Боггс бросает на меня взгляд, но ничего не говорит.

В Штабе полно народу, есть только одно свободное место между Финником и Плутархом. Для меня. Мониторы уже выдвинуты и включены. Идет обычная программа из Капитолия.

— Что это? Мы не будем смотреть ролики из Двенадцатого?

— Э, нет, — отвечает Плутарх. — То есть возможно. Я не знаю точно, что включит Бити.

— Бити вроде бы нашел способ организовать трансляцию по всей стране, — поясняет Финник. — Показать наши ролики и в Капитолии. Он сейчас в отделе спецобороны как раз этим занимается. Сегодня вечером прямой эфир из Капитолия. Будет выступать Сноу. Вот начинается.

Играет гимн. На экране появляется герб Капитолия. В следующую секунду я смотрю прямо в змеиные глаза президента Сноу, приветствующего народ. Сноу стоит за трибуной, будто за баррикадой, но белая роза в лацкане видна преотлично. Тут камера отъезжает назад, и сбоку в кадре на фоне карты Панема появляется Пит. Он сидит на высоком стуле, поставив ноги на перекладину. Стопа его протеза выстукивает странный рваный ритм. На верхней губе и на лбу сквозь грим выступили капельки пота. Но больше всего меня пугает взгляд — яростный и в то же время рассеянный.

— Ему хуже, — шепчу я.

Финник сжимает мою руку.

Пит мрачным тоном начинает говорить про необходимость сложить оружие, указывая на урон, нанесенный инфраструктуре многих дистриктов. Попутно на карте показывают картины разрушений. Прорванная плотина в Седьмом. Сошедший с рельсов поезд; из цистерн выливаются ядовитые отходы. Пожар на зернохранилище, обваливающаяся крыша. Во всем этом Пит винит мятежников.

И вдруг — бац! — в телевизоре появляюсь я. Стою посреди развалин пекарни.

Плутарх вскакивает со стула:

— У него получилось! Бити прорвался!

Все кричат и смеются, будто с ума посходили, и тут на экране снова возникает Пит. Растерянный. Он тоже видел меня на мониторе. Только пытается продолжить — что-то о бомбардировке водоочистной станции, — как включается ролик с Финником, рассказывающим о Руте. Начинается настоящая битва за эфир — Бити против специалистов из Капитолия. Однако они явно застигнуты врасплох, а Бити, ожидая сопротивления, заготовил целый арсенал пяти-десятисекундных сюжетов. На наших глазах официальная трансляция разваливается под градом отрывков из наших агитроликов.

Плутарх вне себя от восторга, все дружно болеют за Бити, только Финник рядом со мной сидит неподвижно как статуя и молчит. Я встречаюсь взглядом с Хеймитчем и вижу в его глазах отражение своего собственного ужаса. С каждым восторженным возгласом у Пита все меньше шансов остаться в живых.

Динамики трещат, и на экранах появляется герб Капитолия. Секунд через двадцать мы снова видим Сноу и Пита. В студии суматоха. Из аппаратной слышны яростные крики. Сноу, подойдя ближе к камере, заявляет, будто мятежники пытаются сорвать трансляцию, чтобы люди не узнали об их преступлениях, однако истина и справедливость восторжествуют. Как только будет наведен порядок, программу покажут в полном объеме. Затем Сноу обращается к Питу — не хочет ли тот что-нибудь сказать Китнисс ввиду сегодняшней выходки бунтовщиков.

При упоминании моего имени лицо Пита становится напряженным.

— Китнисс... подумай, к чему это приведет. Что останется в конце? Никто не может быть в безопасности. Ни в Капитолии, ни в дистриктах. А вы... в Тринадцатом... — Пит судорожно втягивает воздух, будто задыхается; глаза его кажутся безумными, — не доживете до завтрашнего утра!

За кадром слышится приказ Сноу:

— Выключай!

Бити еще больше усугубляет хаос, включая с интервалом в три секунды мою фотографию перед госпиталем. Однако в промежутках мы видим то, что происходит в настоящий момент в студии. Пит пытается еще что-то сказать. Затем камера падает; виден лишь кафельный пол. Топот сапог. Звук удара, слившийся с криком Пита.

И его кровь на белой плитке.

Часть II

АТАКА

10

Крик рождается где-то глубоко внутри, поднимается все выше и выше и наконец застревает у меня в горле. Будто безгласая, я молча задыхаюсь от боли. Да и сумей я совладать со своими судорожно сомкнутыми связками, услышит ли меня кто-нибудь? В зале стоит невообразимый шум. Вопросы, предположения. Все пытаются расшифровать слова Пита. «А вы... в Тринадцатом... не доживете до завтрашнего утра!» Лишь судьба самого вестника, чья кровь только что была на экране, никого не интересует.

— Заткнитесь все! — раздается властный голос. Все взгляды обращаются к Хеймитчу. — Что тут непонятного! Мальчик предупредил о нападении. На нас. На Тринадцатый.

— Откуда он знает?
— Почему мы должны ему верить?
— С чего ты взял?

Хеймитч раздраженно рычит:

— Пока мы тут болтаем, его избивают. Какие еще доказательства вам нужны? Китнисс, скажи ты им!

— Хеймитч прав, — встряхнув головой, выдавливаю я наконец. — Не знаю, откуда Пит получил эту информацию, и правдива ли она. Но он в нее верит. И его... — Я не могу выговорить, что делает с ним Сноу.

— Вы его не знаете, — говорит Хеймитч Койн. — В отличие от нас. Созывайте своих людей.

Президент выглядит невозмутимой, только слегка озадаченной. Задумчиво постукивает пальцем по контрольной панели.

— Мы, разумеется, не исключали такого варианта развития событий, — говорит она ровным тоном, обращаясь к Хеймитчу. — Несмотря на то что прямая атака на Тринадцатый, очевидно, только повредит Капитолию. Ядерные ракеты вызовут непредсказуемое радиационное заражение. Даже обычной бомбардировки достаточно, чтобы ощутимо повредить нашу военную базу, которую, как мы знаем, Капитолий стремится захватить. Кроме того, враг должен принимать в расчет возможность ответного удара. Хотя вполне вероятно, что, учитывая наш альянс с повстанцами, все это рассматривается как приемлемый риск.

— Вы так думаете? — интересуется Хеймитч таким тоном, что иронии могут не заметить только в Тринадцатом.

— Да. В любом случае, мы давно не проводили учения пятого уровня, — говорит Койн. — Объявляю воздушную тревогу.

Она быстро пробегает пальцами по кнопкам на пульте, приводя свое решение в действие. Едва она поднимает голову, все начинается.

С тех пор как я в Тринадцатом, среднеуровневые учения здесь проводились дважды. Первый раз я почти ничего не помню, так как лежала в госпитале, а пациентов тревога не касалась. Видимо, было решено, что трудности нашей транспортировки перевешивают пользу от учебы. Я только смутно слышала механический голос, приказывающий людям собраться в желтых зонах. Потом еще были учения второго уровня — действия во время профилактических мероприятий, таких как карантин до проведения анализов на наличие вируса гриппа. Нам просто было велено вернуться в свои отсеки. Все время, пока пищали динамики, я сидела за трубой в прачечной и глядела на паука, плетущего свои сети. Однако к тому, что происходит сейчас, я оказалась не готова. Барабанные перепонки едва не лопаются от душераздирающего воя сирен. Уж их-то точно не проигнорируешь. Кажется, звук специально предназначен, чтобы повергать людей в панику. Но только не жителей Тринадцатого дистрикта.

Боггс ведет меня и Финника из Штаба в коридор, потом на широкую лестницу. Ручейки людей сливаются в могучий поток, равномерно текущий вниз. Никто не кричит и не пытается протолкнуться вперед. Даже дети не капризничают. Мы спускаемся, пролет за пролетом, молча, потому что за воем сирены не слышно собственного голоса. Я ищу глазами маму и Прим, но обзор загораживают люди, идущие рядом. Они обе сегодня работают в госпитале, так что тревогу не пропустят.

У меня закладывает уши, тяжелеют веки. Мы уже на глубине угольной шахты. Единственный плюс в том, что чем глубже мы спускаемся под землю, тем меньше слышны сирены. Будто они для того и созданы, чтобы физически прогнать нас с верхних этажей. Наверное, так оно и есть. Постепенно то одна, то другая группа отделяется от общего потока и скрывается за отмеченными значками дверьми, однако Боггс ведет меня глубже и глубже до самого основания лестницы у входа в огромную пещеру. Я иду прямиком туда, но он меня останавливает — нужно провести рукой с расписанием перед сканером. Очевидно, информация стекается на компьютер, чтобы никто не потерялся.

Трудно понять, образовалась ли эта пещера естественным путем или была создана людьми. Где-то стены полностью каменные, в других местах укреплены железобетонными конструкциями. Лежанки высечены прямо в каменных стенах. Есть кухня, санузлы, медпункт. Все, что нужно для длительного пребывания.

На стенах через равные промежутки наклеены белые таблички с буквами и цифрами.

Пока Боггс объясняет, что нам с Финником надо пройти в зоны, обозначенные, как наши жилые отсеки — в моем случае буквой «Е», — подходит Плутарх.

— А, вот вы где.

Последние события ничуть не испортили ему настроение. Он прямо-таки светится от счастья.

До Пита и бомбардировки Тринадцатого ему нет дела. Лес рубят — щепки летят.

— Китнисс, я понимаю, тебе сейчас нелегко из-за неприятностей у Пита, однако не забывай — на тебя все смотрят.

— Что?

Поверить не могу, что он так отозвался о положении Пита. Неприятности.

— Другие люди в убежище станут брать пример с тебя. Если ты будешь спокойной и смелой, они постараются быть такими же. Запаникуешь, — это сразу перекинется на других.

Я только молча смотрю на него.

— Огонь разгорается, так сказать, — добавляет он для туго соображающих.

— Может мне представить, будто я перед камерой?

— Да! То, что нужно. На публике человек всегда становится храбрее. Посмотри хотя бы, как мужественно держался Пит!

Я едва удерживаюсь, чтобы не влепить ему пощечину.

— Ну, мне пора к Койн, пока не заперли двери. Держись! — говорит он и уходит.

Я направляюсь к большой букве «Е» на стене. Наш сектор представляет собой очерченный линиями квадрат каменного пола размером двенадцать на двенадцать футов. Есть две лежанки — кому-то из нас придется спать на полу — и квадратная яма для хранения вещей. На стене под прозрачным пластиком висит лист белой бумаги с надписью: «ПРАВИЛА ПОЛЬЗОВАНИЯ УБЕЖИЩЕМ». Я вглядываюсь в черные строки, но слов не вижу — перед глазами все еще капли крови на белом кафеле. Кажется, я никогда не смогу стереть их из памяти. Постепенно строки разделяются на слова и буквы.

Первый раздел озаглавлен «По прибытии».

1. Убедитесь, что все жители вашего отсека на месте.

Мамы и Прим еще нет, но я-то пришла в числе первых. Они, наверное, занимаются транспортировкой больных.

2. Получите на складе по одному вещевому мешку на каждого жителя вашего отсека. Застелите постели. Сдайте вещмешки.

Осматриваюсь в поисках склада. Им оказывается глубокое помещение, отгороженное прилавком. Уже образовалась очередь, пока небольшая. Я подхожу, называю свой отсек и прошу три мешка. Сверившись со списком, мужчина достает мешки с полки и бросает на прилавок. Я надеваю один на спину, два других беру в руки. Когда я поворачиваюсь, вижу, что собралась уже целая толпа.

— Простите, — говорю я, протискиваясь между людей. Случайность? Или они вправду берут с меня пример, как говорит Плутарх?

Вернувшись в наш сектор, открываю один из пакетов. Тонкий матрас, постельное белье, два комплекта серой одежды, зубная щетка, расческа и фонарик. В других мешках то же самое, только, кроме серой одежды, есть еще белые халаты. Это, очевидно, для моей матери и Прим, на случай если им потребуется выполнять медицинские обязанности. Я заправляю кровати, раскладываю вещи и возвращаю вещмешки. Осталось прочитать последнее правило.

3. Ждите дальнейших указаний.

Сажусь на пол, скрестив ноги. Жду. В помещение непрерывным потоком текут люди, занимают места, получают вещмешки. Скоро убежище заполнится до отказа. Может, мама и Прим остались в другом месте, вместе с пациентами? Нет, вряд ли. Они ведь были в списке. Я уже начинаю волноваться, когда наконец показывается мама. Мой взгляд скользит по незнакомым лицам за ее спиной.

— Где Прим? — спрашиваю я.

— Ее тут нет? Она должна была идти из больницы прямо сюда. Ушла на десять минут раньше меня. Куда же она подевалась?

Зажмуриваю глаза, чтобы мысленно проследить ее путь, будто на охоте. Вот она слышит рев сирены, бросается помогать пациентам. Кивает, когда ее отправляют в убежище, потом вдруг задерживается на лестнице. Обеспокоенная. Но чем?

Я открываю глаза.

— Кот! Она вернулась за котом!

— О нет! — восклицает мама. Мы обе знаем, что я права. Мы проталкиваемся через поток людей, пытаясь выбраться из бункера. Солдаты по обеим сторонам от входа вращают металлические колеса, и толстые створки дверей медленно съезжаются. Почему-то я уверена, что, как только вход будут загерметизирован, ничто в мире не заставит солдат его открыть. Возможно, это даже не в их власти. Без разбора расталкиваю людей и кричу, чтобы подождали. Расстояние между створками неумолимо сокращается до ярда, потом до фута; остается только пара дюймов, когда я просовываю в щель руку.

— Откройте! Выпустите меня!

Солдаты в растерянности немного поворачивают колеса в обратном направлении. Недостаточно, чтобы я могла пролезть, но, по крайней мере, пальцы останутся целы. Я пользуюсь шансом и просовываю в отверстие плечо.

— Прим! — ору я наверх. Мать уговаривает охранников, а я пытаюсь протиснуться дальше. — Прим!

Наконец я ее слышу. Едва уловимый звук шагов по лестнице.

— Мы идем! — доносится голос сестры.
— Не закрывайте! — Это голос Гейла.
— Они идут! — говорю я охранникам, и они приоткрывают двери еще чуть-чуть. Я стою между створками, боясь, что иначе их закроют. Вот и Прим, ее щеки раскраснелись от бега, на руках она держит Лютика. Затаскиваю ее внутрь, следом бочком протискивается обвешенный вещами Гейл. Створки смыкаются с громким категорическим лязгом.

— О чем ты только думала? — Я со злостью встряхиваю Прим за плечи, потом обнимаю, сдавливая между нами Лютика.

— Я не могла его бросить, Китнисс, — оправдывается Прим. — Во второй раз. Ты бы видела, как он бегал по комнате и орал. Он вернулся, чтобы защищать нас.

— Ладно, ладно. — Я делаю несколько вдохов, чтобы успокоиться, размыкаю объятия и поднимаю Лютика за шкирку. — Надо было утопить тебя, пока была возможность.

Кот прижимает уши к голове и вытягивает лапу. Прежде чем он успевает зашипеть, я сама шиплю на него. Его это, похоже, сбивает с толку. Шипение кот всегда считал своим личным способом выразить презрение. В отместку он испускает такое жалобное «мяу», что сестра сразу же встает на его защиту.

— Ну же, Китнисс, не надо его дразнить, — говорит она, забирая кота обратно на руки. — Он и так весь испереживался.

Надо же, я задела нежные чувства твари. Как тут удержаться от соблазна? Но Прим искренне переживает за него. Поэтому я только представляю себе, как хорошо бы смотрелись перчатки из шкурки Лютика — уже много раз это помогало мне мириться с его существованием.

— Ладно, прости. Мы там, под большой буквой «Е». Лучше подыщи ему местечко, пока он совсем не свихнулся. — Прим убегает, и я остаюсь один на один с Гейлом. В руках он держит коробку с медикаментами из нашей кухни в Двенадцатом. Места нашего последнего разговора, поцелуя, размолвки... или как это еще назвать. На плече у него моя охотничья сумка.

— Если Пит прав, все это, скорей всего, погибло бы, — говорит он.

Пит. Кровь, будто капли дождя на окне. Будто грязные брызги на ботинках.

— Спасибо за... все. — Я забираю наши вещи. — Как ты оказался в нашем отсеке?

— Просто зашел проверить, — отвечает он. — Если понадоблюсь, мы в сорок седьмом.

Практически все разошлись по своим секторам, и теперь, когда я иду к нашему новому жилищу, на меня смотрят по меньшей мере пятьсот человек. Стараюсь держаться как можно спокойнее, чтобы загладить свой яростный прорыв сквозь толпу. Как будто этим кого-то проведешь. Хорошенький пример! А ну и пусть. Все и так считают меня сумасшедшей. Какой-то мужчина встречается со мной взглядом и сердито потирает локоть. Видно, я сбила его с ног. Мне хочется и на него зашипеть.

Прим усадила Лютика на нижнюю лежанку и накрыла одеялом. Только морда выглядывает. Это его любимая позиция во время грозы. Раскаты грома — единственное, чего Лютик боится по-настоящему. Мама аккуратно кладет свою коробку в квадратное хранилище. Я сажусь на корточки, прислонившись к стене, и смотрю, что Гейл положил мне в сумку. Справочник по растениям, охотничья куртка, свадебная фотография родителей плюс мои личные вещи из комода. Брошь сойки-пересмешницы сейчас на костюме Цинны, но остаются еще золотой медальон и серебряный парашют с трубкой для живицы и жемчужиной Пита. Я завязываю жемчужину в уголок парашюта и засовываю на самое дно сумки, будто в этой жемчужине сама жизнь Пита и никто не сможет ничего ему сделать, пока я ее охраняю.

Слабые отзвуки сирен резко обрываются. Из динамиков звучит голос Койн, которая благодарит нас за образцовую эвакуацию. Койн подчеркивает, что это не учебная тревога. Пит Меллapк, победитель из Двенадцатого дистрикта, выступая по телевидению, предупредил о возможном нападении на Тринадцатый сегодня ночью.

И тут падает первая бомба. Удар, потом взрыв, отдающийся во внутренностях, пробирающий до мозга костей и корней зубов. *Нам крышка.* Я поднимаю глаза к потолку, ожидая увидеть огромные трещины, каменные глыбы, рушащиеся на нас, но по бункеру проходит лишь легкая дрожь. Свет гаснет. В темноте я сразу теряю ориентацию. Невнятные звуки — вскрики, неровное дыхание, плач грудных детей, обрывок истерического смеха — кружат вокруг меня в напряженном воздухе. Затем раздается гул генератора, и помещение наполняется тусклым неровным светом, так непохожим на обычное резкое освещение Тринадцатого. Почти как у нас дома, в Двенадцатом дистрикте, когда мы проводили зимние вечера при свечах и бликах огня из печи.

В сумраке протягиваю руку к Прим и, ухватившись за ее ногу, усаживаюсь рядом с ней. Сестра тихо воркует над Лютиком:

— Все хорошо, малыш, все хорошо. Тут с нами ничего не случится.

Мама обнимает нас, я кладу голову ей на плечо и позволяю себе вновь почувствовать себя маленькой.

— В Восьмом взрывы были другие, — говорю я.

— Наверное, это бункерная бомба, — говорит Прим все таким же спокойным голосом, чтобы кот не волновался. — Нам рассказывали про них на ознакомительном курсе для новых граждан. Такие бомбы проникают глубоко в землю и только потом взрываются. Ведь бомбить Тринадцатый на поверхности не имеет смысла.

— Ядерные? — спрашиваю я, чувствуя, как по телу пробегает холодок.

— Не обязательно. В некоторых просто много взрывчатых веществ. Но... наверно, и такие, и такие бывают.

Толстые металлические двери убежища едва различимы в темноте. Выдержат ли они ядерный удар? Если даже они совершенно не пропускают радиацию, что маловероятно, сможем ли мы когда-нибудь выйти отсюда? От мысли, что остаток жизни придется провести в этом каменном склепе, меня охватывает ужас. Хочется бежать сломя голову к двери и кричать, чтобы меня выпустили. Но это бессмысленно. Конечно, никто меня не выпустит, а вот паника начнется.

— Мы так глубоко под землей. Наверняка нам ничего не грозит, — бесцветным голосом говорит мама. Может быть, она тоже думает о моем отце, разорванном на куски в глубине шахты? — Но мы были на волосок от гибели. Слава богу, у Пита оказалась возможность предупредить нас.

Возможность. Легко сказать. Сколько всего потребовалось для этой возможности. Узнать, найти удобный случай, набраться смелости, в конце концов. И что-то еще, чего я не могу понять. Пит, казалось, боролся с самим собой. Почему? За словом в карман он не полезет. Быть может, это связано с пытками? Или с чем-то хуже? Вроде безумия?

Голос Койн, возможно чуть более мрачный, чем обычно, заливает бункер. Громкость звука меняется вместе с яркостью освещения.

— Как мы видим, информация Пита Мелларка соответствует действительности, за что мы ему очень благодарны. Датчики показывают, что первая бомба была очень мощной, но не ядерной. Ожидается продолжение атаки. Пока длится бомбардировка, граждане должны оставаться на выделенных им местах, если нет других предписаний.

К маме подходит солдат и говорит, что она нужна в медпункте. Ей не хочется оставлять нас, хотя это всего в тридцати ярдах.

— С нами все будет в порядке. Правда, — успокаиваю я ее. — С таким-то защитником. — Я киваю на Лютика. Он шипит на меня, но так робко, что мы все смеемся. Даже мне становится его жалко.

— Почему ты тоже не ложишься с ним? — спрашиваю я Прим, когда мама уходит.

— Знаю, это глупо... но я боюсь, что лежанка на нас обрушится.

Если обрушатся каменные лежанки, то обрушится и весь бункер, думаю я, но боюсь, такой довод прозвучит не слишком утешительно. Поэтому я освобождаю куб-хранилище и устраиваю там постель для Лютика. Потом кладу матрац перед хранилищем, и мы с сестрой усаживаемся на нем.

Нам разрешают пользоваться ванными комнатами, заходя туда небольшими группами. Только чтобы умыться и почистить зубы. Включать душ сегодня еще нельзя. Мы с Прим сворачиваемся на матраце, укрывшись двумя одеялами. От стен тянет промозглой сыростью. Лютик с несчастным видом, несмотря на заботы Прим, лежит на дне куба и дышит мне в лицо кошачьим духом.

Условия неважнецкие, но я рада возможности побыть с сестрой. Мне постоянно не хватает времени. С тех пор как мы прибыли в Тринадцатый, я почти не уделяла ей внимания. Говоря откровенно, с первых Голодных игр. Я не забочусь о ней, как следовало бы старшей сестре. В конце концов, это Гейл проверял наш отсек, а не я. Мне многое нужно наверстать.

Внезапно я осознаю, что даже ни разу не поинтересовалась, как она восприняла переезд, как ей тут живется.

— Тебе нравится в Тринадцатом? — спрашиваю я.

— Сейчас? — уточняет она. Мы обе смеемся. — Иногда я очень скучаю по дому. А потом вспоминаю, что его больше нет и скучать не о чем. Здесь мне спокойнее. Нам не приходится волноваться за тебя. То есть мы, конечно, волнуемся, но не так, как раньше. — Она замолкает, и на ее губах появляется робкая улыбка. — Кажется, меня собираются учить на врача.

Для меня это новость.

— Еще бы не собирались! Они будут полными дураками, если упустят такой шанс.

— За мной наблюдали, когда я помогала в госпитале. Я уже хожу на курсы медсестер. Многое я знаю от мамы, но мне еще учиться и учиться.

— Здорово, — отвечаю я.

Прим будет доктором. В Двенадцатом дистрикте она об этом и не мечтала. Темнота внутри меня немного отступает, будто кто-то зажег спичку. Вот будущее, ради которого стоит воевать.

— А как у тебя дела, Китнисс? — Прим кончиком пальца легонько гладит Лютика между глаз. — Только не говори, что все в порядке.

Это уж точно. Все не в порядке. Скорее в полной его противоположности, как ее ни назови.

Я рассказываю Прим о Пите. О том, как раз от раза ему становится хуже, и что в этот самый момент его, быть может, убивают.

Лютику придется немного поскучать — теперь все внимание Прим обращено на меня. Она прижимает меня к себе, пальцами зачесывает мне волосы за уши. Я замолкаю, потому что у меня больше нет слов. Только сверлящая боль в груди. Возможно, у меня даже сердечный приступ, но это кажется такой мелочью, что не стоит и упоминания.

— Китнисс, я думаю, президент Сноу не убьет Пита, — говорит Прим. Конечно. Она хочет меня утешить. Однако следующие ее слова звучат неожиданно. — Иначе у него не останется никого, кто тебе дорог. Он больше не сможет причинить тебе боль.

Тут мне на ум приходит та девушка, Джоанна Мэйсон, участвовавшая в последних Играх. Соперница по несчастью. Помню, как я не давала ей идти в джунгли, где сойки-говоруны подражали крикам твоих близких, подвергаемых пыткам. Она только отмахнулась: «Ну, мне-то на них наплевать. Я не то, что вы все. У меня не осталось любимых».

Наверное, Прим права. Пит нужен Сноу живым. Особенно теперь, когда Сойка-пересмешница подняла столько шума. Он уже убил Цинну. Разрушил мой дом. Моя семья, Гейл и даже Хеймитч не в его власти. Пит — все, что у него осталось.

— Что они с ним сделают? — спрашиваю я.

Прим говорит так, будто ей по меньшей мере тысяча лет:

— Все, что потребуется, чтобы сломить тебя.

11

Что может сломить меня? Этот вопрос не дает мне покоя следующие три дня, пока мы ждем освобождения из нашей несокрушимой тюрьмы. Что разобьет меня на миллион осколков так, чтобы я никогда больше не подняла голову, стала никчемной развалиной? Я никому не говорю об этих размышлениях, которые мучают меня наяву и преследуют ночью в кошмарах.

За это время падают еще четыре бункерные бомбы, очень мощные. Разрушений много, но они не критические. Между атаками проходит по многу часов, однако стоит только подумать —

вот, закончилось, как все внутри тебя содрогается от нового взрыва. Капитолий не дает высунуть носа из-под земли. Хочет ослабить дистрикт. Завалить жителей работой по его восстановлению. Уничтожить? Нет. Койн была права. Зачем разрушать то, чем хочешь завладеть? Ну а в ближайшей перспективе их цель — задушить информационную войну, как можно дольше не допустить моих выступлений по телевидению Панема.

Нам почти ничего не сообщают о том, что происходит во внешнем мире. Телевизионные экраны никогда не загораются, мы слышим лишь сообщения Койн о типе бомб. Без сомнения, война продолжается, но о положении на фронтах мы можем только гадать.

Главный принцип нашей жизни в убежище — строгая согласованность. Все по графику — еда, сон, физические упражнения, личная гигиена. Даже отведено время для совместного общения. Наш сектор быстро приобретает популярность у детей и взрослых благодаря Лютику. Он — звезда вечернего шоу «Сумасшедший кот», идея которого случайно родилась во время отключения электричества несколько лет назад. Водишь по полу лучом фонарика, а Лютик за ним гоняется. Я получаю от его глупого вида злорадное удовольствие. Правда, все остальные почему-то уверены, что он умница и милашка. Мне даже выдали дополнительный комплект аккумуляторов, которые здесь большая ценность. Обитателям Тринадцатого здорово не хватает развлечений.

Ответ на мучающий меня вопрос приходит на третий вечер. Внезапно я понимаю, что шоу «Сумасшедший кот» прекрасно иллюстрирует мое положение. Лютик — это я сама. Пит, которого я стремлюсь спасти, — луч света. Пока Лютик думает, что у него есть шанс ухватить лапами неуловимый луч, он злится и распаляется все больше (совсем как я, с тех пор как покинула арену, оставив там Пита). Когда свет внезапно гаснет, Лютик какое-то время выглядит безутешным и растерянным, потом успокаивается и находит себе другое занятие (вот что произойдет, если Пит умрет). Но что по-настоящему сводит Лютика с ума — это когда я не выключаю фонарик, а направляю луч света высоко на стену — туда, куда даже коту ни за что не влезть и не допрыгнуть. Он мечется туда-сюда вдоль стены, вопит и не обращает ни на что внимания. Так продолжается до тех пор, пока я не выключу фонарик (именно это и проделывает сейчас со мной Сноу, только я не знаю, во что выльется его игра).

Может быть, Сноу достаточно того, что я это осознаю. Когда я считала, что Пита мучают, добиваясь от него информации о повстанцах, это было плохо. Но понимать, что его подвергают пыткам из-за меня, — невыносимо. Я чувствую, что в самом деле ломаюсь под тяжестью этого открытия.

После «Сумасшедшего кота» — отбой. Электричество есть не всегда; иногда лампы горят на полную мощность, а другой раз приходится щуриться, чтобы разглядеть в полумраке лицо соседа. Ночью верхний свет только слегка тлеет, но в каждом секторе дополнительно включают ночники.

Прим, убедившаяся, что стены от бомбежек не рушатся, свернулась вместе с Лютиком на нижней полке. Мама устраивается на верхней. Меня к себе не берут, потому что я мечусь во сне. Я стелю себе на полу.

Хотя сейчас я как раз не мечусь. Мои мышцы напряжены. Приходится прилагать усилия, чтобы держать себя в руках. Снова та боль в сердце. Я представляю, как во все стороны от сердца разбегаются крошечные трещины по всему телу. По туловищу, по рукам и ногам, по лицу — я вся покрыта сетью трещинок. Одна хорошая встряска от бункерной бомбы, и я рассыплюсь на причудливые, острые как бритва осколки.

Когда большинство людей, поворочавшись, засыпает, я осторожно выбираюсь из-под одеяла и на цыпочках иду искать Финника. Почему-то мне кажется, что он меня поймет. Финник сидит под ночником в своем секторе и вяжет узлы на веревке. Даже не пытается заснуть. Шепотом говорю ему о своей догадке и понимаю: тактика Сноу не новость для Финника. Она его и сломала.

— Именно это они делают с тобой и Энни, да?

— Во всяком случае, ее схватили не ради важной информации о повстанцах. Они знают, что я не стал бы рисковать и рассказывать ей что-то. Для ее же блага.

— О, Финник, прости меня.

— Нет, это я должен просить прощения. За то, что не предупредил тебя.

В памяти всплывает картина — я, обезумевшая от ярости и горя, привязана к кровати. Финник старается меня утешить: «Они скоро поймут, что он ничего не знает. Но они не убьют его, а будут использовать против тебя».

— Ты меня предупреждал. На планолете. Только я думала, они будут использовать его как приманку. Чтобы заманить меня в Капитолий.

— Мне не стоило говорить и этого. Все равно уже ничего нельзя было исправить. Раз уж я не предупредил тебя перед Квартальной бойней, нужно было молчать и потом. — Финник дергает веревку, и сложный узел легко распутывается. — Просто сначала я все не так понял. После первых Игр я был уверен, что любовная история — притворство. Мы все ждали, что ты будешь и дальше притворяться. Только когда Пит чуть не погиб от силового поля, я... — Финник замолкает.

Вспоминаю арену. Как я рыдала, пока Финник пытался вернуть Пита к жизни. Озадаченный вид Финника. И то, как он списал все на мою мнимую беременность.

— Что ты?

— Я понял, что ошибся в тебе. Ты действительно его любишь. Хотя я не знаю, кто он для тебя. Возможно, ты сама этого не знаешь. Но только слепой мог не заметить, как он тебе дорог.

Только слепой? Перед туром победителей Сноу хотел, чтобы я развеяла сомнения в моей любви к Питу. «Убеди меня». Похоже, там, под жарким розовым небом, когда жизнь Пита висела на волоске, мне это удалось. И тем самым я дала Сноу оружие, которое меня раздавит.

Я долго молчу, глядя, как расцветают и разглаживаются узлы на веревке Финника, потом спрашиваю:

— Как ты это выносишь?

Финник смотрит на меня с удивлением.

— А разве я выношу, Китнисс? Нет. Я не могу этого вынести. Каждое утро я выползаю из кошмаров и вижу, что реальность ничем не лучше. — Что-то в моем лице заставляет его замолчать. — Лучше не поддаваться слабости. Шагнуть в пропасть гораздо легче, чем из нее выкарабкаться.

Кому, как не ему, знать. Я глубоко перевожу дух, пытаясь взять себя в руки.

— Постарайся отвлечься от неприятных мыслей, — советует Финник. — Завтра мы первым делом раздобудем тебе веревку, а пока можешь взять мою.

Остаток ночи я сижу на матрасе и, как одержимая, вяжу узлы. Результаты я демонстрирую Лютику. Если какой-то узел кажется ему особенно подозрительным, он кидается на него и кусает несколько раз, чтобы наверняка обезвредить.

К утру пальцы у меня стерты, но я держусь.

После двадцати четырех часов затишья Койн наконец позволяет нам покинуть бункер. Прежнее жилье разрушено. Все получают точные указания о расположении новых отсеков. Мы собираем вещи, сдаем постельные принадлежности и послушно становимся в колонну у двери.

На полпути к выходу появляется Боггс, вытаскивает меня из очереди и подает знак Гейлу и Финнику, чтобы те шли следом. Люди нас пропускают. Некоторые даже улыбаются — похоже, шоу «Сумасшедший кот» снискало мне популярность.

Вот и выход. Потом вверх по лестнице, коридор, лифт, двигающийся в разные стороны и, наконец, отдел спецобороны. По пути никаких разрушений не видно, однако мы по-прежнему находимся очень глубоко под землей.

Боггс вводит нас в помещение, один в один похожее на штаб. За столом сидят Койн, Плутарх, Хеймитч, Крессида и еще несколько человек. Все выглядят крайне уставшими. Кто-то притащил кофе, хотя, очевидно, он тут считается неприкосновенным запасом. Плутарх держит чашку обеими руками, будто ее в любой момент могут отнять.

Президент сразу переходит к делу:

— Вам четверым срочно необходимо переодеться и подняться на поверхность. Через два часа у нас должен быть ролик, демонстрирующий, что, несмотря на ущерб, нанесенный бомбардировками, наши военные силы и боевой дух по-прежнему крепки. И самое главное, что Сойка цела и невредима. Есть вопросы?

— Можно нам тоже кофе? — спрашивает Финник.

Нам подают дымящиеся чашки. Блестящая черная жидкость вызывает у меня отвращение — я никогда не была в восторге от этой бурды. Надеюсь, она хотя бы поможет мне не свалиться с ног. Финник подливает мне сливок и тянется к сахарнице.

— Хочешь сахару? — предлагает он прежним игривым голосом.

Совсем как тогда, при нашей первой встрече. Мы стояли в окружении лошадей и колесниц, разодетые и разукрашенные на потеху толпе, — еще не союзники. Воспоминание вызывает у меня улыбку.

— На вот, так вкуснее, — добавляет он уже нормальным тоном, бросая мне в чашку три куска сахара.

Уходя, замечаю недовольный взгляд Гейла, направленный на меня и Финника. Что на этот раз? Неужели он в самом деле думает, будто между нами что-то есть? Может быть, он видел, как я прошлой ночью ходила к Финнику? Я как раз шла мимо Хоторнов. Гейла задело, что его компании я предпочла Финника. Впрочем, сейчас мне не до этого. Жутко горят натертые веревкой пальцы, глаза слипаются, съемочная группа ждет невесть чего. И Пит в руках Сноу... Пусть Гейл думает все, что ему заблагорассудится.

В новой гримерной подготовительная команда засовывает меня в костюм Сойки-пересмешницы, приводит в порядок волосы и наносит легкий макияж быстрее, чем успевает остыть мой кофе. Десять минут спустя вся группа сетью запутанных коридоров и переходов пробирается к выходу на поверхность. На ходу допиваю кофе. Оказывается, сливки и сахар значительно улучшили его вкус. Опрокидываю в рот гущу, осевшую на дне чашки, и чувствую, как по жилам разливается приятное тепло.

Вот и последняя лестница. Боггс дергает рычаг люка. В шахту врывается свежий воздух. Я вдыхаю его полной грудью и впервые позволяю себе признаться, как опостылел мне бункер. Мы выходим в лес, я поднимаю руки и касаюсь листьев. Некоторые уже начинают желтеть.

— Какой сегодня день? — спрашиваю я, не обращаясь ни к кому конкретно.

Боггс говорит, что на следующей неделе начнется сентябрь.

Сентябрь. Значит, Сноу держит Пита в своих когтях уже пять или даже шесть недель. Я разглядываю лист у себя на ладони и замечаю, что она дрожит. Ничего не могу с этим поделать. Видимо, виноват кофе. Я слишком часто дышу, хотя идем мы не быстро. Надо успокоиться.

Становятся заметны последствия взрывов. Мы приближаемся к первой воронке, тридцати ярдов в ширину и такой глубокой, что не видно дна. Боггс говорит, что если бы на верхних десяти уровнях остались люди, они, скорее всего, погибли бы. Мы огибаем воронку и двигаемся дальше.

— Их восстановят? — спрашивает Гейл.

— В ближайшее время нет. Тут не было ничего существенного. Только несколько резервных генераторов и птицефабрика. Нужно только засыпать воронку.

Деревья заканчиваются, и мы входим на огороженную территорию. Вокруг воронок груды развалин, старые и несколько свежих. Только малая часть Тринадцатого существовала на поверхности. Несколько постов охраны, учебный полигон плюс часть верхнего этажа одного из подземных зданий — где и находилось окно Лютика, — выступала примерно на фут над поверхностью и была покрыта еще несколькими футами стали. Но такая защита не могла выдержать мало-мальски серьезного нападения.

— Сколько времени мы выиграли благодаря предупреждению Пита? — интересуется Хеймитч.

— Около десяти минут. Потом ракеты были бы обнаружены нашими системами безопасности, — говорит Боггс.

— Но это ведь помогло, правда? — спрашиваю я.

Я не вынесу, если он скажет «нет».

— Безусловно. Мы успели завершить эвакуацию населения. В таких случаях счет идет на секунды. Кому-то эти десять минут спасли жизнь.

Прим, подумала я. И Гейлу. Они пришли в бункер всего за пару минут до того, как упала первая ракета. Их спас Пит. Еще две строки в список долгов, по которым я никогда не расплачусь.

Крессиде приходит идея снять меня на фоне развалин Дома правосудия — довольно остроумно, учитывая, что Капитолий столько лет использовал его в качестве декорации для своих фальшивых репортажей. Теперь в десяти шагах от Дома правосудия зияет свежая воронка.

По пути к осыпавшемуся парадному входу Гейл вдруг показывает что-то впереди, и все останавливаются. Сначала я не понимаю, в чем дело, затем вижу рассыпанные по земле свежие розовые и красные розы.

— Не трогайте их! — кричу я. — Это для меня.

В нос ударяет приторно-сладкий запах, и сердце едва не выпрыгивает из груди. Значит, мне не почудилось. Роза на комоде была реальной. А вот и еще одна весточка от Сноу. Розовые и красные красавицы на длинных стеблях. Такие же украшали студию на нашем с Питом интервью после победы. Цветы для влюбленных.

Я сбивчиво объясняю все это остальным. Цветы, кажется, не ядовитые, только аромат генетически усилен. Ровно две дюжины роз. Уже слегка увядших. Видимо, их сбросили сразу после последней бомбы. Люди в защитных костюмах собирают розы в тачку и увозят. Но я уверена, ничего сверхъестественного в них не найдут. У Сноу свои методы. Вроде избиения Цинны, пока я стою в прозрачном цилиндре. Цель та же — вывести меня из равновесия.

Что ж, нужно, как в тот раз, собрать волю в кулак и не сдаваться. Однако пока Крессида расставляет операторов, мое беспокойство только нарастает. Я измотана, нервы натянуты как струна, все мысли только о Пите. Зря я пила кофе. Меньше всего я сейчас нуждаюсь в возбуждающем. Меня и так всю трясет, никак не могу восстановить дыхание. После бункера дневной свет режет глаза, и приходится щуриться. По щекам бежит пот, хотя на улице не жарко.

— Что именно от меня требуется? — спрашиваю я.

— Всего пара слов. Люди должны видеть, что ты жива и готова бороться дальше, — отвечает Крессида.

— Хорошо.

Я становлюсь напротив камер и смотрю на красный огонек. Смотрю... Смотрю...

— Простите. Ничего не приходит в голову.

Крессида подходит ко мне.

— Ты себя хорошо чувствуешь?

Я киваю.

Она достает из кармана платок и вытирает мне лицо.

— Может, воспользуемся проверенным способом? Вопрос — ответ?

— Да. Так будет лучше.

Я скрещиваю руки на груди, чтобы скрыть дрожь. Бросаю взгляд на Финника. Он поднимает вверх руки с оттопыренными большими пальцами. Только сам при этом заметно дрожит.

Крессида возвращается на свое место.

— Китнисс, Тринадцатый дистрикт только что пережил ракетно-бомбовый удар Капитолия. Расскажи нам, что ты при этом испытывала?

— Мы находились очень глубоко под землей, и никакой реальной опасности не было. Тринадцатый живет и здравствует, и я вместе... — Мой голос срывается.

— Попробуй последнюю фразу еще раз, — предлагает Крессида. — Тринадцатый дистрикт живет и здравствует, и я — вместе с ним.

Я делаю глубокий вдох, с силой опуская диафрагму.

— Тринадцатый живет и... — Нет, все не так. Могу поклясться, вокруг еще стоит запах роз.

— Китнисс, давай только эту фразу, и на сегодня все. Обещаю, — говорит Крессида. — Тринадцатый живет и здравствует, и я вместе с ним.

Я встряхиваю руками, чтобы расслабиться. Упираю кулаки в бедра, потом опускаю руки по швам. Рот то и дело наполняется слюной, к горлу подступает тошнота. Сглотнув, открываю рот, чтобы произнести наконец эту чушь, убежать в лес и... и тут я начинаю рыдать.

Какая из меня Пересмешница. Не могу произнести даже одно это предложение. Ведь за каждое мое слово расплачиваться придется Питу. Его будут пытать. Не до смерти, нет — это было бы слишком милосердно. Сноу позаботится, чтобы его жизнь стала хуже смерти.

— Выключай! — слышу я тихий голос Крессиды.

— Что это с ней? — бормочет Плутарх.

— Она поняла, для чего Сноу нужен Пит, — отвечает Финник.

Вокруг раздается что-то вроде коллективного вздоха сожаления. Потому что теперь я знаю и не смогу быть Сойкой. Я вообще ни на что не годна.

Несколько пар рук обнимают меня, но я не хочу ничьих утешений. Ничьих, кроме... Хеймитча. Потому что Хеймитч тоже любит Пита. Я тянусь к нему, бормоча что-то отдаленно напоминающее его имя; он подходит, обнимает меня и похлопывает по спине.

— Ну-ну, не надо. Все уладится, солнышко.

Он усаживает меня на обломок мраморного столба и кладет мне руку на плечи.

— Я больше не могу, — говорю я сквозь рыдания.

— Знаю.

— Я только и думаю, что он сделает с Питом за то, что я Сойка-пересмешница!

— Знаю, знаю. — Хеймитч крепче стискивает мои плечи.

— Ты его видел? Как странно он себя вел? Что с ним сделали? — Задыхаясь от слез, я выдавливаю еще только: — Это я во всем виновата!

Затем я окончательно впадаю в истерику, в руку мне вонзается игла, и мир исчезает.

Видимо, мне вкололи что-то очень сильнодействующее, потому что просыпаюсь я только на следующий день. Это не похоже на пробуждение от мирного сна. Кажется, будто я вынырнула из царства тьмы, где бродила в одиночку среди призраков. Хеймитч — с восковой кожей, с красными от усталости глазами — сидит на стуле возле моей кровати. Я вспоминаю о Пите и снова начинаю дрожать.

Хеймитч сжимает мое плечо.

— Все в порядке. Мы попробуем его вытащить.

— Что?

Наверно, я ослышалась. Какой-то бред.

— Плутарх направляет в Капитолий спасательную группу. У него там свои люди. И он считает, что мы сможем вызволить Пита живым.

— Почему мы не сделали этого раньше?

— Слишком многое стоит на кону. Но все согласились, что другого выхода нет. Как тогда на арене — мы сделали все возможное, чтобы спасти тебя. Нам нельзя сейчас терять Сойку-пересмешницу. А ты не сможешь исполнять ее роль, пока Сноу отыгрывается на Пите. — Хеймитч протягивает мне чашку с водой. — На, выпей.

Я медленно сажусь и делаю глоток.

— Что значит — слишком многое на кону?

Хеймитч пожимает плечами.

— Наши агенты засветятся. Могут погибнуть люди. Впрочем, они и так гибнут каждый день. К тому же мы спасаем не одного Пита, но и Энни для Финника.

— Где он?

— За ширмой, отсыпается после укола. У него тоже крышу сорвало, когда тебя вырубили.

Я улыбаюсь, чувствуя себя уже не такой слабой.

— Да, съемки вышли еще те. Вы вдвоем слетаете с катушек, Боггс мчится организовывать операцию по спасению Пита. Остается только крутить повторы.

— Если за дело взялся Боггс, это уже хорошо, — говорю я.

— Да, он парень что надо. В команду брали добровольцев, но он притворился, будто не заметил мою руку, — рассказывает Хеймитч. — Видишь? Он уже продемонстрировал благоразумие.

Что-то не так. Хеймитч слишком старательно пытается меня ободрить. Это совсем не в его духе.

— Ну и кто же еще вызвался добровольцем?

— Кажется, всего их семеро, — уклончиво отвечает он.

Я чувствую холод под ложечкой от нехорошего предчувствия.

— Кто еще?

Наконец Хеймитч перестает ломать комедию.

— Ты знаешь кто, Китнисс. Ты знаешь, кто вызвался первым.

Конечно, я знаю.

Гейл.

12

Сегодня я могу потерять их обоих.

Пытаюсь представить себе мир, в котором не будут больше звучать голоса Гейла и Пита. Их неподвижные руки. Потухшие глаза. Я стою над мертвыми телами, смотрю на них в последний раз и выхожу из комнаты, где они лежат. Но когда я открываю дверь и ступаю наружу, там оказывается только бесконечная пустота. Бледно-серое ничто — вот что ждет меня впереди.

— Хочешь, я попрошу, чтобы тебя усыпили, пока все не закончится? — спрашивает Хеймитч.

Он не шутит. Этот человек всю свою взрослую жизнь не расставался с бутылкой, пытаясь заглушить боль, причиненную ему Капитолием. Наверняка у него, шестнадцатилетнего мальчишки, участника второй Квартальной бойни, были люди, которые его ждали, — родители, друзья, возможно, любимая девушка. Где они теперь? Что сделал с ними Сноу? Как вышло, что, пока мы с Питом не навязались ему на голову, он был совсем один на всем свете?

— Нет, — говорю я. — Я полечу в Капитолий. Я хочу участвовать в спасательной операции.

— Они уже улетели.

— Когда? Их можно догнать. Я могу...

Что? Что я могу?

Хеймитч качает головой.

— Тебя не пустят. Это очень опасно. Была мысль послать тебя в другой дистрикт, чтобы отвлечь внимание Капитолия во время операции. Но решили, что ты слишком слаба.

— Пожалуйста, Хеймитч! — умоляю я. — Я должна что-то сделать. Не могу же я просто сидеть сложа руки и ждать, пока их убьют. Чем-то же я могу помочь!

— Ладно. Я поговорю с Плутархом. А ты лежи, не вставай.

Легко сказать — лежи. Шаги Хеймитча еще отдаются эхом в коридоре, когда я проскальзываю через щель в ширме к Финнику. Он лежит на животе, вцепившись пальцами в наволочку. Жестоко вырывать его из призрачного, спокойного мира грез в реальность, но оставаться наедине с собой для меня невыносимо. Наверное, я трусиха и эгоистка.

Я расталкиваю Финника и объясняю ему ситуацию. Удивительным образом его первоначальная тревога быстро проходит.

— Как ты не понимаешь, Китнисс? Наконец-то все решится. Пан или пропал. К концу дня они либо будут с нами... либо погибнут. Это... больше, чем мы могли надеяться!

Что ж, во всем можно найти светлую сторону. Однако я тоже немного успокаиваюсь. По крайней мере, есть надежда, что наши мучения закончатся.

Ширма резко отодвигается, и появляется Хеймитч. Говорит, что, если мы оклемались, у него есть для нас работенка. Все еще нужен репортаж о том, как Тринадцатый пережил бомбежку.

— Справимся за пару часов, и тогда Бити сможет передать ее в эфир как раз во время проведения операции. Может быть, это отвлечет внимание Капитолия.

— Отвлекающий маневр, — соглашается Финник. — Вроде дымовой завесы.

— Желательно что-нибудь по-настоящему захватывающее, чтобы даже президент Сноу не смог оторваться. Есть идеи? — спрашивает Хеймитч.

Осознание, что я реально могу чем-то помочь, заставляет меня сосредоточиться. Быстро глотаю завтрак, привожу себя в порядок и лихорадочно думаю, что мне говорить. Президенту Сноу наверняка интересно, какой эффект на меня произвели его розы и забрызганный кровью пол. Он хочет видеть меня сломленной — значит, я должна быть сильной. Однако боюсь, парой дерзких фраз его не проведешь. К тому же нам важно выиграть время, а кричать и махать кулаками перед камерой долго не будешь. Нужно о чем-то рассказывать.

Не знаю, что из этого выйдет, но, когда все собираются на поверхности, я прошу Крессиду поспрашивать меня о Пите. Сажусь на поваленную мраморную колонну, где в прошлый раз у меня произошел срыв. Сейчас на камере загорится красный огонек, и Крессида задаст вопрос:

— Как ты познакомилась с Питом?

И я наконец делаю то, чего добивался от меня Хеймитч с самого первого интервью. Откровенничаю.

— Мне было одиннадцать лет, и я умирала от голода, — начинаю я и рассказываю все о том ужасном дне, когда, стоя под дождем, пыталась продать детскую одежду. Как мать Пита прогнала меня от дверей булочной, и как он ценой побоев отдал мне хлеб, спасший нам жизнь.

— Мы даже ни разу не разговаривали друг с другом. Пока не оказались в поезде по пути на Игры.

— Но он уже тогда был в тебя влюблен.

— Похоже на то. — Я позволяю себе слегка улыбнуться.

— Как ты переживаешь разлуку с ним?

— Тяжело. Сноу может его убить в любой момент. Особенно после того, как Пит предупредил Тринадцатый о бомбежке. Ужасно жить с этой мыслью. Но теперь, когда я знаю, как с ним обращаются, у меня не остается сомнений. Я сделаю все, чтобы уничтожить Капитолий. Мои руки развязаны.

Я поднимаю глаза и смотрю, как высоко в небе парит сокол.

— Президент Сноу однажды признался мне, что Капитолий уязвим. В то время я не поняла, что он имеет в виду. Мой разум был затуманен страхом. Теперь я не боюсь. Власть Капитолия хрупка, потому что он во всем зависит от дистриктов. Сам он не способен обеспечить себя ни едой, ни энергией, ни даже миротворцами, чтобы держать нас в узде. Стоит нам объявить независимость, Капитолий рухнет. Президент Сноу, сегодня я объявляю свою независимость.

Получилось если не потрясающе, то весьма неплохо. Все хвалят мой рассказ о хлебе. Однако именно мое обращение к президенту Сноу наталкивает Плутарха на какую-то мысль. Он торопливо подзывает к себе Финника и Хеймитча, и они недолго, но живо о чем-то спорят, причем вид у Хеймитча недовольный. Кажется, побеждает Плутарх — лицо Финника бледнеет. Тем не менее он согласно кивает.

— Ты не обязан этого делать, — говорит ему Хеймитч, когда тот заступает на мое место перед камерой.

— Обязан. Если это поможет ей. — Финник сжимает в кулаке веревку. — Я готов.

Я гадаю, о чем пойдет речь. Про Энни? О бесчинствах в Четвертом дистрикте? Однако Финник Одэйр начинает совершенно неожиданно:

— Президент Сноу... продавал меня... мое тело. — Его голос звучит глухо и отрешенно. — И не только меня. Если победитель был привлекательным, президент дарил его кому-нибудь или выставлял на продажу за огромную цену. Отказаться было невозможно — иначе убивали кого-нибудь из твоих близких. Поэтому все соглашались.

Это все объясняет. Вот откуда эта вереница поклонников и поклонниц из Капитолия. Никакие они не поклонники. Обычные негодяи вроде Крея, нашего бывшего главы миротворцев, который покупал отчаявшихся девушек, чтобы использовать и выбросить, просто потому, что он мог себе это позволить. Мне хочется прервать запись и попросить у Финника прощения за то, что так плохо о нем думала. Но мы должны сделать свою работу, и я чувствую, что у Финника это получится гораздо лучше, чем у меня.

— Я был не единственным, но самым популярным, — продолжает он. — И, наверное, самым беззащитным, потому что были беззащитны люди, которых я любил. Чтобы успокоить совесть, мои покровители давали мне деньги и украшения. Впрочем, они делились со мной еще кое-чем, более ценным.

Секретами, думаю я про себя. Финник уже говорил мне, что любовницы часто выбалтывали ему разные тайны.

— Секретами, — говорит Финник, повторяя мои мысли. — Не выключайте телевизор, президент Сноу, потому что многие из этих секретов касаются вас. Однако давайте начнем с других.

Финник рассказывает о таких подробностях, что не остается сомнений в его правдивости. Экзотические сексуальные пристрастия, измены, безмерная алчность, политические интриги. Тайны, нашептанные во хмелю под покровом ночи, на влажных подушках. Перед Финником не стеснялись. Кто он? Раб из покоренного дистрикта, которого можно купить и продать. Смазливый, но неопасный. Кто ему поверит? И кто вообще станет его слушать? А ведь секреты так и просятся с языка. Особенно такие пикантные.

Я не знаю людей, про которых говорит Финник, однако все они, похоже, заметные фигуры в Капитолии, и, судя по разговорам моей группы подготовки, любой их грешок привлекает пристальное внимание. Если люди способны часами обсуждать неудачную прическу, то какой же интерес вызовут обвинения в инцесте, предательствах, шантаже и поджогах? А впереди еще президент...

— Ну а теперь перейдем к нашему славному президенту Кориолану Сноу, — говорит Финник. — Он был так молод, когда пришел к власти.

И так умен, что смог удержать ее. Интересно, как ему это удалось? Одно слово. Одно только слово, и все станет на свои места. Яд.

Финник прослеживает политическую карьеру Сноу, про которую я до сих пор ничего не знала, подробно останавливаясь на загадочных смертях его противников и, хуже того, ставших неудобными союзников. Одни падали замертво во время застолий, другие медленно угасали в течение нескольких месяцев. Списывалось все на испорченных моллюсков, неуловимые вирусы или вовремя не выявленную патологию аорты. Сноу сам пил из отравленной чаши, чтобы отвести подозрение. Противоядия иногда срабатывали не в полной мере. Говорят, поэтому он всегда носит в лацкане надушенные розы. Чтобы отбить запах крови от незаживающих язв во рту. И так далее и тому подобное... Говорят, у Сноу есть список, и никто не знает, кто будет следующим.

Яд. Оружие змеи.

Поскольку мое мнение о Капитолии и его достопочтенном президенте и так было хуже некуда, не могу сказать, что слова Финника особенно меня потрясли. Однако на капитолийских мятежников они производят куда большее впечатление — даже у Плутарха не раз вытягивается лицо — очевидно, от удивления, как такая пикантная подробность прошла мимо него. Когда Финник замолкает, никому не приходит в голову выключить камеры, пока он сам не произносит: «Снято».

Телевизионщики убегают редактировать материал, а Плутарх отводит Финника в сторону, видимо, выведать, что еще ему известно. Я остаюсь среди руин наедине Хеймитчем. Возможно, участь Финника ждала и меня. Почему нет? Сноу мог бы выручить немалые деньги за Огненную Китнисс.

— С тобой было то же самое? — спрашиваю я Хеймитча.

— Нет. Мать, младший брат, моя девушка — через две недели после Игр их никого не было в живых. Из-за того фокуса с силовым полем. Сноу уже никого не мог использовать.

— Странно, что он тебя не убил.

— Это как раз понятно. Я стал примером. Для молодых Финников, Джоанн и Кашмир. Чтобы все видели, что бывает с неудобными победителями. Но как бы то ни было, Сноу знал, что прижать меня ему нечем.

— Пока не появились мы с Питом, — говорю я тихо.

Хеймитч молчит.

Теперь остается только ждать. Мы с Финником сидим в отделе спецобороны. Пытаемся чем-нибудь заполнить медленно тянущиеся минуты. Вяжем узлы, размазываем еду по тарелкам, лупим по мишеням в тире. Из боязни обнаружения связь со спасательным отрядом не поддерживается. Ровно в 15.00 мы входим в помещение, сплошь уставленное мониторами и компьютерами, и в безмолвном напряжении наблюдаем, как Бити со своей командой пытается захватить телеэфир. От обычной суетливости Бити нет и следа; я еще никогда не видела его таким сосредоточенным. Большую часть моего интервью вырезали, оставили минимум, чтобы показать, что я все еще жива и готова к борьбе. Гвоздь программы — мерзость и похоть Капитолия в изложении Финника. Не знаю, улучшил ли Бити свое оборудование, или его коллеги из Капитолия сами засмотрелись, но наша трансляция прерывается гораздо реже. Целых шестьдесят минут подряд лицо Финника с переменным успехом соперничает с капитолийскими дневными новостями и попытками выключить и то и другое. Финальную часть про Сноу техгруппа повстанцев умудряется передать почти без потерь.

— Шабаш! — Бити вскидывает руки от пульта, предоставляя эфир Капитолию. Вытирает пот со лба. — Либо они уже выбрались оттуда, либо их нет в живых. — Он поворачивается на стуле к нам. — Однако план что надо. Плутарх вам рассказал?

Конечно, нет. Бити ведет нас в другую комнату и показывает на схеме, каким образом спасательный отряд при поддержке внутренних агентов попытается — точнее уже попытался — освободить победителей из подземной тюрьмы. Среди прочего в вентиляционную систему подается усыпляющий газ, потом где-то отключается электричество, и в нескольких милях от тюрьмы в правительственном здании взрывается бомба. Плюс наше вторжение в эфир. Бити доволен, что мы запутались в плане, — значит, нашим врагам тоже будет трудно за всем уследить.

— Как с твоей электрической ловушкой на арене? — спрашиваю я.

— Точно. А ведь славно сработала!

Ну... это как посмотреть, думаю я про себя.

Мы с Финником хотим прорваться в штаб — первые новости от спасательной команды поступят, конечно, туда, — но нас не пускают, говоря, что там идет обсуждение важных военных вопросов. Однако из отдела спецобороны мы уходить отказываемся. Сидим на подземном лугу с колибри.

Вяжем узлы. Молчим. Вяжем. Тик-так. Не думать о Гейле. Не думать о Пите. Вязать узлы. Мы отказываемся от ужина. Пальцы стерты до крови. В конце концов Финник не выдерживает и сгибается, как тогда на арене, когда нас атаковали сойки-говоруны. Я совершенствуюсь в завязывании петли. В голове крутятся слова из «Дерева висельника». Гейл и Пит. Пит и Гейл.

— Ты сразу полюбил Энни? — спрашиваю я.

— Нет. — Он долго молчит, потом добавляет: — Она завладела моим сердцем постепенно.

Я пытаюсь заглянуть в свое сердце, но в данный момент им, похоже, владеет один Сноу.

Наверное, уже за полночь, и наступил следующий день, когда Хеймитч вдруг открывает дверь.

— Вернулись. Нас ждут в госпитале.

С моих губ готов сорваться поток вопросов, однако Хеймитч отрезает:

— Это все, что я знаю.

Мне хочется бежать, но Финник ведет себя странно, будто потерял способность двигаться. Я беру его за руку и веду, как маленького ребенка. Через отдел спецобороны, к лифту, потом в больничное крыло. Там настоящий кавардак. Слышны распоряжения врачей, по коридорам везут раненых.

Мы едва не сталкиваемся с каталкой, на которой без сознания лежит девушка с бритой головой. Ее тело покрыто кровоподтеками и гнойниками. Джоанна Мэйсон. Она на самом деле знала секреты повстанцев. По крайней мере, один из них. И поплатилась за это.

В одной комнате я вижу Гейла, раздетого до пояса, по его лицу течет пот, в то время как врач извлекает щипцами что-то у него из-под лопатки. Ранен, но жив. Я окликаю его и хочу подойти ближе. Медсестра выталкивает меня и закрывает дверь.

— Финник! — раздается не то вопль, не то радостный возглас. Красивая, разве что слегка чумазая девушка с темными спутанными волосами и сине-зелеными глазами бежит нам навстречу в одной простыне. — Финник!

Внезапно кажется, будто во всем мире есть только эти двое, летящие сквозь пространство навстречу друг другу. Они обнимаются, теряют равновесие, ударяются о стену, и остаются там, слившись в одно целое. Неразделимое.

Я чувствую, что завидую им. Точнее не им самим, а какой-то определенности. Никто не усомнится в их любви.

К нам с Хеймитчем подходит Боггс, усталый, но невредимый.

— Мы вытащили их всех. Кроме Энорабии. Но она из Второго, ее, возможно, и не арестовывали. Пит там, в конце коридора. Скоро очухается от газа. Тебе лучше быть с ним рядом.

Пит.

Целый и невредимый — может, не совсем невредимый, но он жив, и он здесь. Далеко от Сноу. В безопасности. Со мной. Через минуту я прикоснусь к нему. Увижу его улыбку. Услышу его смех.

Хеймитч улыбается мне.

— Ну что, пойдем.

У меня кружится голова. Что я ему скажу? Да какая разница, что скажу? Пит все равно будет счастлив. Все равно покроет меня поцелуями. Будут ли они такими же, как тогда на арене, поцелуи, о которых я не смела вспоминать до этого момента.

Пит уже проснулся, он с растерянным видом сидит на кровати, вокруг хлопочут трое врачей — успокаивают его, светят фонариком в глаза, проверяют пульс. Жаль, что я не успела к его пробуждению и он не меня увидел первой. Но вот он поворачивается в мою сторону, и на его лице отражается удивление и какое-то другое, более сильное чувство, которое я не могу разгадать. Нежность? Страсть? Да. Пит отталкивает от себя врачей, вскакивает на ноги и бежит ко мне. Я лечу ему навстречу, раскрывая руки для объятий. Он протягивает ко мне ладони, хочет коснуться моего лица.

Я открываю рот, чтобы произнести его имя, и тут пальцы Пита впиваются мне в шею.

13

Холодный воротник натирает шею, и мне еще труднее сдерживать дрожь. По крайней мере, меня освободили из гудящей и тикающей тесной камеры, где я лежала, неуверенная, что смогу дышать, слушая бестелесный голос, приказывающий мне не двигаться. Даже теперь, когда я знаю, что довольно легко отделалась, мне кажется, будто в комнате не хватает воздуха.

Опасения врачей не подтвердились. Спинной мозг цел, дыхательные пути, вены и артерии тоже. Синяки, хрипота, боль в горле и покашливание не в счет. Все будет хорошо. Сойка-пересмешница не потеряет голос. Кто бы еще определил, не потеряю ли я рассудок? Мне пока нельзя разговаривать. Я даже не могу поблагодарить Боггса, когда он приходит меня проведать. Боггс осматривает мою шею и говорит, что солдаты на тренировках по рукопашному бою получают травмы и похуже.

Это Боггс одним ударом вырубил Пита, прежде чем тот успел меня изувечить. Хеймитч, конечно, сделал бы то же самое, если бы совершенно не растерялся. Застать врасплох одновременно и меня и Хеймитча — не просто. Нас ослепила радость. Окажись я с Питом наедине, он бы меня убил. Потому что его свели с ума.

Нет, одергиваю я себя, Пит не сумасшедший. Он «охмо́ренный». Я слышала это слово в разговоре Плутарха и Хеймитча, когда меня везли мимо них по коридору. «Охмо́ренный». Что бы это значило?

Прим (она прибежала, как только услышала о нападении и с тех пор не отходит ни на шаг) укрывает меня еще одним одеялом.

— Скоро этот ошейник снимут, Китнисс. Тогда тебе будет теплее.

Маме, которая ассистировала в сложной операции, еще ничего не сообщили. Прим берет мою руку, сжатую в кулак, и массирует ее, пока пальцы не расслабляются и в них не начинает циркулировать кровь. Потом берется за второй кулак, но тут появляются врачи, освобождают мою шею от жесткого воротника и делают укол для снятия боли и отечности. Как велено, держу голову неподвижно, чтобы не усугубить травму.

Плутарх, Хеймитч и Бити ждут в коридоре. Не знаю, сообщили ли они Гейлу. Видимо, нет, раз он не пришел. Плутарх выпроваживает врачей и пытается заодно выставить Прим, но та говорит:

— Нет. Если вы меня прогоните, я пойду прямо в хирургию и расскажу обо всем маме. Вряд ли она станет церемониться с распорядителем Игр, особенно когда он так плохо заботится о Китнисс.

Плутарх выглядит оскорбленным. Хеймитч только усмехается.

— На твоем месте, Плутарх, я бы не рисковал.

Прим остается.

— Что ж, Китнисс, — начинает Плутарх, — состояние Пита стало шоком для всех нас, хотя мы уже видели ухудшение в последних двух интервью. Пита избивали, и это до некоторой степени объясняло его психическую неустойчивость. Теперь ясно, что побоями дело не ограничивалось. Капитолий подверг Пита довольно необычному приему воздействия на сознание, известному как «охмор». Верно, Бити?

— К сожалению, я не знаком со всеми деталями, Китнисс, — говорит Бити. — Капитолий тщательно скрывает этот метод, но я полагаю, последствия бывают разными. «Охмор» — старинное слово, означает «обморок» или «припадок беспамятства». Насколько мы знаем, это похоже на формирование условного рефлекса страха с использованием яда ос-убийц, а он как раз вызывает помутнение рассудка. Ну да о действии яда ты знаешь лучше всех нас, тебе ведь досталось от ос на первых Играх.

Паника. Галлюцинации. Кошмарные видения гибели твоих близких. Особенность яда ос-убийц — он точно находит, где именно в твоем мозге гнездится страх.

— Уверен, ты не забыла то чувство ужаса. Вдобавок спутанность сознания, так? Невозможность отличить реальность от галлюцинаций? Большинство выживших после укусов рассказывают о таких же симптомах.

Да. Встреча с Питом. Даже когда в голове уже прояснилось, я не была уверена, действительно ли он спас меня от Катона, или мне это привиделось.

— Хуже всего, что воспоминания можно подменить. — Бити постукивает себя по лбу. — Вывести из подсознания, модифицировать и вернуть в память искаженными. Предположим, я заставляю тебя что-то вспомнить — просто говорю о каком-то событии или показываю видеозапись — и в это время ввожу тебе дозу яда ос-убийц. Не так, чтобы ты совсем отключилась, но достаточно, чтобы вызвать страх и сомнение. Мозг сам свяжет их с тем событием и поместит все в долговременную память.

Я чувствую подступающую дурноту. Прим задает вопрос, который крутится у меня на языке:

— Они сделали это с Питом? Исказили его воспоминания о Китнисс?

Бити кивает:

— Настолько, что он видит в ней врага. И хочет ее убить. Во всяком случае, на данный момент это самое правдоподобное объяснение.

Я закрываю лицо руками. Не верю, что это происходит на самом деле. Такого просто не может быть. Заставить Пита забыть его любовь ко мне... кто на такое способен?

— Но... это можно как-то исправить? — снова спрашивает Прим.

— Мм... у нас слишком мало информации, — говорит Плутарх. — Честно говоря, вообще нет. Если когда-либо и предпринимались попытки реабилитации от охмора, у нас нет доступа к таким сведениям.

— Но вы попытаетесь? — настаивает Прим. — Нельзя же запереть его в камере с мягкими стенами, как сумасшедшего?

— Конечно, попытаемся, Прим, — говорит Бити. — Только ничего гарантировать мы не можем. Победить страх труднее всего. Как раз его мы запоминаем особенно крепко — из чувства самосохранения.

— К тому же нам пока неизвестно, были ли подменены какие-то другие воспоминания помимо тех, что связаны с Китнисс, — говорит Плутарх. — Мы созовем консилиум из психиатров и военных медиков. Лично я настроен оптимистично и надеюсь на полное излечение.

— Неужели? — язвительно спрашивает Прим. — А что думаешь ты, Хеймитч?

Я слегка раздвигаю ладони, чтобы видеть выражение его лица. Оно усталое и удрученное.

— Думаю, Питу станет лучше. Но... вряд ли он когда-нибудь будет прежним.

Я снова крепко сжимаю руки, отгораживаясь ото всех.

— По крайней мере, он жив, — говорит Плутарх, будто теряя терпение. — Сегодня вечером Сноу в прямом эфире казнил подготовительную команду Пита вместе со стилистом. Мы понятия не имеем, что стало с Эффи Бряк. Пит пострадал, но он здесь. С нами. И это большой прогресс по сравнению с тем, что было двенадцать часов назад. Давайте не будем об этом забывать, ладно?

Попытка Плутарха ободрить меня, походя упомянув об очередных четырех, если не пяти убийствах, приводит к обратному результату. Порция. Команда подготовки Пита. Эффи. К горлу подступает комок, оно судорожно сжимается, и я начинаю задыхаться. Врачам не остается ничего другого, как снова вколоть мне снотворное.

Когда его действие проходит, лежу и думаю, смогу ли когда-нибудь спать нормально, без лекарств. Я даже рада, что несколько дней мне нельзя говорить, потому что не хочу ничего говорить. И делать тоже. С виду я образцовая пациентка — мою заторможенность принимают за самообладание и готовность следовать указаниям врачей. Слез больше нет. Вообще ничего больше нет — только лицо Сноу и мой беззвучный шепот в голове: «Я убью тебя».

Мама и Прим по очереди навещают меня, уговаривают проглотить немного мягкого пюре или каши. Время от времени кто-нибудь приходит с новостями о Пите. В его крови и тканях было много осиного яда, но постепенно он выводится. С Питом общаются только люди из Тринадцатого, никого из знакомых к нему не допускают, чтобы не пробудить опасные воспоминания. Группа экспертов часами трудится над стратегией его лечения.

Гейл ранен в плечо и не должен вставать с кровати. Однако на третью ночь, как только мне сделали уколы и приглушили свет, он проскальзывает в мою палату. Молча склонившись надо мной, легкими, как крылья бабочки, пальцами проводит по синякам на моей шее и, поцеловав в лоб, исчезает.

На следующее утро меня выпускают с рекомендацией не делать резких движений и поменьше говорить. Расписания мне не ставят, и я бесцельно слоняюсь по коридору, пока Прим не освобождается от дежурства в госпитале. Она отводит меня в наше новое жилище — отсек 2212. Такой же, как предыдущий, но без окна.

Лютику теперь выдают дневной рацион, а под раковиной в ванной стоит ящик с песком. Когда Прим поправляет мне постель, кот вспрыгивает на подушку, соперничая со мной за ее внимание. Прим берет его на руки, но продолжает смотреть на меня.

— Китнисс, я знаю, как ты переживаешь из-за Пита. Но не забывай — Сноу обрабатывал его много недель, а здесь он только несколько дней. Возможно, прежний Пит, который тебя любит, все еще есть где-то внутри и хочет вырваться к тебе. Не отчаивайся раньше времени.

Я любуюсь своей маленькой сестренкой. Она унаследовала все лучшие качества, какими только может похвастать наша семья: исцеляющие руки матери, рассудительность отца, мой боевой дух. Но в ней есть и что-то еще, что-то свое. Способность разглядеть в хаосе жизни, в мельтешении случайных деталей самое важное и существенное. Может быть, она права? И Пит снова ко мне вернется?

— Мне пора в госпиталь, — говорит Прим, усаживая Лютика на кровать рядом со мной. — А вы составите друг другу компанию, ладно?

Лютик соскакивает с кровати и бежит за Прим, громко жалуясь, когда дверь закрывается перед его носом. Компания мы друг для друга, прямо скажем, паршивая. Примерно через полминуты я понимаю, что не могу дольше находиться в этой подземной камере, и оставляю Лютика одного. Заблудившись несколько раз, в конце концов добираюсь до отдела спецобороны. Каждый встречный пялится на мою посиневшую шею, так что мне становится не по себе, и я натягиваю воротник почти до самых ушей.

В одной из лабораторий нахожу Бити и Гейла — должно быть, его тоже выписали сегодня утром. Оба склонились над чертежом и целиком поглощены какими-то вычислениями. На столе, полу, стульях разложены варианты того же чертежа. Другие чертежи приколоты к стенам и заполняют экраны нескольких мониторов. В схематичных линиях одного из них я узнаю ловушку Гейла.

— Что это? — спрашиваю я сиплым голосом.
— А, Китнисс, ты нас застукала, — радостно говорит Бити.
— А что? Это какой-то секрет?

Я знала, что Гейл постоянно торчит внизу у Бити, но думала, они возятся с луками и всяким оружием.

— Вообще-то нет. Просто я чувствую себя виноватым, что так надолго украл у тебя Гейла.

По правде говоря, беспокоиться об отсутствии Гейла мне было особенно некогда, учитывая, что большую часть времени я находилась в прострации и лежала в госпитале. Да и наши отношения оставляют желать лучшего. Однако Бити об этом знать незачем. Пусть думает, что он передо мной в долгу.

— Надеюсь, вы провели время с пользой.
— Идем. Сама увидишь. — Бити подзывает меня к монитору.

Вот оно что. Они используют принципы, лежащие в основе ловушек Гейла, чтобы создать оружие против людей. Главным образом мины. Дело тут не столько в технических хитростях, сколько в психологии. Устроить ловушку на пути к жизненно-важным ресурсам. Воде, пище. Напугать жертву, чтобы она сама побежала навстречу своей гибели. Поставить под угрозу молодняк, чтобы привлечь истинную добычу — родителей. Заманить в якобы безопасное место, где на самом деле ждет смерть. Постепенно Гейл с Бити отошли от чисто охотничьих приемов и сосредотачивались на человеческих побуждениях. Таких, как сострадание. Взрывается мина. Люди спешат на помощь раненым. И тут срабатывает вторая, более мощная, убивая всех вокруг.

— По-моему, вы переходите все границы, — говорю я. — Получается, нет никаких правил? Никаких запретов, чего ни в коем случае нельзя делать с другими людьми?

Оба смотрят на меня — Бити с сомнением, Гейл враждебно.

— Правила есть. Мы с Бити следуем тем, которые использовал президент Сноу, когда промывал мозги Питу, — говорит Гейл.

Жестоко, но в точку. Я молча иду к двери. Чувствую, что если останусь тут еще на минуту, то просто взорвусь от ярости. Я еще не успеваю покинуть отдел спецобороны, когда в коридоре меня перехватывает Хеймитч.

— Скорее. Нас ждут в госпитале.
— Зачем?

— Появилась идея насчет Пита. Пустить к нему самого безобидного человека из Двенадцатого, кого Пит точно не испугается. С кем у него есть общие детские воспоминания, никак не связанные с тобой. Сейчас они ищут таких людей.

Задачка не из легких. Все друзья детства Пита скорее всего жили в центре, а оттуда мало кто уцелел. Но едва мы входим в палату, где собираются врачи, лечащие Пита, как я вижу ее — Делли Картрайт. Сидит и болтает с Плутархом.

— Китнисс! — кричит она, одаривая меня такой улыбкой, будто я ее самая лучшая подруга. Она всем так улыбается.

— Привет, Делли.

Ее младший брат, я слышала, выжил. А вот родителям, у которых был обувной магазин в центре, не повезло. В унылой грязно-серой одежде, принятой в Тринадцатом, и с простой косой вместо локонов Делли выглядит старше своих лет. Кажется, она немного похудела. Делли была одной из немногих детей в Двенадцатом дистрикте, которые могли похвастать парой фунтов лишнего веса. Местная диета, стресс, потеря родителей сыграли свою роль.

— Как дела? — спрашиваю я.

— О, столько всего переменилось. — Ее глаза наполняются слезами. — Но люди здесь очень добрые, правда?

Делли действительно так думает. Она искренне любит людей. Не только горстку друзей и знакомых, а всех вообще.

— Они стараются, чтобы мы чувствовали себя не хуже, чем дома, — говорю я. Полагаю, это про них можно сказать, не погрешив против истины. — Тебя выбрали для встречи с Питом?

— Вроде бы да. Бедный Пит. И ты тоже. Я никогда не сумею понять Капитолий.

— Наверное, лучше его не понимать.

— Делли очень давно знакома с Питом, — говорит Плутарх.

— Да. — Лицо Делли светлеет. — Мы вместе играли в детстве. Я говорила всем, что он мой брат.

— Что думаешь ты? — спрашивает меня Хеймитч. — Делли может как-то напомнить Питу о тебе?

— Ну, мы все учились в одном классе. Но почти не пересекались друг с другом, — говорю я.

— Китнисс была самой потрясающей девчонкой. Я даже не мечтала, что она обратит на меня внимание, — говорит Делли. — Она охотилась, ходила в Котел и все такое. Все ею восхищались.

Мы с Хеймитчем оба вглядываемся в лицо Делли. Это что, шутка? По ее словам выходит, у меня почти не было друзей, потому что я всех отпугивала своей исключительностью. Неправда. У меня не было друзей, потому что я не умею дружить. Просто Делли смотрит на меня сквозь розовые очки.

— Делли всегда думает о людях лучше, чем они есть, — говорю я. — Вряд ли у Пита могут быть связаны с ней какие-то плохие воспоминания. Нет, постойте. В Капитолии. Когда я солгала, что не знаю безгласую девушку. Пит выручил меня. Сказал, будто она похожа на Делли.

— Да, помню, — подтверждает Хеймитч. — Хотя не знаю... Это ведь было неправдой. И Делли там близко не было. Не думаю, что такая ерунда может перечеркнуть детские воспоминания.

— Особенно если они связаны с таким приятным человеком, как Делли, — говорит Плутарх. — Надо рискнуть.

Плутарх, Хеймитч и я идем в комнату рядом с палатой Пита. Там уже толпится десяток экспертов, вооруженных ручками и блокнотами. Стекло, прозрачное только с одной стороны, и микрофоны позволяют нам незаметно наблюдать за Питом. Он пристегнут к кровати. Не вырывается, однако его руки постоянно нервно двигаются. Выражение лица более осмысленное, чем когда он пытался задушить меня, но оно чужое.

При виде открывающейся двери его глаза расширяются, будто от ужаса, затем взгляд становится растерянным. Делли идет вначале робко, затем, приблизившись к Питу, улыбается совершенно непринужденно.

— Пит, это я, Делли. Помнишь меня?

— Делли? — Кажется, атмосфера немного разрядилась. — Делли. Ты?

— Да! — с облегчением произносит она. — Как ты себя чувствуешь?

— Ужасно. Где мы? Что произошло?

— Самый ответственный момент, — волнуется Хеймитч.

— Я приказал ей ни словом не упоминать ни о Китнисс, ни о Капитолии, — говорит Плутарх. — Посмотрим, какая будет реакция на воспоминания о доме.

— Ну... мы в Тринадцатом дистрикте. Теперь живем здесь, — говорит Делли.

— То же самое мне говорили те люди. Но я ничего не понимаю. Почему мы не дома?

Делли закусывает губу.

— Там... стало опасно. Я тоже очень скучаю по дому. Только что вспоминала, как мы с тобой рисовали мелом на мостовой. У тебя здорово получалось. Помнишь, как ты на каждом камне нарисовал зверюшек?

— Да. Поросят, кошек, всех, каких знал... Ты что-то сказала... про опасность?

Я вижу, как на лбу Делли выступил пот.

— Да... там нельзя было оставаться.

— Держись, девочка, — шепчет Хеймитч.

— Не бойся, тебе здесь понравится. Все очень добры к нам. Всегда есть еда, и чистая одежда, и в школе гораздо интереснее.

— Где мои родители? Почему они не приходят? — спрашивает Пит.

— Они не могут. — Делли уже едва не плачет. — Многим не удалось улететь. Нам надо строить новую жизнь. Хороший пекарь нигде не пропадет. Помнишь, как твой отец разрешал нам лепить фигурки из теста?

— Там был пожар, — внезапно произносит Пит.

— Да, — шепчет Делли.

— Двенадцатый сгорел дотла! Из-за нее! — яростно кричит Пит, дергая за ремни. — Из-за Китнисс!

— Нет, Пит. Она не виновата.

— Это она тебе сказала? — шипит он на Делли.

— Выведите ее, — приказывает Плутарх.

Дверь немедленно открывается, и Делли начинает пятиться назад.

— Она не говорила. Я сама...

— Она лжет! — обрывает ее Пит. — Не верь ни одному ее слову! Она — переродок. Капитолий создал ее, чтобы уничтожить нас всех, кто еще жив!

— Нет, Пит. Она не...

— Не верь ей, Делли, — в исступлении кричит Пит. — Я поверил, и она чуть не убила меня. Она убила моих друзей. Мою семью. Даже не подходи к ней! Она переродок!

В дверной проем просовывается рука, вытаскивает Делли наружу, и дверь закрывается.

Пит продолжает орать:

— Она переродок! Мерзкий переродок!

Пит не просто ненавидит меня, он даже не верит, что я человек. Когда он меня душил, было не так больно.

Эксперты строчат как сумасшедшие, фиксируя каждое слово. Хеймитч и Плутарх берут меня под руки и выводят из комнаты. Прислоняют к стене в коридоре. Здесь тихо. Но я знаю, что за дверью и за стеклом Пит продолжает кричать.

Прим ошибалась. Ничего уже не поправить.

— Я не могу здесь больше оставаться, — произношу я, едва ворочая языком, как пьяная. — Если вы хотите, чтобы я была Пересмешницей, отправьте меня куда-нибудь еще.

— Куда же? — спрашивает Хеймитч.

— В Капитолий, — непроизвольно вырывается у меня. Я точно знаю, что мне там предстоит сделать.

— Сейчас не могу, — говорит Плутарх. — Пока не освобождены все дистрикты. Но могу обрадовать — бои закончились почти везде, кроме Второго. Это будет орешек потверже.

Верно. Сначала дистрикты, потом Капитолий. А потом я убью Сноу.

— Хорошо, — говорю я. — Пошлите меня во Второй.

14

Второй дистрикт, как и следовало ожидать, отличается большей площадью, поскольку состоит из множества горных деревушек. Первоначально в каждой из них была своя шахта или каменоломня, где и трудились местные жители. Теперь же в деревнях по большей части места дислокации и тренировочные базы миротворцев. На первый взгляд кажется, что разбить их не составит труда — ведь на стороне мятежников воздушные силы Тринадцатого. Но есть одна загвоздка: в самом центре дистрикта находится практически неприступная гора — средоточие военной мощи Капитолия.

С тех пор как я передала местным изможденным и отчаявшимся повстанцам то, как Плутарх высказался об их дистрикте, гору мы называем не иначе как Орешком. Военная база на Орешке появилась сразу после Темных Времен, когда капитолийцы потеряли Тринадцатый дистрикт и отчаянно нуждался в новой подземной крепости. У них, правда, сохранилось кое-что в окрестностях самого Капитолия — ядерные ракеты, авиация, пехота, — тем не менее значительная часть их военных сил осталась на территории врага. Конечно, нечего было и думать, чтобы построить копию Тринадцатого, который создавался веками. И тут им пришла мысль использовать заброшенные штольни в соседнем Втором дистрикте. С воздуха Орешек кажется обычной горой, зато внутри находятся огромные пещеры, образовавшиеся, когда из горы высекали каменные плиты, которые затем поднимали на поверхность и везли по скользким узким дорогам к далеким стройкам. Сохранилась даже железная дорога, доставлявшая шахтеров от горы в столицу Второго дистрикта. Рельсы ведут прямо к площади перед Домом правосудия, где мы с Питом стояли во время тура победителей, стараясь не смотреть в глаза скорбящим родственникам Катона и Мирты.

Место, конечно, не идеальное, поскольку в горах часто случаются оползни, селевые потоки и сходы лавин, однако преимущества перевешивали недостатки. Продвигаясь в глубь горы, шахтеры оставляли опорные стойки и каменные перегородки, чтобы штольни не обвалились. Капитолий укрепил их и начал превращать гору в военную базу с вычислительными центрами, залами заседаний, казармами, оружейными складами, ангарами для планолетов и ракетными пусковыми установками. Снаружи гора осталась почти такой, как прежде. Непроходимые дебри, полные диких животных. Природная защита от врагов.

По сравнению с прочими дистриктами, во Втором люди жили в достатке. Даже по их телосложению видно, что они с детства нормально питались и имели все необходимое. Некоторые шли в шахтеры или рабочими в каменоломни. Другие обучались для работы в Орешке или поступали в миротворцы. С малых лет детей тренировали и учили драться. Голодные игры открывали путь к богатству и славе. Неудивительно, что капитолийскую пропаганду здесь проглатывали куда легче, чем в остальных дистриктах. Даже перенимали капитолийские обычаи. И все же в конечном счете они оставались такими же рабами. Если миротворцы и работники Орешка предпочитали об этом не задумываться, то каменотесы помнили всегда, и именно они составили костяк Сопротивления.

За две недели, которые я провела здесь, положение не изменилось. Дальние деревни в руках мятежников, город разделился на два лагеря, а Орешек стоит все такой же неприступный. Входы укреплены, сердце базы надежно скрыто в глубине горы. И пока это так, Второй дистрикт принадлежит Капитолию.

Я стараюсь помочь чем могу. Навещаю раненых. Снимаюсь в агитроликах. Меня не допускают в места сражений, но приглашают на собрания военного совета, чего никогда не делали в Тринадцатом. Вообще здесь лучше. Больше свободы, никаких дурацких расписаний на руке. Не нужно сидеть под землей, как крот. Я живу в деревнях повстанцев или в пещерах. Ради безопасности меня часто переселяют. Мне разрешили охотиться при условии, что я буду не одна и не стану уходить далеко. Чистый горный воздух творит чудеса. Я чувствую, как ко мне возвращаются силы и из головы выветриваются остатки тумана. Но чем светлее становится разум, тем яснее я осознаю то, что сотворили с Питом.

Сноу украл его у меня, искалечил до неузнаваемости и выбросил. Боггс, поехавший во Второй вместе со мной, говорит, что спасательная операция прошла подозрительно легко. Скорее всего, Пита намеривались так или иначе доставить мне. Может быть, высадили бы в каком-нибудь из мятежных дистриктов, а то и в самом Тринадцатом. Обвязанного ленточками и с надписью: «Для Китнисс». Запрограммированного убить меня.

Только теперь я способна оценить настоящего Пита. Его доброту, надежность и теплоту, за которой кроется истинный огонь сердца. Кто в целом мире, кроме Прим, мамы и Гейла, любит меня просто так, ни за что? Теперь, вероятно, никто. Иногда, оставшись одна, я достаю из кармана жемчужину и вспоминаю мальчика с хлебом, его сильные руки, защищавшие меня в поезде от кошмаров, наши поцелуи на арене. Ищу название тому, что потеряла. Только какой в этом смысл? Все кончено. Пит меня покинул. Что бы ни было между нами — этого больше нет. Клянусь, я убью Сноу.

Лечение Пита в Тринадцатом продолжается. Плутарх держит меня в курсе, хотя я его об этом не прошу. Бодрым голосом кричит в трубку что-нибудь вроде: «Отличные новости, Китнисс! Мы почти убедили его, что ты не перерoдок!» или «Сегодня он самостоятельно ел пудинг!»

Потом звонит Хеймитч и говорит, что Питу нисколько не лучше. Единственный лучик надежды приходит от моей сестры.

— У Прим идея, — рассказывает Хеймитч. — «Охмор» наоборот. Вызвать у Пита какое-нибудь воспоминание о тебе и в это время вколоть ему успокоительное, например морфлинг. Мы попробовали пока только с одним воспоминанием. Показали Питу видеозапись, где вы с ним в пещере и ты рассказываешь, как добыла козу для Прим.

— Есть улучшения?

— Ну, если полное ошеломление лучше неконтролируемого страха, то да, — говорит Хеймитч. — Хотя я в этом не уверен. Он молчал нескольких часов. Будто впал в ступор. А когда очнулся, единственное, о чем спросил, — где теперь коза.

— Само собой.

— Как дела у вас? — спрашивает Хеймитч.

— Никаких сдвигов.

— Мы пришлем вам спецгруппу, чтобы разобраться с горой. Бити и еще несколько человек. Ну, знаешь, всяких технарей-умников.

Я не удивляюсь, увидев среди технарей Гейла. Так и думала, что Бити возьмет его с собой. Не то чтобы Гейл шибко разбирается в технических премудростях, зато по части всяких хитростей ему равных нет. Глядишь, и заманит гору в одну из своих ловушек.

Гейл с самого начала предлагал полететь со мной во Второй, но я не хотела отрывать его от работы с Бити. Сказала, что в Тринадцатом он нужнее. Не стала добавлять, что в его присутствии мне будет еще труднее вспоминать о Пите.

Мы встречаемся вечером того же дня, когда прилетает спецгруппа. Я сижу на бревне у околицы деревни, в которой сейчас живу, и ощипываю гуся. Еще десяток птиц лежит у моих ног. Тут пролетает много стай, и охотиться легко. Гейл молча садится рядом и начинает мне помогать. Мы почти заканчиваем, когда он спрашивает:

— А нам хоть что-нибудь достанется?

— Угу. Большая часть идет на кухню, а парочку надо отдать тем, у кого буду ночевать. В качестве благодарности.

— Неужто им недостаточно чести, что ты спишь в их доме?

— Увы, нет. Прошел слух, будто Пересмешницы опасны для здоровья.

Мы ненадолго замолкаем. Потом Гейл говорит:

— Вчера я видел Пита. Через стекло.

— И что?

— Мне пришла в голову эгоистическая мысль.
— Что тебе больше не придется к нему ревновать?

Я чересчур резко дергаю рукой, и вокруг разлетается облачко перьев.

— Нет. Наоборот. — Гейл выбирает перья из моих волос. — Я подумал... что теперь у меня нет шансов. Никакие мои страдания не сравнятся с его. — Гейл крутит перышко между большим и указательным пальцами. — Если он не поправится, мне ничего не светит. Ты никогда не сможешь отпустить его. Со мной ты всегда будешь чувствовать себя виноватой.

— Когда целовала Пита, я тоже чувствовала себя виноватой, — признаюсь я. — Из-за тебя.

Гейл смотрит мне прямо в глаза.

— Если это правда, я, возможно, сумел бы смириться со всем остальным.

— Это правда. Как и то, что ты сказал о Пите.

Гейл испускает вздох отчаяния. Однако, когда мы относим птиц на кухню и уходим в лес за хворостом, я снова оказываюсь в его объятиях. Губы Гейла нежно касаются синяков на моей шее, подбираясь все ближе к моим губам. И тогда во мне что-то происходит. Мои чувства к Питу остаются прежними, но я внутренне смиряюсь с тем, что он больше никогда ко мне не вернется. Или я к нему не вернусь. Я останусь во Втором, пока мы его не завоюем, потом пойду в Капитолий и убью Сноу, а после... не все ли равно. Пит будет ненавидеть меня до самой смерти. Я закрываю глаза и целую Гейла, будто желая наверстать все те поцелуи, в которых ему отказывала. Потому что ничто больше не имеет значения и потому что я так отчаянно одинока.

Прикосновение Гейла, жар и вкус его губ напоминают мне, что по крайней мере мое тело живо, и это приятное чувство. Я освобождаюсь от всех мыслей и в счастливом забытьи позволяю ощущениям завладеть моим телом. Когда Гейл слегка отстраняется, прижимаюсь к нему, но чувствую у себя под подбородком его руку.

— Китнисс.

Раскрыв глаза, не сразу понимаю, где я. Это не наш лес, не наши горы, не наша тропинка. Рука машинально тянется к шраму на левом виске — будто виновато давнее сотрясение.

— Поцелуй меня, — просит Гейл.

Я стою в растерянности, не двигаясь; он наклоняется ко мне и касается моих губ своими. Потом внимательно смотрит мне в лицо.

— Что с тобой творится?

— Не знаю, — шепчу я в ответ.

— Тогда это все равно что целовать пьяную. Так не считается, — говорит он, неловко смеясь. Поднимает вязанку хвороста и сует мне в руки. Это приводит меня в чувство.

— Откуда ты знаешь? — спрашиваю я, в основном чтобы скрыть смущение. — Ты целовался с пьяными девушками?

Думаю, в Двенадцатом Гейл мог напропалую целоваться с девушками. Во всяком случае, желающих было предостаточно. Раньше я никогда об этом не задумывалась.

Он качает головой.

— Нет. Но могу себе представить.

— Так ты никогда раньше не целовался? — допытываюсь я.

— Этого я не говорил. Когда мы познакомились, тебе было только двенадцать. И вдобавок ты меня жутко доставала. У меня была другая жизнь, помимо охоты с тобой, — говорит Гейл, собирая ветки.

Теперь мне становится действительно любопытно.

— С кем ты целовался? И где?

— Всех не упомнишь. В школьном дворе, за кучей шлака, да мало ли где.

Я закатываю глаза.

— И когда же я удостоилась твоего особого внимания? Когда меня увезли в Капитолий?

— Нет. Примерно за полгода до этого. Сразу после Нового года. Мы были в Котле, ели похлебку у Сальной Сэй. Дарий стал тебя поддразнивать. Не продашь ли ты ему за поцелуй кролика. И я понял... что мне это не нравится.

Я помню тот день. Жуткий холод, к четырем часам уже стемнело. Мы охотились, однако снегопад заставил нас вернуться в город. В Котле полно народу, все хотят погреться. Суп на костях дикой собаки, которую мы подстрелили неделей раньше, вышел не ахти, но все-таки был горячий, а мне жутко хотелось поесть и согреться. Я сижу по-турецки на прилавке Сэй. Дарий, прислонясь к столбу, щекочет мне щеку концом моей же косички, и я время от времени бью его по руке. Он объясняет мне, почему его поцелуй стоит целого кролика, а то и двух. Ведь всем известно, что рыжие мужчины самые страстные. Мы с Сальной Сэй смеемся над его дурашливой настойчивостью, а он показывает мне женщин в Котле, которые якобы заплатили куда больше, чтобы насладиться его губами.

— Видишь? Вон та в зеленом шарфе? Иди спроси ее, если тебе нужны доказательства.

Кажется, это было тысячу лет назад, в другой вселенной.

— Дарий просто шутил, — говорю я.

— Скорее всего. Хотя если бы и не шутил, ты догадалась бы об этом последней. Взять хотя бы Пита. Или меня. Или даже Финника. Я уже боялся, что он положил на тебя глаз, но, к счастью, привезли Энни.

— Ты плохо знаешь Финника, если так думал.

Гейл пожимает плечами.

— Я знаю, что он был в отчаянии. Отчаявшиеся люди часто совершают безрассудные поступки.

Камешек в мой огород?

На следующий день с самого утра технари устраивают совещание. Меня тоже пригласили, хотя не знаю, чем я могу помочь. Обхожу стол стороной и усаживаюсь на широкий подоконник. Из окна открывается вид на гору.

Командующая Вторым дистриктом, женщина средних лет по имени Лайм, устраивает нам виртуальную экскурсию по Орешку, показывая внутреннее пространство и фортификационные сооружения, подробно рассказывает о неудачных попытках взять гору штурмом.

Я уже несколько раз сталкивалась с Лайм и всякий раз не могла отделаться от чувства, что где-то уже ее видела. Внешность у нее довольно запоминающаяся — шесть футов рост, развитые мускулы... Но тут на экране появляется Лайм во главе отряда, пробирающегося к главному входу Орешка, и все становится на свои места — Лайм еще одна победительница. Трибут Второго дистрикта, участвовавшая в Голодных играх два десятилетия назад. Когда мы готовились к Квартальной бойне, Эффи среди прочего присылала нам видеозапись с ней. Наверняка Лайм показывали и в обзорах Игр, но, по-видимому, она старалась не выделяться. Почему-то сразу вспоминаются рассказы Хеймитча и Финника, и возникает мысль: а что сделал Капитолий с ней?

После выступления Лайм технари засыпают ее вопросами. Час за часом, прервавшись только на обед, пытаются разработать реальный план захвата Орешка. Бити полагает, что сможет взломать часть компьютерной системы, также обсуждается, как можно использовать горстку наших агентов, находящихся там, но никаких по-настоящему новых идей ни у кого нет. Разговор то и дело возвращается к тому, что иного выхода, кроме штурма, нет. Я вижу, как растет раздражение Лайм. Штурмовать гору пытались уже не раз и разными способами, но все без толку, только напрасно теряли солдат. Наконец она не выдерживает:

— Следующий, кто предложит штурм, будет сам им руководить. Так что пусть вначале крепко подумает, насколько гениален его план!

Гейлу надоело торчать на одном месте за столом, и теперь он то расхаживает взад-вперед по залу, то вскакивает ко мне на подоконник. Он сразу принял сторону Лайм, что атаковать входы не получится, и выпал из обсуждения. Последний час он сидит, сосредоточенно нахмурив брови, и не отрываясь смотрит на гору. В тишине, последовавшей за ультиматумом Лайм, он наконец произносит:

— А зачем нам вообще захватывать Орешек? Разве не достаточно вывести его из строя?

— Возможно, это шаг в верном направлении, — говорит Бити. — Что у тебя на уме?

— Представим, что Орешек — это логово диких собак, — продолжает Гейл. — Кому придет в голову туда лезть? Значит, остаются два выхода — либо замуровать собак внутри или спугнуть их, чтобы они выскочили наружу.

— Мы пытались подорвать входы, — говорит Лайм. — Стены слишком толстые, ничто их не берет.

— Я имел в виду другое, — возражает Гейл. — Что, если нам использовать саму гору?

Бити встает и присоединяется к Гейлу у окна. Напряженно смотрит сквозь плохо подходящие очки.

— Ну, понял? Посмотри на склоны.

— Лавины... — шепчет Бити. — Это будет непросто. Нужно точно рассчитать места и последовательность взрывов. Потом уже ничего не исправишь.

— Нам не нужно ничего исправлять, если мы откажемся от захвата Орешка и просто его обезвредим.

— То есть ты предлагаешь вызвать сход лавин и заблокировать выходы? — спрашивает Лайм.

— Именно, — отвечает Гейл. — Замуровать врага внутри, отрезать от внешнего мира. Не дать выбраться на планолетах.

Пока все обсуждают план, Боггс с хмурым видом листает чертежи внутренних помещений Орешка.

— Мы рискуем убить всех, кто будет внутри. Посмотри, какая там вентиляция. Если это вообще можно назвать вентиляцией. Никакого сравнения с Тринадцатым. Воздух поступает исключительно через отверстия в горных склонах. Перекрой их — и все внутри задохнутся.

— Они могут выбраться на площадь по железнодорожному туннелю, — говорит Бити.

— Не смогут, если мы его взорвем, — резким тоном возражает Гейл.

Только теперь я понимаю, что замыслил Гейл. Не силок, чтобы поймать добычу живьем. Смертельный капкан.

15

Некоторое время все молча переваривают предложение Гейла. На лицах отражаются самые разные эмоции: радость, страх, оторопь, восхищение.

— Большинство рабочих — жители Второго, — безучастно замечает Бити.

— И что? — отзывается Гейл. — Мы никогда не сможем им полностью доверять.

— По крайней мере, им нужно дать возможность сдаться, — говорит Лайм.

— Когда бомбили Двенадцатый, нам такой возможности не предоставили, но у вас-то с Капитолием более теплые отношения.

У Лайм выражение лица такое, будто она сейчас застрелит Гейла или как минимум хорошенько ему врежет. Пожалуй, она бы с ним справилась, при ее подготовке. Однако гнев Лайм только больше распаляет Гейла.

— Мы видели, как заживо горят дети, и ничего не могли сделать!

Воспоминания пронзают мой мозг, и мне на минуту приходится закрыть глаза. Гейл умеет убеждать. Теперь я тоже хочу, чтобы все в той горе погибли. Я открываю рот, чтобы сказать это и... не могу. Я всего лишь девчонка из Двенадцатого дистрикта. Не президент Сноу. Я не умею обрекать на смерть с такой легкостью, как он.

— Гейл. — Я беру его за руку и стараюсь говорить спокойно. — Орешек ведь заброшенные копи. Вспомни аварии на угольных шахтах.

Без сомнения, этих слов достаточно, чтобы любой, кто вырос в Двенадцатом дистрикте, крепко задумался.

— Я очень хорошо помню. Эти люди в Орешке умрут не так быстро, как наши отцы. Успеют осознать, что умирают, а не сразу разлетятся на куски? Это всех волнует?

Раньше, когда мы детьми охотились в лесу, Гейл, случалось, говорил что-то и похуже. Но тогда это были просто слова. Сейчас у них есть шанс обратиться в поступки, которые уже не исправить.

— Ты даже не знаешь, как рабочие из Второго попали в Орешек, — продолжаю я. — Возможно, их заставили. Держат там против воли. И среди них наши разведчики. Ты готов убить и их?

— Да, я готов пожертвовать несколькими, чтобы спасти многих. Будь я сам разведчиком, сказал бы: «Чего же вы ждете! Спускайте лавины!»

Это правда. Гейл способен пожертвовать собой ради дела. Пожалуй, мы все поступили бы так же, если бы перед нами встал такой выбор. Но какое у нас право решать за других? Это бессердечно по отношению к ним и тем, кто их любит.

— Ты сказал, есть два варианта, — напоминает Боггс. — Либо запереть внутри, либо выкурить наружу. Я предлагаю устроить обвал, но железнодорожный туннель оставить свободным. Люди смогут выбраться на площадь, где их будем ждать мы.

— Хорошо вооруженные, я надеюсь, — говорит Гейл. — У них-то оружия хватает.

— С оружием, — соглашается Боггс. — Мы возьмем их в плен.

— Нужно сообщить о нашем плане в Тринадцатый, — говорит Бити. — Что скажет президент Койн?..

— Прикажет заблокировать туннель, — с убежденностью говорит Гейл.

— Да, скорее всего, — соглашается Бити. — Но знаешь, Гейл, в одном Пит был прав. Когда говорил, что мы можем сами себя уничтожить. Я тут прикинул... посчитал убитых, раненых и... В общем, думаю этот вопрос заслуживает особого обсуждения.

К обсуждению приглашают только избранных. Нас с Гейлом отпускают. Я беру его с собой на охоту — в надежде, что он немного выпустит пар и поостынет, но он почти все время молчит. Наверное, злится, что я выступила против него.

План утвержден. Вечером я облачаюсь в костюм Сойки-пересмешницы, вешаю лук на плечо и вставляю в ухо наушник, связывающий меня с Хеймитчем в Тринадцатом дистрикте, — на случай, если представится возможность для агитролика.

Мы стоим на крыше Дома правосудия, откуда наша цель видна как на ладони.

Вначале на наши планолеты не обращают внимания — в прошлом они доставляли обитателям Орешка не больше беспокойства, чем мухи, жужжащие вокруг горшка с медом. Только после того, как бомбы дважды падают на самую вершину горы, нас принимают всерьез. Однако к тому времени, когда зенитные установки Капитолия открывают огонь, уже слишком поздно.

Успех превосходит все ожидания. Бити был прав — когда лавины приходят в движение, их уже не остановить. Горные склоны здесь сами по себе нестабильны, от взрывов же они становятся текучими. Мы — маленькие и ничтожные — затаив дыхание наблюдаем, как волны камней с грохотом несутся вниз, заваливая выходы штолен тоннами горной породы, превращая Орешек в могилу.

Я представляю себе кромешный ад, царящий внутри. Вой сирен. Свет мигает, потом гаснет. От пыли нечем дышать. Люди кричат и мечутся в поисках выхода. Но его нет — все штольни, стартовые шахты ракет, вентиляционные отверстия забиты землей и породой. Болтаются электрические провода, вспыхивают пожары. Груды камней превращают знакомые места в непроходимые лабиринты.

— Китнисс! — раздается в наушнике голос Хеймитча. Я пытаюсь ответить и обнаруживаю, что обе мои руки плотно прижаты ко рту. — Китнисс!

В день, когда погиб мой отец, сирены сработали во время школьного обеда. Никто не ждал разрешения уйти с уроков. Это подразумевалось само собой. Авария на шахте важнее любых предписаний. Я побежала в класс Прим. До сих пор помню ее, маленькую для своих семи лет, очень бледную. Сидела и ждала меня, чинно сложив руки на парте. Я обещала, что приду за ней, если завоют сирены. Она вскочила, схватила меня за рукав пальто, и мы влились в поток людей, текущий к главному входу на рудники. Мы нашли маму. Она стояла, вцепившись руками в ленту, натянутую вокруг места аварии. Мне следовало уже тогда понять, что с мамой творится неладное. Потому что это она должна была нас искать, а не наоборот.

Клети поднимались, извергали на божий свет покрытых копотью шахтеров и, скрипя тросами, снова уносились вниз. Каждый раз в толпе раздавались радостные крики, родственники подныривали под веревку, торопясь встретить своих мужей, жен, детей, родителей, братьев и сестер. Мы стояли на ледяном ветру, под затянутым тучами небом, с которого сыпался легкий снег. Клети двигались все медленнее и выпускали все меньше людей. Я встала на колени, зарылась руками в шлак, словно хотела вытащить отца из-под земли. Не знаю, можно ли чувствовать себя более беспомощной. Раненые. Трупы. Ожидание длиною в ночь. Незнакомые люди набрасывают нам одеяла на плечи. Суют в руки кружку с чем-то горячим. Я не могу пить. И наконец, под утро — скорбное выражение на лице начальника шахты, которое могло означать лишь одно.

Что мы натворили!

— Китнисс! Ты меня слышишь? — Хеймитч, должно быть, уже мысленно примеряет мне на голову железный обруч с наушниками.

Я опускаю руки.

— Да.

— Скорее в укрытие. Капитолий вот-вот может нанести ответный удар.

— Хорошо.

Все, кроме солдат у пулеметов, спускаются вниз. Идя по лестнице, провожу пальцем по безупречно белой мраморной стене. Холодной, прекрасной. Даже в Капитолии я не видела ничего, что могло бы сравниться с великолепием этого старого здания. Мрамор впитывает тепло моих рук, оставаясь таким же холодным и неподатливым. Камень всегда побеждает человека.

Я сижу, прислонившись к гигантской колонне в вестибюле. Через открытые двери видны мраморные ступени, ведущие к площади. Там мы с Питом принимали поздравления с победой в Играх. Измотанные туром, не сумевшие утихомирить дистрикты, с образами Мирты и Катона перед глазами и особенно страшной медленной смерти Катона в когтях перередков.

Рядом садится Боггс, в тени его кожа кажется бледной.

— Мы не стали минировать туннель. Возможно, кто-нибудь из них сможет выкарабкаться.

— Как только они покажутся, мы их расстреляем? — спрашиваю я.

— Только если нас вынудят.

— Мы могли бы послать туда поезда. Помочь вывозить раненых.

— Нет. Решено предоставить туннель им самим. Чтобы все колеи оставались свободными. К тому же нам нужно время, чтобы стянуть на площадь остальные войска.

Всего несколько часов назад площадь была нейтральной территорией, линией фронта между повстанцами и миротворцами. После того как Койн одобрила план Гейла, повстанцы предприняли ожесточенную атаку и оттеснили войска Капитолия на несколько кварталов, чтобы в случае успеха операции железнодорожная станция была в наших руках. И вот операция удалась. Орешек пал. Снова строчит пулемет. Очевидно, миротворцы пытаются прорваться на помощь товарищам.

— Ты замерзла, — говорит Боггс. — Пойду поищу одеяло.

Он уходит прежде, чем я успеваю возразить. Я не хочу укрываться. Пусть мрамор дальше высасывает тепло из моего тела.

— Китнисс, — говорит Хеймитч мне в ухо.

— Слушаю.

— Есть интересная новость о Пите. Я подумал, ты захочешь узнать.

Интересная не значит хорошая. Ему не лучше. Но мне ничего не остается, кроме как выслушать Хеймитча.

— Мы прокрутили ему ролик, где ты поешь «Дерево висельника». Ролик еще не был в эфире, поэтому Капитолий не мог его использовать, когда обрабатывал Пита. Пит сказал, что узнал песню.

У меня замирает сердце. Потом я понимаю, что это просто путаница у него в голове. Из-за яда ос-убийц.

— Он не мог ее узнать, Хеймитч. Я никогда не пела эту песню при нем.

— Не ты. Твой отец. Когда приезжал в пекарню. Питу было лет шесть или семь, но он хорошо запомнил этот случай, потому что хотел проверить, правду ли говорят, будто птицы умолкают, когда поет твой отец. Оказалось, правду.

Шесть или семь лет. Видимо, до того, как мама запретила нам эту песню. Может быть, я как раз разучивала ее.

— А я там была?

— Вряд ли. Во всяком случае, про тебя Пит не говорил. Но это первое воспоминание, связанное с тобой, которое не спровоцировало у него нервный срыв! Уже что-то.

Мой отец. Сегодня он во всем. Гибнет в шахте. Успокаивает спутанное сознание Пита... А вот промелькнул во взгляде Боггса, заботливо накидывающего одеяло мне на плечи. Мне так его не хватает!

Стрельба на улице усиливается. Гейл с отрядом повстанцев спешит на подмогу. Я не прошусь с ними. Дело даже не в том, что это бесполезно. Я не чувствую решимости, огня в крови. Если бы тут был Пит — прежний Пит, — он бы сумел объяснить, почему это неправильно — стрелять друг в друга, пока другие люди, неважно какие, пытаются спастись из недр горы. Или на меня слишком повлияли воспоминания? Разве мы не на войне? Чем этот способ уничтожения врагов хуже других?

Приходит ночь. Площадь залита светом огромных прожекторов. Все фонари на станции горят на полную мощность. Узкое, длинное строение со стеклянным фасадом просвечивается насквозь, и даже я со своего места увижу, если прибудет поезд или из туннеля выйдет хотя бы один человек. Проходят часы, и никто не появляется. С каждой минутой надежды, что в Орешке кто-то выжил, становится все меньше. Уже далеко за полночь, появляется Крессида и цепляет мне на одежду микрофон.

— Зачем это? — спрашиваю я.

— Знаю, тебе это не понравится, но нам нужно, чтобы ты выступила с речью, — объясняет голос Хеймитча в наушнике.

— С речью? — переспрашиваю я, мгновенно ощущая дурноту.

— Я все продиктую, строчку за строчкой, — успокаивает Хеймитч. — Тебе нужно будет только повторять. Видишь, Орешек не подает признаков жизни. Победа за нами, но миротворцы еще оказывают сопротивление. Мы подумали, если ты выйдешь на ступени Дома правосудия и выложишь все, как есть, — что Орешек уничтожен и с Капитолием во Втором дистрикте покончено, — то, возможно, остатки их войск сдадутся.

Вглядываюсь в темноту за краем площади.

— Я даже не могу разглядеть эти войска.

— Вот потому тебе нужен микрофон. Твой голос будет транслироваться по системе аварийного оповещения, а изображение — на экраны.

Да, на площади установлено несколько огромных экранов. Я видела их во время тура победителей. Возможно, из этого бы что-то получилось, будь я подходящей кандидатурой для таких экспериментов. Но я не подхожу. Мне уже пытались диктовать для агитроликов, и что толку?

— Ты могла бы спасти жизнь многим людям, — говорит Хеймитч.

— Хорошо. Я постараюсь.

Странное чувство — стою в свете прожекторов наверху лестницы, при полном параде, а вокруг — никого. Будто я собираюсь выступать для луны.

— Давай сделаем это по-быстрому, — говорит Хеймитч. — Место слишком открытое.

Телевизионщики подают знак — все готово. Я говорю Хеймитчу, что можно начинать, включаю микрофон и внимательно слушаю первую строчку речи. Едва я начинаю говорить, на одном из огромных экранов загорается мое изображение.

— Жители Второго дистрикта! Я, Китнисс Эвердин, обращаюсь к вам со ступеней Дома правосудия, где...

Визжа тормозами, на станцию по соседним путям одновременно влетают два поезда. Двери раскрываются, и наружу, в облаке дыма, привезенного из Орешка, высыпают люди. Они явно готовились к любым неожиданностям, потому что большинство сразу падают на землю, и лампы внутри вокзала мигом гаснут под градом пуль. Да, они прибыли вооруженными, как предсказывал Гейл, но среди них много раненых. В наступившей тишине слышны их стоны.

Кто-то выключает освещение на лестнице, оставляя меня под защитой темноты. Внутри вокзала вспыхивает пламя — очевидно, загорелся один из поездов — в окнах клубится черный дым. Не имея другого выбора, люди выбегают на площадь, задыхаясь, но воинственно размахивая оружием. Мой взгляд скользит по крышам зданий, окружающих площадь. На каждой из них сидят пулеметчики. Лунный свет блестит на смазанных стволах.

Со стороны вокзала, шатаясь, идет молодой парень, прижимая одной рукой окровавленный кусок ткани к щеке, другой волоча ружье. Когда он спотыкается и падает лицом вниз, я вижу, что рубашка у него сзади прогорела и спина обожжена. Для меня он просто пострадавший в пожаре на шахте. Ноги сами несут меня вниз по лестнице.

— Стойте! — кричу я. — Не стреляйте! — Слова, усиленные громкоговорителями, эхом разносятся над площадью и за ее пределами. — Не стреляйте!

Я приближаюсь к парню, наклоняюсь, чтобы помочь, и тут он поднимается на колени и направляет ружье мне в голову. Я инстинктивно отступаю на несколько шагов и поднимаю лук над головой, показывая, что не хочу причинить ему вреда. Теперь, когда он обеими руками держит ружье, я вижу рваную рану на его щеке. От него пахнет гарью. В глазах — ужас и боль.

— Замри, — шепчет мне в ухо Хеймитч.

Я следую его приказу и внезапно осознаю, что эту сцену сейчас видит весь Второй дистрикт, а может, и весь Панем. Сойка-пересмешница во власти человека, которому нечего терять.

— Ты считаешь, что имеешь право жить? — с трудом разбираю я его слова. — Отвечай!

Весь остальной мир отступает на задний план. Есть только я и этот несчастный с безумными глазами, требующий ответа. Конечно, найдется тысяча причин и доказательств моего права на жизнь. Однако с моих губ срываются только два коротких слова:

— Не знаю.

Сейчас он спустит курок. Однако парень явно сбит с толку. Такого ответа он не ожидал. Я сама не ожидала от себя такого. Благородный порыв, погнавший меня через площадь, сменяется отчаянием, когда я осознаю, что сказанное мной — абсолютная правда.

— Не знаю. В этом вся проблема, верно? — Я опускаю лук. — Мы взорвали вашу гору. Вы сожгли дотла мой дистрикт. У нас есть все причины убивать друг друга. Давай же. Доставь удовольствие хозяевам. Я устала убивать для Капитолия его рабов.

Я бросаю лук на землю и отталкиваю его носком ботинка. Лук скользит по мостовой и останавливается у колен парня.

— Я не раб.

— Зато я — раб, — говорю я. — Поэтому я убила Катона... а он убил Цепа... а Цеп — Мирту... а она пыталась убить меня. Одно тянет за собой другое, а кто в итоге побеждает? Не мы. Не дистрикты. Всегда Капитолий. Я устала быть пешкой в его Играх.

Пит. Он понимал все это еще до того, как мы ступили на арену. Надеюсь, он видит меня сейчас и вспомнит ту ночь на крыше Тренировочного центра. Может быть, он простит меня, когда я умру.

— Продолжай говорить, — настаивает Хеймитч. — Расскажи про обвал.

— Когда я увидела, как рушится гора, то подумала — все повторяется. Они снова заставили меня убивать вас — жителей дистриктов. Почему? Между Двенадцатым и Вторым никогда не было вражды, кроме той, что навязал нам Капитолий.

Парень растерянно хлопает глазами.

Я опускаюсь перед ним на колени, мой голос звучит глухо и взволнованно.

— А почему вы сражаетесь с повстанцами? С Лайм, которая была вашим победителем? С людьми, которые были вашими соседями, может быть, даже родственниками?

— Не знаю, — отвечает парень. Ружье все еще направлено на меня.

Я встаю и медленно поворачиваюсь, обращаясь к повстанцам на крышах.

— А вы, там наверху? Я родом из шахтерского города. С каких пор шахтеры обрекают на смерть других шахтеров, а потом добивают тех, кто сумел выбраться из-под обломков?

— Кто враг? — шепчет Хеймитч.

— Эти люди, — я показываю на израненные тела на площади, — не враги вам. — Разворачиваюсь в сторону вокзала. — Повстанцы — не враги вам! У всех один враг — Капитолий! Сейчас у нас есть шанс положить конец его власти, но это можно сделать только всем вместе!

Камеры снимают меня крупным планом, когда я протягиваю руки к парню, к раненым, к людям во всем Панеме.

— Жители дистриктов, я призываю вас к единению! Вместе мы победим!

Мои слова повисают в воздухе. Я смотрю на экран в надежде увидеть, как некая волна примирения пробегает между всеми нами.

Вместо этого я вижу, как в меня стреляют.

16

«Всегда».

Я слышу голос Пита, одно это тихое слово, и иду его искать. В этом мире, окрашенном в фиалковые тона, нет четких линий и острых углов, но вдоволь укромных мест, где можно спрятаться. Я шагаю сквозь пушистые облака, бреду по едва различимым тропинкам. Запах корицы и укропа. Чувствую на щеке ладонь Пита, пытаюсь удержать ее, но она ускользает из моих пальцев, как туман.

Постепенно вокруг прорисовываются стены стерильной палаты, и я вспоминаю...

Мама дает мне чай с успокоительным сиропом. Я ушибла пятку, когда спрыгивала с ветки над электрическим забором, чтобы попасть обратно в Двенадцатый. Пит укладывает меня в кровать, и я прошу его остаться со мной. Он что-то шепчет, но я уже не слышу. Однако какая-то часть моего мозга уловила одно-единственное слово и теперь в наркотическом сне, будто в насмешку, выпустила снова.

«Всегда».

Морфлинг притупляет все чувства, поэтому вместо укола боли я ощущаю лишь пустоту. Сухие колючки там, где раньше цвели цветы. К сожалению, в моей крови недостаточно наркотика, чтобы заглушить боль в левом боку. Куда попала пуля. Я ощупываю толстую повязку, обхватывающую мои ребра, и думаю, почему я еще здесь.

Курок спустил не он. Не тот парень, стоявший на коленях посреди площади. Кто-то другой. Я не почувствовала, как в меня вошла пуля. Ощущения больше напоминали удар кувалдой. Дальше ничего не помню, только выстрелы.

Я пытаюсь сесть на кровати, но у меня получается только застонать.

Белая занавеска, отделяющая мою кровать от соседней, отодвигается, и надо мной появляется лицо Джоанны Мэйсон. Первая моя реакция — испуг, потому что она напала на меня на арене. Приходится напомнить себе, что она спасала мне жизнь. Таков был план мятежников. Правда, это еще не значит, что она меня не презирает. Может, это было притворством, для Капитолия?

— Я жива, — говорю я сипло.

— Да ну.

Джоанна плюхается на мою кровать, и мою грудь пронзает боль. Увидев мою гримасу, Джоанна только улыбается. Что ж, видимо, объятий и поцелуев не будет.

— Все еще побаливает?

Ловким движением она вытаскивает иглу от капельницы с морфлингом из моей вены и вставляет в катетер на своей руке.

— Мне урезали дозу. Боятся, как бы я не стала вроде тех чудиков из Шестого. Вот приходится одалживаться у тебя. Ты ведь не против?

Против? Как я могу быть против, зная, что Сноу едва не замучил ее до смерти? У меня нет права быть против, и ей это известно.

Джоанна с довольным видом переводит дух, когда морфлинг попадает ей в кровь.

— Пожалуй, они там, в Шестом, были не так уж глупы. Ширнутся и ну себя разрисовывать. Чем не жизнь? По крайней мере, они были счастливее, чем остальные.

За те недели, что меня не было в Тринадцатом, Джоанна набрала немного веса. На бритой голове появился мягкий пушок, и шрамы уже не так заметны. Но видно, ей еще приходится туго, раз она подключается к моей капельнице.

— Ко мне каждый день приходит этот их доктор по мозгам. Типа помогает мне прийти в себя. Как будто тип, всю жизнь проторчавший в этой кроличьей норе, может меня починить. Полный идиот. Все твердит, что я в полной безопасности. Двадцать раз на дню.

Я улыбаюсь. Действительно, глупо говорить такое, особенно тому, кто победил в Играх. Словно кто-то может быть в безопасности, где бы то ни было.

— Как ты, Сойка? Чувствовала себя когда-нибудь в полной безопасности?

— Еще бы! Пока меня не подстрелили.

— Да брось. Пуля тебя даже не коснулась. Скажи спасибо Цинне.

Я вспоминаю про защитную броню в моем костюме. Но почему тогда так больно?

— Сломаны ребра?

— Тоже нет. Сильный ушиб — это есть. От удара у тебя порвалась селезенка. Пришлось удалить. — Джоанна небрежно взмахивает рукой. — Не переживай, без нее можно обойтись. Была б нужна, тебе б пришили чужую, верно? Спасать твою жизнь — главная задача всех и каждого!

— Поэтому ты меня ненавидишь? — спрашиваю я. — Ты мне завидуешь?

— Отчасти. Но зависть не главное. Просто я тебя не перевариваю. Эта слащавая любовь, речи в защиту слабых и обездоленных. И самое противное — ты ведь даже не притворяешься, все на полном серьезе. Можешь считать это личным оскорблением.

— Это тебе надо было стать Пересмешницей. Ты уж за словом в карман не полезешь.

— Что верно, то верно. Только меня никто терпеть не может.

— Однако они тебе доверились. Чтобы меня вытащить, — напоминаю я. — И они тебя боятся.

— Здесь — возможно. Зато в Капитолии боятся тебя.

В дверях появляется Гейл, Джоанна сразу вытаскивает иглу и снова подключает меня к капельнице.

— Твой кузен меня не боится, — заговорщически сообщает Джоанна. Спрыгивает с моей постели и, подходя к двери, слегка задевает ногу Гейла своим бедром. — Правда, красавчик?

В коридоре слышен ее смех.

Глядя на Гейла, сердито хмурюсь.

— Ой, боюсь, боюсь, — тихо говорит он.

Я начинаю смеяться, но тут же морщусь от боли.

— Осторожнее. — Он гладит меня по лицу; боль утихает. — Может, хватит уже попадать в передряги?

— Я стараюсь. Но кому-то пришло в голову взорвать гору.

Гейл наклоняется ближе, глядя мне в лицо.

— Ты считаешь меня жестоким.

— Я знаю, ты не такой. И все равно это как-то неправильно.

— Китнисс, какая в сущности разница — взорвать врага в шахте или подбить в небе стрелой Бити? Результат — один и тот же.

— Не знаю. В Восьмом мы защищались. Они атаковали госпиталь.

— Да, и те планолеты были из Второго дистрикта. Уничтожив их, мы предотвратили другие бомбардировки.

— Если так рассуждать... можно найти оправдание чему угодно, любому убийству. Детей на Голодные игры тоже посылали, чтобы предотвратить бунт дистриктов.

— Не вижу связи.

— Зато я вижу. Наверное, для этого нужно там побывать.

— Отлично. У нас здорово получается ругаться друг с другом. Может, это и к лучшему. Между прочим, Второй дистрикт теперь наш.

— Правда?

На миг во мне вспыхивает ликование. Затем я вспоминаю о людях на площади.

— Что было после того, как в меня выстрелили?

— Ничего особенного. Работники Орешка кинулись на капитолийских солдат. Повстанцы просто сидели в сторонке и наблюдали. Вся страна сидела и наблюдала.

— Это у нас получается лучше всего.

Казалось бы, после потери важного органа мне должны были дать отлежаться несколько недель в постели, но врачи почему-то настаивают, чтобы я как можно скорее встала на ноги и начала двигаться. В первые дни внутри меня все разрывается от боли даже под морфлингом; со временем становится лучше. Только ребра еще, видимо, долго будут болеть. Я злюсь на Джоанну, что она отбирает у меня морфлинг, однако по-прежнему не могу ей отказать.

По Панему гуляют слухи о моей смерти, и ко мне в палату присылают съемочную группу. Я демонстрирую швы и кровоподтеки, поздравляю дистрикты с успешным объединением и предупреждаю Капитолий, что скоро мы доберемся до него.

Для моего быстрейшего выздоровления каждый день мне позволяют небольшие прогулки на поверхности. Как-то раз Плутарх присоединяется ко мне, чтобы поделиться последними новостями. Теперь, когда Второй дистрикт стал нашим союзником, повстанцы устроили небольшую передышку от войны. Перегруппировать силы, обеспечить пути снабжения, оказать помощь раненым, сформировать войска. Подобно Тринадцатому в Темные Времена, Капитолий полностью отрезан от внешнего мира и угрожает нам ядерным оружием. Однако в отличие от Тринадцатого Капитолий не в состоянии перестроиться на автономное существование.

— Какое-то время они еще протянут, — говорит Плутарх. — Безусловно, у них есть неприкосновенный запас. Но самое существенное различие между Тринадцатым и Капитолием —

люди. Жители Тринадцатого привыкли к тяготам и лишениям, а в Капитолии не знают ничего, кроме «panem et circenses».

— Что это?

Я разобрала только слово «Панем».

— Есть такое древнее выражение. Сказано тысячи лет назад на латыни — был такой язык — о городе под названием Рим, — объясняет Плутарх. — «Panem et circenses» переводится как «хлеба и зрелищ». Автор хотел сказать, что люди Рима думают только о развлечениях и о том, как набить брюхо, ради этого забыли о своих политических обязанностях. И, как следствие, потеряли власть.

Что ж, похоже на Капитолий. Изобилие еды. И ни с чем не сравнимое развлечение — Голодные игры.

— Для этого и нужны дистрикты. Снабжать Капитолий хлебом и зрелищами.

— Да. И до тех пор, пока Капитолий их получал, он полностью контролировал свою маленькую империю. Сейчас он не может дать людям ничего — во всяком случае, дает гораздо меньше, чем они привыкли. Зато у нас еда есть, и за зрелищами дело не станет. Я как раз организую одно развлекательное мероприятие. Думаю, успех ему обеспечен. Все любят свадьбы.

Я замираю, будто громом пораженная, не веря своим ушам. Плутарх собирается инсценировать нашу с Питом свадьбу?! С моего возвращения я так и не решилась больше подойти к тому одностороннему стеклу, только попросила Хеймитча держать меня в курсе. Он мало что мне рассказывает. Чем дальше, тем меньше шансов. И теперь они хотят ради развлекательной программы устроить нам свадьбу?

Плутарх спешит меня успокоить.

— Нет-нет, Китнисс. Не твоя свадьба. Финник и Энни женятся. От тебя требуется только прийти и сделать вид, будто ты страшно за них рада.

— На этот раз мне не придется «делать вид», Плутарх.

Следующие несколько дней проходят в суматохе и радостном возбуждении. Разница между Капитолием и Тринадцатым проявляет себя и тут. Когда Койн говорит «свадьба», она имеет в виду, что двое людей подписывают листок бумаги и получают новое жилье. В понимании Плутарха свадьба — сотни разодетых в пух и прах гостей и пир на три дня. Забавно смотреть, как они пререкаются из-за каждой мелочи. Плутарх сражается за каждого гостя, каждую музыкальную ноту.

— Какой смысл снимать развлекательную программу, когда нет никакого веселья! — кричит он в отчаянии, после того как Койн поочередно накладывает вето на праздничный ужин, развлечения и алкоголь.

Главный распорядитель Игр не привык к экономии. Кое-как они приходят к компромиссу. Даже скромное празднество вызывает ажиотаж в Тринадцатом, где, кажется, совсем не знают, что такое праздники. Когда объявляется набор детей из Четвертого дистрикта для исполнения брачной песни, приходят чуть ли не все. Нет отбоя и от добровольцев, желающих помочь с декорациями. В столовой люди воодушевленно обсуждают предстоящее событие.

Это нечто большее, чем просто свадьба. Мы все так изголодались по чему-нибудь хорошему, что непременно хотим в этом участвовать. Плутарх чуть с ума не сходит, не зная, где раздобыть платье для невесты, и я вызываюсь отвезти Энни в мой дом в Двенадцатом, где осталось несколько вечерних платьев, сшитых для меня Цинной. Те, что я надевала во время тура победителей. Поначалу я осторожничаю с Энни. Мне известно о ней только то, что Финник ее любит, а все остальные считают чокнутой. Пока мы летим в планолете, я понимаю, что она не столько чокнутая, сколько рассеянная. То смеется невпопад, то замолкает посреди фразы. Зеленые глаза сосредоточенно смотрят в какую-нибудь точку так, что невольно пытаешься разглядеть, что же она там видит. Иногда Энни ни с того ни с сего зажимает уши руками, будто от неприятного звука. Конечно, она странная, но Финник ее любит, и мне этого достаточно.

Нам разрешили взять с собой мою группу подготовки — насчет моды и стиля пусть решают они. Едва я открываю шкаф, воцаряется тишина — настолько сильно там ощущается дух Цинны. Октавия падает на колени, прижимает к щеке край платья и заливается слезами.

— Как давно я не видела ничего прекрасного.

Койн считает свадьбу излишне дорогой, Плутарх слишком блеклой. Триста избранных гостей из Тринадцатого и множество беженцев одеты в повседневную одежду. Украшения для зала — из осенних листьев, музыка — детский хор в сопровождении единственного скрипача, которому удалось выбраться из Двенадцатого со своим инструментом. По капитолийским меркам — более чем скромно. Но все это неважно, потому что сами виновники торжества выглядят потрясающе. И дело не в нарядах, какими бы красивыми они ни были, — на Энни зеленое шелковое платье, которое я надевала в Пятом, на Финнике перешитый костюм Пита. Кто может равнодушно смотреть на сияющие лица влюбленных, которые еще недавно даже не мечтали об этом дне?

Церемонией руководит Далтон, скотовод из Десятого, потому что свадебные обычаи в Десятом и Четвертом дистриктах похожи. Но есть и особенности, свойственные только Четвертому. Сеть из длинных стеблей травы, которой накрывают пару во время клятвы. Соленая вода, которой жених с невестой смачивают друг другу губы. И старинная свадебная песня, в которой супружество сравнивается с путешествием по морю.

Нет, мне не приходится притворяться, что я счастлива за них.

После скрепляющего союз поцелуя, поздравлений и тостов (гости пьют яблочный сидр), скрипач проводит смычком по струнам, и все, кто родом из Двенадцатого, как по команде поворачивают головы. Может, мы и были самым маленьким и бедным дистриктом Панема, но танцевать мы умеем. Официально сейчас в программе ничего нет, но Плутарх, руководящий съемками в операторской, должен быть доволен. Сальная Сэй хватает Гейла за руку и тащит в центр зала, где они становятся друг против друга. Другие спешат присоединиться к ним, образуя два длинных ряда. И танцы начинаются.

Я стою в стороне, прихлопывая в такт музыке, как вдруг чья-то тощая рука хватает меня за локоть.

— Ты не хочешь показать Сноу, как танцуешь? — сердито спрашивает меня Джоанна.

Она права. Что может выразить победу ярче, чем счастливая Пересмешница, кружащаяся под музыку? Я нахожу в толпе Прим. За долгие зимние вечера мы с ней стали отличными партнерами. Включаемся в общий танец. Бок порядком болит, но это ничто по сравнению с удовольствием от того, что Сноу увидит меня отплясывающей вместе с моей младшей сестрой.

Танец преображает нас. Мы объясняем шаги гостям из Тринадцатого. Тянем танцевать жениха с невестой. Беремся за руки и образуем огромный хоровод, где каждый показывает, на что способны его ноги. Никогда еще эти стены не видели столько радости, веселья и дурачеств. Это могло бы продолжаться всю ночь, если бы не еще один пункт программы. Плутарх запланировал его в качестве сюрприза.

Четыре человека вкатывают в зал огромный свадебный торт. Гости расступаются, освобождая дорогу этому чуду, этому умопомрачительному произведению искусства. Целое сине-зеленое море, украшенное белыми барашками волн, с рыбами и парусными лодками, тюленями и морскими анемонами. Я пробираюсь сквозь толпу, спеша убедиться в том, что поняла с первого взгляда, — всю эту красоту создал Пит. Это так же очевидно, как то, что вышивка на платье Энни сделана руками Цинны.

Казалось бы, мелочь, но как много она значит! Хеймитч рассказывал мне далеко не все. Тот парень, которого я видела в последний раз, заходящийся в истошном крике, пытающийся порвать ремни, никогда бы не смог сотворить такое. Сосредоточиться, усмирить трясущиеся руки, придумать нечто столь совершенное. Будто предчувствуя мою реакцию, рядом со мной оказывается Хеймитч.

— Хочешь поговорить? — предлагает он.

В коридоре, где на нас не смотрят объективы камер, я спрашиваю:

— Что с ним происходит?

Хеймитч качает головой:

— Я не знаю. Никто не знает. Иногда он ведет себя вполне разумно, а потом вдруг ни с того ни с сего опять срывается. Торт — тоже своего рода терапия. Пит трудился несколько дней. И тогда казалось, что он снова стал прежним.

— Значит, ему теперь разрешают ходить где угодно? — спрашиваю я. От этой мысли мне становится не по себе.

— Нет. Он работал под строгим присмотром. Его все еще запирают в палате. Но я разговаривал с ним.

— Наедине? И у него не начался приступ?

— Нет. Он, правда, очень злился на меня, но по вполне разумным причинам. За то, что я не рассказал ему о заговоре повстанцев и все такое. — Хеймитч замолкает, будто что-то решая. — Он говорит, что хотел бы увидеться с тобой.

Я в паруснике из глазури посреди бушующего сине-зеленого моря. Палуба уходит у меня из-под ног. Упираюсь ладонями в стену, чтобы не упасть. Это нечестно. Я списала Пита со счетов, пока была во Втором. Все, что я хотела, — отправиться в Капитолий, убить Сноу и погибнуть самой. Ранение — лишь временная отсрочка. Я не должна была услышать этих слов: «Он говорит, что хотел бы увидеться с тобой». Но теперь, когда я их услышала, пути к отступлению нет.

В полночь я стою перед дверью его камеры. Больничной палаты. Нам пришлось ждать, пока Плутарх закончит съемку свадьбы, которой остался доволен, несмотря на недостаток того, что он называет гламуром.

— Нам повезло, что Капитолий все эти годы практически игнорировал Двенадцатый. Вы не утратили способность действовать стихийно. Как в тот раз, когда Пит объявил, что влюблен в тебя, или твоя выходка с ягодами. Вот это я называю качественным шоу.

Жаль, что нельзя встретиться с Питом наедине. За односторонним стеклом уже собрались врачи с планшетами и ручками наготове. Когда Хеймитч подает мне сигнал, я медленно открываю дверь.

Голубые глаза мгновенно впиваются в меня пристальным взглядом. Каждая рука Пита пристегнута тремя ремнями, в вену воткнута игла с трубкой — если он потеряет над собой контроль, ему впрыснут транквилизатор. Пит не пытается освободиться, только настороженно наблюдает за мной, будто сомневается — человек я или перередок. Я останавливаюсь в ярде от его кровати. Не зная, куда деть руки, скрещиваю их на груди:

— Привет.
— Привет, — отвечает он.

Да, это его голос, почти его, только в нем появились какие-то незнакомые нотки. Нотки подозрения и упрека.

— Хеймитч сказал, ты хочешь поговорить со мной.
— Хотя бы посмотреть для начала.

Такое чувство, будто он так и ждет, что я на его глазах превращусь в оборотня с пеной у рта. Мне становится не по себе от его взгляда, и я начинаю украдкой посматривать в сторону комнаты с наблюдателями, надеясь на какие-нибудь указания от Хеймитча, но наушник молчит.

— А ты не такая уж высокая. И не особо красивая.

Я знаю, он прошел через все муки ада, и все же это замечание меня задевает.

— Ну, раньше ты тоже выглядел получше.

Совет Хеймитча не лезть в бутылку заглушается смехом Пита.

— А уж какая деликатная! Сказать такое, после всего, что я пережил!
— Мы все много чего пережили. А деликатностью из нас двоих всегда отличался ты.

Я говорю все не то. Зачем я начинаю с ним пререкаться. Его пытали! Ему охморили мозги. Что же это со мной? Внезапно, я понимаю, что хочу накричать на него — сама не знаю почему. Пожалуй, мне лучше уйти.

— Слушай, я неважно себя чувствую. Давай загляну к тебе завтра, идет?

Я уже подхожу к двери, когда он произносит:

— Китнисс, я помню про хлеб.

Хлеб. Единственное, что связывало нас до Голодных игр.

— Тебе показали запись, где я рассказываю об этом?

— Нет. А есть такая запись? Странно, что капитолийцы ее не использовали.

— Мы сняли ее в тот день, когда тебя спасли, — поясняю я.

Боль сжимает мне ребра точно тиски. Зря я все-таки танцевала.

— Что ты помнишь?

— Тебя, — тихо произносит Пит. — Как ты копалась в наших мусорных баках под дождем. Как я нарочно подпалил хлеб. Мама меня ударила и сказала, чтоб я вынес хлеб свинье, но вместо этого я отдал его тебе.

— Да. Все так и было, — говорю я. — На следующий день, после школы, я хотела поблагодарить тебя. Но не знала как.

— После уроков на школьном дворе я пытался поймать твой взгляд. Но ты отвернулась. А потом... кажется, сорвала одуванчик.

Я киваю. Пит помнит. Я никогда никому об этом не рассказывала.

— Должно быть, я очень тебя любил.

— Да, — мой голос срывается, и я притворяюсь, будто кашляю.

— А ты любила меня?

Я опускаю глаза в кафельный пол.

— Весь Панем так говорит. Все это знают, потому Сноу и пытал тебя. Чтобы доставить боль мне.

— Это не ответ, — произносит он. — Когда я смотрю записи, не знаю, что и думать. Тогда, на первых Играх, все выглядело так, будто ты хотела прикончить меня с помощью ос-убийц.

— Я хотела убить вас всех. Вы загнали меня на дерево.

— Потом эти поцелуи... С твоей стороны они смотрятся не очень-то искренними. Тебе нравилось целоваться со мной?

— Иногда, — признаюсь я. — Ты знаешь, что за нами сейчас наблюдают?

— Знаю. А с Гейлом?

Во мне опять закипает злость. Терапия терапией, но я не собираюсь обсуждать это перед посторонними.

— Тоже неплохо, — резко бросаю я.

— И нас это устраивало? Что ты целуешься с обоими?

— Нет. Вас это не устраивало. Только я у вас и не спрашивалась.

Пит испускает презрительный смешок.

— Ты, я смотрю, порядочная стерва!

Хеймитч не останавливает меня, когда я выскакиваю из палаты. Бегу по коридору. По лабиринту отсеков. Забиваюсь в угол прачечной за теплую трубу. Проходит немало времени, прежде чем я понимаю, что именно меня так задело, а когда понимаю, стыжусь признаться. Еще недавно я принимала как должное, что Пит меня обожает. Теперь с этим покончено. Наконец он видит меня такой, какая я есть. Грубая. Недоверчивая. Эгоистичная. Смертельно опасная.

И я ненавижу его за это.

17

«Это подло!» — вот первая мысль, полоснувшая меня после рассказа Хеймитча. Выбегаю из палаты, лечу вниз по лестнице в штаб и врываюсь прямо на военный совет.

— Что значит, я не лечу в Капитолий? Я должна! Я — Пересмешница! — кричу я.

Койн едва поднимает взгляд от экрана.

— Вот именно. И твоя основная цель как Сойки-пересмешницы — объединить дистрикты в борьбе против Капитолия — достигнута. Не волнуйся, если все пройдет хорошо, мы пригласим тебя на церемонию капитуляции.

Капитуляции?!

— Мне не нужна церемония! Я хочу драться. И я вам нужна — кто из вас стреляет лучше меня?!

Не люблю хвастаться, но сейчас случай особый.

— Вы ведь берете Гейла!

— Гейл ежедневно участвовал в тренировках, если только не был занят другими обязанностями. Мы уверены, что можем на него положиться, — говорит Койн. — А сколько занятий посетила ты?

Ни одного. Вот сколько.

— Я охотилась... и тренировалась с Бити в отделе спецвооружения.

— Это не то же самое, Китнисс, — говорит Боггс. — Мы знаем, что ты ловкая, и смелая, и отлично стреляешь. Но в бою нам нужны солдаты. Ты понятия не имеешь об исполнении приказов. К тому же ты сейчас не в лучшей форме.

— В Восьмом вас это не заботило. Да и во Втором, если на то пошло, — парирую я.

— В обоих случаях твое участие официально не было предусмотрено, — говорит Плутарх, буравя меня взглядом, чтоб я не сболтнула лишнего.

Он прав. Ни сбивать планолеты в Восьмом, ни выбегать к раненым во Втором мне определенно никто не приказывал. Это получилось стихийно.

— Причем оба раза ты была ранена, — добавляет Боггс.

Внезапно я вижу себя его глазами. Семнадцатилетняя малявка. Взъерошенная. Недисциплинированная. Не оправившаяся до конца. Не солдат, а наказание.

— Но мне нужно быть там, — упрямо настаиваю я.

— Почему? — интересуется Койн.

Почему? Потому что я жажду отомстить Сноу. Потому что мне невыносима мысль находиться в Тринадцатом вместе с теперешним Питом, пока Гейл сражается на поле боя. Я не могу сказать Койн об этом, но у меня есть вдоволь других причин.

— Из-за Двенадцатого. Они уничтожили мой дистрикт.

Президент на секунду задумывается. Смотрит на меня оценивающим взглядом.

— Хорошо. У тебя есть три недели. Этого мало, но ты можешь хотя бы начать тренироваться. Если комиссия сочтет тебя годной, возможно, мы пересмотрим наше решение.

Точка. Это большее, на что я могу надеяться. Что ж, сама виновата. Из расписания выбирала только то, что мне по вкусу. Беготня с автоматом по полю меня не привлекала. Теперь вот расплачиваюсь.

Джоанна в госпитале рвет и мечет. Ее тоже не берут. Я говорю ей, что решила Койн.

— Может, тебе тоже разрешат тренироваться.

— Ладно. Я буду ходить на тренировки. Но я полечу в чертов Капитолий, даже если мне придется захватить планолет и убить экипаж.

— Думаю, на занятиях тебе лучше про это не распространяться, — говорю я. — Но я рада, что будет кому меня подбросить.

Джоанна ухмыляется. Похоже, наши отношения начинают налаживаться. Не уверена, что нас можно назвать подругами, но слово «союзники», пожалуй, сгодится. Это хорошо. Союзник мне скоро понадобится.

На следующее утро, когда мы в 7.30 являемся на тренировку, действительность дает мне пощечину. Нас определяют в отряд новичков, четырнадцати-пятнадцатилетних подростков. Это кажется несколько оскорбительным, пока не становится ясно, что и до них нам далеко. Гейл и остальные бойцы, выбранные для отправки в Капитолий, тренируются по ускоренной программе. После растяжки (больно!) часа два выполняем силовые упражнения (очень больно!), потом на очереди бег на пять миль (боль дикая!). Сколько ни обзывает меня Джоанна дохляком, неженкой и всякими другими словами, я выдерживаю только одну милю.

— Ребра, — объясняю я инструктору, суровой женщине средних лет, к которой нам следует обращаться «солдат Йорк». — Все еще болят.

— Ясно дело: так они еще месяц болеть будут.

Я качаю головой.

— У меня нет месяца.

Она окидывает меня взглядом.

— Врачи не предлагали тебе никакого лечения?

— А оно есть? — спрашиваю я. — Мне сказали, само заживет.

— Они всегда так говорят. Но они могут ускорить процесс, если я попрошу. Предупреждаю — будет несладко.

— Пожалуйста. Я должна попасть в Капитолий.

Солдат Йорк молча делает пометку в блокноте и сразу отсылает меня обратно в госпиталь.

— После обеда я вернусь, — обещаю, помедлив. Мне больше не хочется пропускать тренировки.

Инструктор поджимает губы.

Двадцать четыре укола в грудную клетку. Лежу распластанная на кровати, скрипя зубами, чтобы не просить капельницу с морфлингом. Еще утром она на всякий случай стояла у кровати. В последнее время я ею не пользовалась, но держала ради Джоанны. Сегодня мне сделали анализ на следы наркотика в крови — лекарство имеет в сочетании с морфлингом опасные побочные эффекты. Врачи не скрывали, что пару дней придется туго, но меня это не остановило.

Ночка в нашей палате — врагу не пожелаешь. О сне не может быть и речи. Мне кажется, я прямо-таки чувствую запах горелого мяса от своей груди. Джоанна страдает от ломки. Сначала, когда я извиняюсь, что больше не смогу снабжать ее морфлингом, она машет рукой — рано или поздно это должно было случиться. К трем ночи осыпает меня самой изощренной бранью, какая есть в Седьмом дистрикте. На рассвете поднимается и вытаскивает меня из постели, чтобы идти на тренировку.

— Кажется, я не смогу, — признаюсь я.

— Сможешь. Мы победители, или ты забыла? Мы выживаем вопреки всему! — рычит Джоанна, а сама вся зеленая и дрожит как осиновый лист.

Я одеваюсь.

Нам нужно быть победителями, чтобы пережить это утро. Когда мы видим, что снаружи льет как из ведра, мне кажется, Джоанна сейчас грохнется в обморок. Лицо ее становится пепельным, и она будто перестает дышать.

— Всего лишь вода. Это не смертельно, — говорю я.

Она сжимает зубы и выходит на размытое поле. Дождь не прекращается ни на минуту, пока мы разминаемся, делаем упражнения, потом шлепаем по беговой дорожке. Я снова останавливаюсь через милю и борюсь с искушением сорвать рубашку, чтобы холодный дождь остудил горящие ребра. Давясь, запихиваю в себя полевой паек — пропитанную водой рыбу и тушеную свеклу. Джоанна съедает половину, затем ее тошнит.

После обеда нас учат собирать и разбирать автоматы. У меня получается, у Джоанны слишком дрожат руки. Я ей помогаю, когда Йорк отворачивается. Потом, несмотря на непрекращающийся дождь, меня ждет приятный сюрприз — мы идем на стрельбище. Наконец что-то, что я хорошо умею. Автомат, конечно, не то же самое, что лук, но к концу дня у меня лучший результат в группе.

Едва мы возвращаемся в госпиталь, Джоанна говорит:

— Мне это уже осточертело. Жить в госпитале. Все смотрят на нас как на пациентов.

Для меня это не проблема: я могу переехать в отсек к своей семье. У Джоанны своего жилья нет. Однако, когда она просит выписку, врачи не соглашаются, чтобы она жила одна, даже если ежедневно будет встречаться с психологом. Думаю, они раскумекали насчет морфлинга.

— Она будет не одна. Я стану жить с ней, — заявляю я.

Некоторые возражают, но Хеймитч становится на нашу сторону, и к вечеру мы получаем отсек напротив Прим и мамы, которая соглашается приглядывать за нами.

После того как я принимаю душ, а Джоанна обтирается мокрым полотенцем, она осматривает комнату. Увидев в ящике комода мои скудные пожитки, быстро его закрывает.

— Прости.

В ящике Джоанны только казенная одежда. Вообще, у нее нет ничего, что бы она могла назвать своим.

— Все в порядке. Можешь посмотреть, если хочешь.

Джоанна открывает мой медальон, разглядывает фотографии Гейла, Прим и моей матери. Вытаскивает из серебряного парашюта трубку для живицы. Надевает ее себе на мизинец.

— От одного вида хочется пить.

Потом она натыкается на жемчужину, которую мне подарил Пит.

— Это та самая?..

— Да, — говорю я. — Уцелела как-то.

Не хочется говорить о Пите. Одно из преимуществ тренировок — мне о нем некогда думать.

— Хеймитч говорит, он поправляется, — говорит Джоанна.

— Может быть. Но он изменился.

— Ты тоже. И я. И Финник, и Хеймитч, и Бити. Не говоря уже об Энни Кресте. Арена нас всех порядком искалечила — тебе не кажется? Или ты до сих пор чувствуешь себя той девочкой, которая вызвалась добровольцем вместо сестры?

— Нет, не чувствую.

— В одном мой мозговед прав. Пути назад нет. Нужно жить дальше.

Джоанна аккуратно складывает все обратно в ящик и забирается на кровать напротив моей. Тут же гасят свет.

— Не боишься, что я тебя прикончу во сне?

— А ты? — спрашиваю я в ответ.

Мы смеемся, хотя обе настолько выжаты, что будет чудом, если мы сможем назавтра подняться.

Но мы поднимаемся. Каждое утро. Снова и снова. К концу недели мои ребра как новые, а Джоанна собирает автомат без посторонней помощи.

Солдат Йорк одобрительно кивает.

— Отлично потрудились, солдаты.

— В Играх и то легче победить, — бурчит Джоанна, стоит нам отойти, но по лицу видно, что она довольна.

В столовую, где меня ждет Гейл, мы входим, можно сказать, в отличном настроении. Огромная порция рагу из говядины также способствует поднятию духа.

— Сегодня утром прибыла первая партия продовольствия, — рассказывает Сальная Сэй. — Из Десятого дистрикта. Настоящая говядина. Не то что ваши собаки.

— Что-то не припомню, чтобы ты ими брезговала, — парирует Гейл.

Мы подсаживаемся за стол к Делли, Энни и Финнику. После женитьбы Финника будто подменили. Прежний томный сердцеед, виденный мной в Капитолии, загадочный союзник на арене, сломленный горем парень, помогший не сломаться мне, превратился в человека, излучающего радость. Ненавязчивый юмор и легкий характер — вот в чем его истинное обаяние. Финник ни на секунду не отпускает руку возлюбленной — ни когда они идут, ни когда едят. Энни словно окутана облаком счастья. Бывают мгновения, когда что-то вторгается в ее разум и точно отгораживает от нас, но два слова из уст Финника тотчас возвращают ее обратно.

Делли, которую я знала с детства, но никогда особенно не принимала в расчет, выросла в моих глазах. Она слышала, что Пит сказал мне в ночь после свадьбы, но не разболтала. Хеймитч говорит, она мой лучший защитник перед Питом, когда тот снова начинает кричать про меня гадости. Пит верит Делли больше, чем остальным, потому что ее он знает. Я благодарна Делли, пусть она даже и преувеличивает мои достоинства. Честно говоря, немного приукрашивания мне не повредит.

Я умираю с голоду, а рагу такое аппетитное — говядина, картошка, репа и лук в густой подливе. Приходится сдерживать себя, чтобы не проглотить все разом. В столовой царит радостное оживление. Как благотворно действует на людей просто хорошая еда! Насколько она делает их добрее, веселее и жизнерадостнее. Лучше любого лекарства. Чтобы продлить удовольствие, макаю хлеб в подливу и понемногу его откусываю. Прислушиваюсь к разговору. Финник рассказывает забавную историю о морской черепашке, стащившей его шляпу. Я смеюсь, прежде чем осознаю, что здесь — *он*. Через стол от меня, рядом с Джоанной. Смотрит в мою сторону. Хлеб застревает у меня в горле, и я начинаю кашлять.

— Пит! — восклицает Делли. — Как хорошо, что ты пришел... и здоров.

За спиной Пита двое огромных охранников. Он неловко держит поднос кончиками пальцев, потому что его запястья соединены короткой цепочкой.

— А что это за миленькие браслетики? — интересуется Джоанна.

— Мне еще не доверяют, — говорит Пит. — Я даже не могу присесть здесь без вашего разрешения. — Он машет головой на охранников.

— Конечно, пусть садится. — Джоанна хлопает по свободному стулу рядом с собой. — Мы же старые друзья.

Охранники кивают, и Пит садится.

— В Капитолии у нас с ним были соседние камеры. Он хорошо знает мои крики, а я его.

Энни, сидящая с другой стороны от Джоанны, зажимает уши руками и принимает отрешенный вид. Финник обнимает ее, бросая сердитый взгляд на Джоанну.

— А что такого? — удивляется Джоанна. — Врач говорит, я должна прямо высказывать, что думаю. Это нужно для лечения.

Веселье разом испарилось. Финник что-то шепчет Энни, пока та наконец не убирает руки от ушей. Потом следует длительное молчание — все притворяются, будто заняты едой.

— Энни, — непринужденным тоном говорит Делли, — а ты знаешь, что ваш свадебный торт украшал Пит? В Двенадцатом у его родителей была пекарня, и он всегда все глазировал.

Энни с опаской смотрит мимо Джоанны на Пита.

— Спасибо, Пит. Очень красивый торт.

— Пожалуйста, Энни. — В голосе Пита звучат прежние ласковые нотки, которые, я думала, исчезли навсегда. Пусть они относятся не ко мне, но все же.

— Если мы еще хотим выбраться на прогулку, нам лучше поторопиться, — предупреждает Финник. Складывает оба подноса вместе, чтобы нести в одной руке, другой крепко держит Энни. — Приятно было повидаться, Пит.

— Будь с ней поласковее, Финник. А то возьму да и отобью ее у тебя.

Сошло бы за шутку, если бы не этот ледяной тон. Совсем неуместный. Выражающий недоверие Финнику, подразумевающий, будто он, Пит, не прочь приударить за Энни, будто Энни может бросить Финника, будто меня и вовсе не существует.

— Смотри, Пит, а то пожалею, что откачал тебя тогда, — беспечно говорит Финник и, бросив на меня обеспокоенный взгляд, уводит Энни.

— Он спас тебе жизнь, Пит, — укоризненно произносит Делли. — И не раз.

— Ради нее. — Пит коротко кивает в мою сторону. — Ради восстания. Не ради меня самого. Я ему ничем не обязан.

Не следовало бы попадаться на удочку, но я не удерживаюсь:

— Может, и так. Но Мэг больше нет, а ты жив. Или, по-твоему, это ничего не значит?

— Много чего должно что-то значить, Китнисс, но почему-то не значит. У меня есть парочка воспоминаний, в которых я не могу разобраться, хотя не думаю, что Капитолий в них вмешивался. Те ночи в поезде, например.

Снова намеки. Будто в поезде произошло больше, чем на самом деле. Будто то, что было на самом деле — ночи, когда я сумела остаться в здравом уме лишь благодаря тому, что меня обнимали его руки, — больше ничего не значит. Будто я все время только притворялась, чтобы использовать его.

Пит показывает ложкой на меня с Гейлом.

— А вы как — уже официальная пара? Или они все талдычат про несчастных влюбленных?

— Все талдычат, — говорит Джоанна.

Пит судорожно сжимает и разжимает пальцы. Ему так сильно хочется вцепиться мне в шею? Чувствую, как напрягся Гейл рядом со мной. Еще только драки не хватало. Но Гейл просто говорит:

— Никогда бы не поверил, если бы не видел своими глазами.

— Ты о чем? — интересуется Пит.

— О тебе.

— Нельзя ли поточнее? Что со мной не так?

— Что тебя превратили в злобного переродка, — выпаливает Джоанна.

Гейл допивает молоко.

— Ты все?

Я поднимаюсь, и мы относим наши подносы. У дверей меня останавливает старик — я до сих пор сжимаю в руке хлеб с подливой. Что-то в моем лице, видно, смягчает блюстителя порядка, к тому же я не пыталась спрятать еду, — он разрешает мне запихнуть хлеб в рот и идти дальше.

— Такого я не ожидал, — произносит Гейл, когда мы почти доходим до моего отсека.

— Я же говорила, он меня ненавидит.

— Все дело в том, *как* он тебя ненавидит. Мне это... очень знакомо. Раньше я тоже испытывал нечто подобное, — признается Гейл. — Когда я видел по телевизору, как ты его целуешь. Только я понимал, что не вполне справедлив к тебе. А он этого не понимает.

— Может быть, он просто видит меня такой, какая я на самом деле... — Мы останавливаемся у моей двери. — Мне надо поспать.

Гейл ловит меня за руку:

— Ты правда так думаешь?

Я пожимаю плечами.

— Китнисс, поверь мне, как своему самому старому другу. Он не видит, какая ты на самом деле.

Гейл целует меня в щеку и уходит.

Я сижу на кровати с учебником по военной тактике, но в голову ничего не лезет. Отвлекают мысли о Пите. О ночах в поезде. Минут через двадцать приходит Джоанна и плюхается ко мне на кровать.

— Ты пропустила самое интересное. Делли накинулась на Пита из-за того, как он себя с тобой вел. У нее такой писклявый голосок. Будто кто-то вилкой в мышь тычет. Вся столовая глазела.

— А что Пит?

— Стал разговаривать с самим собой — будто два разных человека спорят. Охранникам пришлось его увести. А я под шумок слопала его мясо. Кажется, никто не заметил.

Джоанна поглаживает раздувшийся живот. Под ногтями у нее грязь. Интересно, в Седьмом когда-либо моются?

Часа два мы опрашиваем друг друга по военным терминам. Потом я ненадолго заскакиваю к маме и Прим. Возвратившись и приняв душ, ложусь в кровать.

— Джоанна, ты правда слышала, как он кричал? — спрашиваю я, глядя в темноту.

— Так было задумано, — отвечает она. — Как с сойками-говорунами на арене. Только все по-настоящему и гораздо дольше часа. Тик-так.

— Тик-так, — шепчу я в ответ.

Розы. Перевёртыши. Трибуты. Дельфины из глазури. Друзья. Сойки-пересмешницы. Стилисты. Я сама. Сегодня в моих снах все кричат.

18

С остервенением бросаюсь в пучину тренировок. Физическая подготовка, строевая, огневая, лекции по тактике — вот все, чем я живу и дышу. Меня и еще нескольких солдат выделяют в особую группу. Это дает мне надежду — возможно, я все-таки попаду в Капитолий.

То, чем мы занимаемся, все называют просто «Кварталом», но на моей татуировке значатся буквы У.У.Б. — сокращенно от «учебный уличный бой». В центре Тринадцатого построена модель капитолийского квартала. Инструктор делит нас на отряды по восемь человек и ставит различные задачи — занять определенную позицию, уничтожить объект, обыскать дом. Все как в настоящем бою. Если что-то может пойти наперекосяк — именно так и происходит. Один неверный шаг — и ты «подрываешься» на фугасе, на крыше появляется снайпер, и у тебя заклинивает ружье. Плач ребенка приводит в засаду. Командир — здесь это всего лишь голос программы — убит из миномета, и нам нужно обходиться без приказов. Конечно, ты понимаешь, что это понарошку, и погибнуть здесь нельзя. Когда срабатывает фугас, ты слышишь звук взрыва, и должен притвориться мертвым. Но много и вполне реального — вражеские солдаты в форме миротворцев, дымовые бомбы. Нас даже газом травят. Только мы с Джоанной успеваем вовремя надеть маски. Остальные из нашего отряда на десять минут засыпают. Газ якобы безвреден, но вдохнув его всего пару раз, я зарабатываю себе головную боль на весь оставшийся день.

Крессида со своей командой снимают нас с Джоанной на стрельбище. Гейла и Финника тоже. Это для новой серии агитроликов — о том, как повстанцы готовятся к захвату Капитолия. В целом все идет неплохо.

Затем на утренних тренировках стал появляться Пит. Без наручников, но все еще с парой охранников, не отходящих от него ни на шаг. После обеда я вижу, как он тренируется с группой начинающих на другой стороне поля. О чем они думают? Если у Пита из-за перепалки с Делли ум за разум заходит, как можно подпускать его к оружию?

Когда я говорю об этом Плутарху, он уверяет меня, что это только для съемок. Весь Панем видел свадьбу Энни и то, как ловко Джоанна стреляет по мишеням, но зрителей интересует Пит. Нужно показать, что он сражается на стороне повстанцев, а не на стороне Сноу. А если бы еще снять нас вдвоем... не обязательно целующимися, хотя бы просто счастливыми...

Я тут же поворачиваюсь и ухожу. Этого уж точно не случится.

В редкие свободные минуты я с волнением наблюдаю за приготовлениями к операции. Как грузят технику и провизию, формируют дивизии. Мобилизованных бойцов легко отличить по короткой стрижке. Все обсуждают первую часть операции — захват железнодорожных туннелей, ведущих к Капитолию.

За несколько дней до отбытия первой партии войск, Йорк неожиданно сообщает нам с Джоанной, что рекомендовала допустить нас к экзамену, и начинается он прямо сейчас. Экзамен состоит их четырех частей: полоса препятствий, письменный тест по тактике, огневая подготовка плюс имитация боевой ситуации в Квартале. Первые три я прохожу с налета, одно за другим, — даже разволноваться не успеваю. Однако перед уличным боем возникает заминка — какой-то технический сбой. Группа обменивается информацией. Говорят, Квартал каждый проходит в одиночку. Никто не знает, что тебя там ждет. Один парень слышал, будто испытания подбирают нарочно с учетом твоих слабых мест.

Слабые места? Эту дверь я боюсь даже приоткрывать. Однако я отхожу в сторонку и пытаюсь разобраться, в чем же мои слабости. Размер получившегося списка удручает. Недостаточная физическая сила, минимум тренировок. Да и мой особый статус Сойки-пересмешницы вряд ли преимущество, когда речь идет о создании сплоченной группы. Есть много способов выбить почву у меня из-под ног.

Вызывают Джоанну. Я ободряюще ей киваю. Жаль, что я не первая. Так только больше времени на пустые предположения. Когда меня наконец вызывают, я не имею ни малейшего понятия, какую тактику выбрать. К счастью, едва я оказываюсь в Квартале, тренировки дают о себе знать. Я имею дело с засадой. Мне нужно пробиться к условленному месту встречи нашего отряда. Я медленно продвигаюсь по улице, убивая миротворцев. Двоих на крыше слева, еще одного в дверном проеме прямо по курсу. Главное — не зевать. Я ожидала чего-нибудь потруднее. Не нравится мне это. Слишком гладко все идет. Не упускаю ли я самого важного? До цели остается каких-то два здания, когда обстановка начинает накаляться. Из-за угла выскакивают сразу шесть миротворцев. Силы явно неравные. Однако тут я кое-что замечаю. В канаве валяется бочка с бензином.

Вот! В этом суть задания. Понять, что нужно взорвать бочку. Только я собираюсь это сделать, как командир, от которого до сих пор не было толку, ни с того ни с сего приказывает мне лечь на землю. Все мои инстинкты кричат против этого. Осталось только спустить курок, и миротворцы взлетят на воздух. И тут я вдруг осознаю, какое у меня самое слабое место с точки зрения военных. С той первой минуты на арене, когда я побежала за оранжевым рюкзаком, до огневого боя в Восьмом и заканчивая моей сумасбродной выходкой во Втором. Я не умею подчиняться приказам.

Я падаю на землю с таким проворством и такой силой, что буду, наверное, неделю выковыривать камешки из подбородка. Бочку с бензином взрывает кто-то другой. С миротворцами покончено, и я дохожу до условленного места. На другой стороне Квартала меня ждет солдат. Поздравив, ставит мне на руку печать с номером отделения — 451 — и отсылает в штаб. Пьяная от радости, я несусь по коридорам, скользя на поворотах, потом скачу через ступеньки, потому что лифт слишком медленный, врываюсь в зал — и только тут осознаю всю странность ситуации. Зачем я понадобилась в штабе? По идее, мне сейчас должны состригать волосы. Люди, сидящие вокруг стола, отнюдь не новоиспеченные солдаты. Скорее те, кто отдает приказы. При виде меня Боггс улыбается:

— Дай-ка посмотреть.

Неуверенно показываю ему руку со штампом.

— Ты зачислена в мое отделение. Снайперское. Присоединяйся. — Боггс кивает на группу солдат, выстроившуюся у стены. Гейл. Финник. И еще пять человек, которых я не знаю. Мое отделение. Меня не только приняли, но моим командиром будет Боггс! И друзья со мной! Хочется прыгать от радости, но я заставляю себя идти четким военным шагом.

Похоже, к нам относятся по-особому, раз вызвали в штаб, и Сойка-пересмешница тут решительно ни при чем. Склонившись над какой-то широкой панелью в центре стола, Плутарх рассказывает о том, с чем мы столкнемся в Капитолии. Мне как раз приходит мысль, что доклад никуда не годится, потому что, даже встав на цыпочки, на панели невозможно ничего разглядеть, как вдруг Плутарх нажимает кнопку и в воздухе появляется голографическое изображение капитолийской улицы.

— Вот, к примеру, территория вокруг одной казармы миротворцев. Не самая значимая из целей, однако посмотрите, — Плутарх набирает на клавиатуре код, и на голограмме вспыхивают разноцветные огоньки, мигающие с разной частотой. — Каждый огонек обозначает так называемую капсулу. Капсулы — разнообразные препятствия, которые могут быть чем угодно: от мины до стаи перередков. Но что бы это ни было, цель — либо захватить вас, либо убить. Некоторые капсулы существуют с Темных Времен, другие устроены позже. Признаюсь, я сам создал немало из них. Эта программа, которую прихватил один из нас, когда мы бежали, наша самая свежая информация. В Капитолии не знают, что она у нас есть. Тем не менее за последние несколько месяцев, вероятно, были введены в строй новые ловушки. Это надо иметь в виду.

Я не осознаю, как мои ноги несут меня к столу, пока не останавливаюсь в нескольких дюймах от голограммы. Рука тянется к быстро мигающему зелёному огоньку.

Кто-то подходит сзади, я чувствую его напряжение. Финник, конечно. Только победитель способен сразу разглядеть то, что вижу я. Арена. Напичканная капсулами, которыми управляют распорядители Игр. Пальцы Финника касаются ровного красного сияния над одной из дверей в голограмме.

— Леди и джентльмены... — Голос Финника тих, зато мой разносится по всему залу:

— ...семьдесят шестые Голодные игры объявляются открытыми!

Я смеюсь. Торопливо. Прежде чем кто-то успеет понять, что скрывается за этими словами. Прежде чем взметнутся брови, посыплются возражения, одно сопоставят с другим и мне запретят даже думать о Капитолии. Кому нужен на войне обозлённый, сумасбродный победитель с кучей психологических проблем?

— Стоило ли тратить время на все эти тренировки, Плутарх? — спрашиваю я.

— Мы и без того два лучших бойца, какие у вас есть, — нахально прибавляет Финник.

— Этот факт от меня не укрылся, — отвечает Плутарх и нетерпеливо машет рукой. — Вернитесь в строй, солдат Одэйр и солдат Эвердин. Мне нужно закончить доклад.

Мы встаем обратно на свои места, не обращая внимания на вопросительные взгляды остальных. Я делаю вид, будто слушаю очень внимательно — иногда киваю, перемещаюсь, чтобы лучше было видно, — а сама только и думаю, как бы скорее убежать в лес, чтобы прокричаться. Или выругаться. Или расплакаться. А может, все вместе и сразу.

Если это была проверка, мы с Финником ее выдержали. Наконец Плутарх заканчивает, в заседании объявляется перерыв. Я здорово пугаюсь, когда меня подзывают, чтобы сообщить какой-то особый приказ. Оказывается, мне просто не нужно делать военную стрижку. Сойка-пересмешница должна быть похожа на огненную девушку с арены. Для камер. Я пожимаю плечами — дескать, мне все равно, — и меня отпускают.

В коридоре нас с Финником притягивает друг к другу.

— Что я скажу Энни? — волнуется он.

— Ничего, — отвечаю я. — Я своей маме и сестре ничего не скажу.

Мало того что мы едем практически на еще одну арену с кучей ловушек? Не стоит пугать еще и наших любимых.

— Если она увидит эту голограмму...

— Не увидит. Наверняка она засекречена. Военная тайна. К тому же мы все-таки будем не на Играх. Никто не обязан погибать. Мы просто слишком близко принимаем это к сердцу, потому что... ну, ты сам знаешь почему. Ты ведь не передумал, а?

— Нет, конечно. Я хочу уничтожить Сноу не меньше, чем ты.

— На сей раз все будет иначе, — твердо говорю я, стараясь убедить и себя тоже. Внезапно я осознаю всю прелесть ситуации. — На сей раз Сноу тоже будет игроком.

К нам подходит Хеймитч. Он не был на собрании, но лицо у него озабоченное.

— Джоанну опять забрали в госпиталь.

Я думала, с Джоанной все в порядке, просто ее зачислили не в снайперы. Она потрясающе метает топор, но стреляет так себе.

— Что с ней? Она ранена?

— Знаешь, там, в Квартале, экзаменаторы стараются обратить против солдат их собственные слабости. В общем, они и затопили улицу.

Все равно ничего не понимаю. Джоанна умеет плавать. Я помню, как она плавала на Квартальной бойне. Не так, как Финник, конечно, но до Финника нам всем далеко.

— И что?

— В Капитолии ее пытали. Обливали водой, потом били током, — поясняет Хеймитч. — В Квартале у нее случилось что-то вроде дежавю. Она запаниковала, не могла понять, где находится. Сейчас ее опять накачали лекарствами.

Мы с Финником стоим и молчим, будто язык проглотили. Вот почему Джоанна никогда не моется. И почему боялась тогда выйти под дождь, — будто это не дождь был, а серная кислота. А я все списала на ломку.

— Вы бы сходили к ней, — предлагает Хеймитч. — Кроме вас у нее никого нет.

Это еще хуже. Не знаю, какие отношения у Джоанны с Финником, но я-то ее едва знаю. Ни семьи. Ни друзей. Даже ни одной вещицы из Седьмого, чтобы положить в казенный комод рядом с казенной одеждой. Ничего.

— Пойду сообщу Плутарху, — продолжает Хеймитч. — Ему это не понравится. Он хотел, чтобы перед камерами в Капитолии было как можно больше победителей. Считает, это привлечет зрителей.

— А вы с Бити едете? — спрашиваю я.

— Как можно больше молодых и красивых победителей, — уточняет Хеймитч. — Так что нет. Мы останемся здесь.

Финник сразу направляется в госпиталь к Джоанне, а я еще несколько минут жду в коридоре Боггса. Теперь он мой командир, и увольнение я должна, очевидно, просить у него. Узнав, что я хочу сделать, Боггс выписывает мне пропуск, чтобы я во время анализа дня могла пойти в лес — при условии, что буду в поле зрения охранников. Быстро бегу в свою комнату. Вначале собираюсь использовать парашют, но с ним связано слишком много неприятных воспоминаний. Вместо этого иду через коридор в комнату мамы и Прим и беру один из белых ватных бинтов, что привезла из Двенадцатого. Квадратный. Крепкий. То, что нужно.

В лесу я нахожу сосну и нарываю горсть ароматных иголок. Кладу их на бинт и крепко завязываю концы прочным стеблем. Получается шарик размером с яблоко.

У двери палаты я останавливаюсь и пару секунд смотрю на Джоанну. Вся ее свирепость напускная. Сейчас она просто хрупкая девушка, вопреки снотворному изо всех сил старающаяся не закрывать широко посаженные глаза. Страшась снов. Я подхожу к ней и протягиваю узелок.

— Что это? — хрипло спрашивает она. Влажные волосы торчат надо лбом будто шипы.

— Это тебе. Сувенир. Чтоб было что положить в ящик. Понюхай его.

Джоанна осторожно подносит узелок к носу.

— Пахнет домом. — В ее глазах стоят слезы.

— Я так и задумывала. Ты же из Седьмого... Помнишь, когда мы встретились первый раз, ты была деревом. Недолго, правда.

Она вдруг крепко хватает меня за запястье.

— Ты должна убить его, Китнисс.

— Насчет этого можешь не беспокоиться. — Я борюсь с желанием выдернуть руку.

— Поклянись. Чем-нибудь, что тебе дорого.

— Клянусь. Своей жизнью.

— Жизнью твоей семьи, — настаивает Джоанна, все еще не отпуская мою руку.

— Клянусь жизнью моей семьи.

Видимо, со стороны моя забота о собственном выживании выглядит не слишком убедительно.

Джоанна отпускает меня, и я потираю запястье.

— Зачем еще, ты думаешь, я непременно хочу туда попасть, дурочка?

Она слабо улыбается моим словам.

— Просто мне надо было это услышать.

И, прижав к носу узелок с сосновыми иглами, закрывает глаза.

Оставшиеся дни пролетают незаметно. Утром короткая разминка, потом до вечера тренировка на стрельбище. В основном с винтовками и автоматами, но один час в день отдан работе со специальным оружием. Тогда я могу попрактиковаться с моим луком Сойки-пересмешницы, а Гейл со своей навороченной махиной. Трезубец, который Бити разработал для Финника, также имеет множество удивительных функций. Самое потрясающее, что он сам возвращается в руку, стоит Финнику нажать кнопку на своем браслете.

Иногда мы стреляем по чучелам в виде миротворцев, чтобы узнать слабые места в их экипировке. Изъяны в броне. Каждое точное попадание вознаграждается фонтаном фальшивой крови. Наши чучела покрыты ею сверху донизу.

Меткость у нас всех убийственная, что обнадеживает. Кроме меня с Финником и Гейлом, в отделении пять солдат из Тринадцатого. Джексон, заместительница Боггса, женщина средних лет, с виду кажется вялой, но попадает в мишени, которые остальные из нас без оптического прицела даже разглядеть не могут. Говорит, это из-за дальнозоркости. Потом еще две сестры лет двадцати с небольшим по фамилии Лиг — мы называем их Лиг Первая и Лиг Вторая, чтобы не путаться. Сначала я их вообще не различала, потом заметила в глазах Лиг Первой странные желтые пятнышки. И наконец Митчелл и Хоумс, совсем взрослые мужчины, оба неразговорчивые, зато с пятидесяти ярдов убьют муху, севшую тебе на ботинок. Однако судя по всему, остальные отделения от нас не отстают, и я не понимаю, почему именно наше считается особым. До тех пор, пока однажды утром не является Плутарх.

— Отделение 451, вам поручается специальная миссия, — начинает он.

Я закусываю губу в безумной надежде, что эта миссия — убить Сноу.

— У нас вдоволь стрелковых отделений, зато не хватает телевизионных. Поэтому мы специально отобрали вас восьмерых в так называемый «звездный отряд», который станет лицом нашего наступления.

Вот тебе и на. По отделению прокатывается волна разочарования, которое сменяется злостью.

— Вы хотите сказать — мы не будем участвовать в реальных боях? — резким тоном спрашивает Гейл.

— Вы будете участвовать в реальных сражениях, только, возможно, не всегда на передовой. Если в войне такого рода вообще есть передовая.

— Мы не хотим. — Гул голосов поддерживает Финника, но я молчу. — Мы будем сражаться.

— Вы будете делать то, что полезно для дела, — говорит Плутарх. — Решено, что сейчас вы больше всего полезны на экране телевизора. Посмотрите, какой эффект произвела Китнисс.

Полностью перевернула ситуацию. И заметьте — она единственная из вас не жалуется. Потому что понимает силу экрана.

Вообще-то Китнисс не жалуется потому, что собирается расстаться со «звездным отрядом» при первой возможности, только для этого ей вначале нужно добраться до Капитолия. Хотя, если совсем не жаловаться, это тоже может показаться подозрительным.

— Мы ведь не только притворяться будем, да? — спрашиваю я. — Не зря же мы столько тренировались.

— Не беспокойся. У вас будет достаточно реальных мишеней. Главное — не подставляйтесь сами. Мне некогда искать вам замену. Теперь отправляйтесь в Капитолий и сделайте отличное шоу.

Утром в день отправки я прощаюсь с семьей. Я не стала им говорить про капсулы и насколько это все напоминает арену. Достаточно того, что я ухожу на войну. Мама долго держит меня в объятиях. Ее щека мокрая от слез, как в тот раз, когда я отправлялась на Игры.

— Не волнуйся. Все будет в порядке. Я даже не настоящий солдат. Просто одна из марионеток Плутарха, — убеждаю я ее.

Прим провожает меня до дверей госпиталя.

— Как ты себя чувствуешь?

— Лучше, чем прошлый раз, — отвечаю я. — Теперь я знаю, что Сноу ничего тебе не сделает.

— Когда мы увидимся опять, он уже никому ничего не сможет сделать, — уверенно заявляет Прим и обвивает руками мою шею. — Будь осторожна.

Я думаю, не попрощаться ли с Питом, но прихожу к выводу, что от этого нам обоим будет только хуже. В карман мундира я кладу жемчужину. Подарок мальчика с хлебом.

Планолет доставляет нас в Двенадцатый. Именно там повстанцы развернули сборный пункт. На сей раз никаких роскошных поездов — обычный товарняк, до предела набитый солдатами в темно-серой форме. Спать приходится, положив голову на рюкзак. Через два дня пути мы высаживаемся в одном из горных туннелей, ведущих в Капитолий, и еще шесть часов идем пешком, стараясь ступать по светящейся зеленой линии, которой отмечен безопасный путь.

Нас размещают в военном лагере повстанцев, тянущемся на десять кварталов вглубь от вокзала, на который мы с Питом приезжали в Капитолий перед Играми. Всюду снуют солдаты. Нам выделяют место, чтобы разбить палатки.

Повстанцы отбили этот район больше недели назад, потеряв при этом сотни жизней. Миротворцы отступили и заняли позиции ближе к центру города. Нас разделяют пустые улицы. Манящие и смертельно опасные. Сплошь утыканные ловушками. Мы не сможем наступать раньше, чем их обезвредим.

Митчелл спрашивает о бомбардировках — на такой открытой местности чувствуешь себя неуютно. Боггс отвечает, что это не проблема. Большая часть капитолийских воздушных сил уничтожена во Втором. Если у Капитолия и осталась какая-то авиация, он не станет ею рисковать. Возможно, чтобы у Сноу и его приспешников была возможность смыться в президентский бункер, когда запахнет жареным. Мы так же не используем авиацию. С тех пор как противовоздушная оборона Капитолия уничтожила несколько наших планолетов, остальным было приказано возвращаться на базу.

Война будет происходить на улицах и, надеюсь, не потребует много жертв и разрушений. Повстанцам нужен Капитолий — точно так же, как Капитолию был нужен Тринадцатый.

Спустя три дня большая часть отделения 451 готова дезертировать от скуки. Крессида со своей командой снимает, как мы стреляем. Говорят, это часть плана по дезинформации противника. Если повстанцы станут уничтожать капсулы одну за другой, Капитолий в два счета поймет, что у нас есть голограмма. Поэтому мы стреляем по всякой ерунде, чтобы отвести подозрение. В основном по разноцветной стеклянной плитке на фасадах зданий. Подозреваю, потом кадры монтируют так, будто мы уничтожаем важные объекты. Время от времени требуются добровольцы для реальных боевых заданий. Всякий раз вверх взмывают все восемь рук, но Гейла, Финника и меня никогда не выбирают.

— Ты сам виноват, — говорю я Гейлу. — Чересчур фотогеничный.

Если бы взглядом можно было убить...

Похоже, лидеры сами толком не знают, что делать с нашей троицей, особенно со мной. Костюм

Сойки-пересмешницы я привезла с собой, однако пока меня снимают только в форме. Иногда просят пострелять из лука. Похоже, они не готовы совсем отказаться от Сойки-пересмешницы, но хотят низвести ее роль до рядового пехотинца. Лично меня это нисколько не волнует. Скорее забавляет. Представляю, какие споры сейчас ведутся в Тринадцатом.

Вслух я, как и все, вовсю возмущаюсь тем, что нам не дают настоящего дела, а втайне готовлюсь к осуществлению своего плана. У каждого из нас есть бумажная карта Капитолия. Территория города образует почти идеальный квадрат. Линии делят карту на квадраты поменьше, каждый из которых отмечен буквами и цифрами. Я тщательно изучаю карту, стараясь запомнить каждый перекресток и проулок, но это детская забава по сравнению с возможностями командиров. У каждого из них есть портативное устройство, так называемый голограф, которое воспроизводит такую же голограмму, как мы видели в штабе. Любой сектор можно увеличить и посмотреть, какие там есть ловушки. Голограф работает автономно — ни отправлять, ни получать информацию он не может. По сути это просто улучшенная карта, однако настоящий подарок по сравнению с моей бумажной версией.

Голограф активируется голосом командира, но, когда включен, реагирует также на голоса его подчиненных. Если Боггс, к примеру, будет убит или тяжело ранен, его прибором сможет воспользоваться кто-то другой. Стоит кому-нибудь в отделении три раза подряд повторить слово «морник», голограф взрывается, уничтожая все в радиусе пяти ярдов. Мера предосторожности на случай попадания в плен. Само собой разумеется, каждый из нас пойдет на это без колебаний.

Следовательно, мне необходимо украсть у Боггса активированный голограф и смыться прежде, чем тот заметит. Хотя думаю, легче украсть у него зубы изо рта.

На четвертый день, утром, солдат Лиг Вторая нарывается на неправильно маркированную капсулу. Вместо тучи мошек-переродков, к которым мы были готовы, капсула выстреливает металлическими дротиками. Один из них попадает Лиг в голову. Она умирает, прежде чем прибегают врачи. Плутарх обещает скорую замену.

Следующим вечером прибывает новый член нашего отделения. Без наручников. Без охраны. На плече болтается автомат. Все ошарашены и не верят своим глазам, но на руке Пита стоит свежий штамп. Номер 451. Боггс забирает у него оружие и уходит к телефону.

— Бесполезно, — говорит нам Пит. — Президент лично направила меня сюда. Она считает, это прибавит агитроликам остроты.

Пожалуй, что прибавит. Однако это значит кое-что еще. Койн считает, что от меня мертвой будет больше пользы, чем от живой.

Часть III

ПОКУШЕНИЕ

19

Никогда раньше не видела, чтобы Боггс злился. Ни когда игнорировала его приказы, ни когда меня стошнило на него, ни даже когда Гейл сломал ему нос. Однако после телефонного разговора с Койн — Боггс в ярости. Первым делом он приказывает солдату Джексон, своей заместительнице, приставить к Питу круглосуточную охрану из двух человек. Затем приглашает меня прогуляться. Мы долго идем между палаток, пока наш лагерь не остается далеко позади.

— Так или иначе, он все равно меня убьет, — говорю я. — Тем более здесь. Где столько всего напоминает ему о плохом.

— Я буду смотреть за ним в оба, — обещает мне Боггс.

— Почему Койн хочет моей смерти?
— Она это отрицает.
— Но мы же понимаем, что это так. Должны же у вас быть какие-то предположения.

Прежде чем ответить, Боггс смотрит на меня долгим внимательным взглядом.

— Я скажу, что знаю. Ты не нравишься Койн. С самого начала. Она хотела спасти с арены Пита, но никто ее не поддержал. После того как ты вынудила ее объявить амнистию другим победителям, стало еще хуже. И даже с этим она могла бы смириться, учитывая, как хорошо ты справилась со своей задачей.

— В чем же тогда дело?

— Война скоро закончится. И тогда будут назначены выборы, — говорит Боггс.

Я закатываю глаза.

— Боггс, кому придет в голову, что я стану новым президентом?

— Никому, — соглашается Боггс. — Но ты поддержишь одного из кандидатов. Кого? Президента Койн? Или кого-то другого?

— Не знаю. Никогда об этом не думала.

— Если ты задумываешься и не сразу отвечаешь «Койн», — ты представляешь угрозу. Ты — лицо освободительной войны. Ни у кого нет столько влияния, как у тебя, — поясняет Боггс. — И ты никогда особенно не скрывала своего отношения к Койн.

— Она убьет меня, чтобы закрыть мне рот. — Еще не договорив, я понимаю, что это правда.

— Ты больше не нужна ей в качестве символа. Слышала, как она сказала? Твоя главная цель — объединение дистриктов — выполнена. Агитролики теперь сгодятся и без твоего участия. Ты можешь подстегнуть повстанцев еще только одним способом.

— Умереть, — тихо говорю я.

— Да. Стать мучеником революции, во имя которого они будут сражаться. Но пока я за тобой приглядываю, этого не произойдет, солдат Эвердин. Я хочу, чтобы ты прожила долгую жизнь.

— Почему? — спрашиваю я. Очевидно, что это не принесет Боггсу ничего, кроме неприятностей. — Вы мне ничем не обязаны.

— Потому что ты это заслужила. А теперь возвращайся в отделение.

Я должна быть признательна Боггсу, но чувствую только расстройство. Как я теперь смогу украсть у него голограф и дезертировать? Обмануть доверие того, кто уже однажды спас мне жизнь?

Увидев, как виновник моей неразрешимой задачи преспокойно ставит палатку, я прихожу в бешенство.

— Когда моя очередь караулить? — спрашиваю у Джексон.

Она смотрит на меня с сомнением или, может быть, просто щурится, чтобы лучше видеть мое лицо.

— Я не ставила тебя в график.

— Почему?

— Не уверена, что ты сможешь выстрелить в Пита, если понадобится.

— Я буду стрелять не в Пита, — отвечаю я громко и четко, чтобы слышали все. — Пита больше нет. Джоанна права. Я пристрелю капитолийского перерóдка.

Слова легко слетают с языка. Мне хочется сказать о нем что-нибудь гадкое после всех унижений, которые я перенесла с тех пор, как он вернулся.

— Что ж, это замечание также не в твою пользу, — говорит Джексон.

— Включите ее в график, — слышу я Боггса у себя за спиной.

Джексон качает головой, но делает пометку в блокноте.

— С полуночи до четырех. В паре со мной.

Раздается сигнал к ужину, и мы с Гейлом становимся в очередь перед полевой кухней.

— Хочешь, чтобы я его убил? — без обиняков спрашивает он.

— Тогда нас точно отошлют обратно, — говорю я. Несмотря на мою ярость, жестокость Гейла меня пугает. — Я сумею с ним справиться.

— В смысле, пока не смоешься отсюда? С картой и голографом, если сумеешь раздобыть?

Значит, мои приготовления не ускользнули от Гейла. Надеюсь, для остальных они были не столь очевидны. Все-таки Гейл знает меня лучше всех.

— Ты же не сбежишь без меня, верно? — спрашивает Гейл.

Именно так я и собиралась поступить. Однако иметь с собой давнего напарника, который в случае чего прикроет тебе спину, кажется, не такая уж плохая идея.

— Как твой товарищ по оружию настоятельно рекомендую тебе оставаться со своим отделением. Но заставить я тебя не могу, верно?

Гейл усмехается.

— Это точно. Если, конечно, не хочешь, чтобы я поставил на уши всю армию.

Получив еду, отделение 451 вместе со съемочной группой усаживается в круг ужинать. Я чувствую некоторую натянутость и сначала думаю, что причина в Пите, однако к концу ужина замечаю все больше недружелюбных взглядов, направленных в мою сторону. Удивительно быстрая перемена. Когда Пит появился, всех волновало лишь то, насколько он опасен. Прежде всего, для меня. Но лишь звонок Хеймитча открывает мне глаза.

— Чего ты добиваешься? — напускается он на меня. — Хочешь его спровоцировать?

— Чепуха. Я хочу только, чтобы он оставил меня в покое!

— Он не может оставить тебя в покое! После того, что с ним сделали в Капитолии, — говорит Хеймитч. — Возможно, Койн послала его к вам, чтобы он тебя убил, но Пит этого не знает. Он не осознает, что с ним произошло. Ты не можешь винить его...

— Я и не виню!

— Нет, ты винишь! Ты снова и снова наказываешь его за то, что ему неподвластно. Да, ты должна быть с ним настороже. День и ночь не выпускать из рук оружия. Но попробуй представить себя на его месте. Что, если бы Капитолий взял тебя в плен, охморил, а потом прислал убить Пита? Думаешь, он вел бы себя так же, как ты сейчас?

Я молчу. Нет. Ни в коем случае Пит не стал бы себя так вести. Он любой ценой пытался бы вернуть меня прежнюю. Не поставил бы на мне крест, не бросил, не стал бы меня оскорблять.

— Ты и я, мы обещали друг другу спасти его. Помнишь? — спрашивает Хеймитч и, не дождавшись моего ответа, добавляет: — Вспомни и спасай.

Затем отключает связь.

Осенняя прохлада сменяется ледяным холодом. Почти все влезают на ночь в спальные мешки. Некоторые спят под открытым небом, у печи в центре лагеря, другие забираются в палатки. Лиг Первая, держащаяся днем, теперь дает волю слезам. Сквозь брезент слышны ее приглушенные рыдания.

Я лежу в палатке и раздумываю над словами Хеймитча. Стыдно осознавать, что за мыслями о мести Сноу я совсем забыла про гораздо более сложную проблему. Вытащить Пита из темного мира, куда его вверг охмор. Я не знаю, как отыскать в этом мире настоящего Пита, не говоря уже о том, как помочь ему выбраться оттуда. Не представляю даже, с чего начать. По сравнению с этим найти Сноу, пройдя напичканную ловушками арену, и пустить ему пулю в лоб кажется детской игрой.

В полночь вылезаю из палатки и сажусь на походный стул у печи, чтобы вместе с Джексон охранять Пита. Боггс приказал ему спать здесь, где он виден всему отделению. Но он и не спит. Сидит, высунув руки из спального мешка, и неловкими пальцами вяжет узлы на обрывке веревки. Я хорошо помню эту веревку. Финник дал мне ее той ночью в убежище. Кажется, будто Финник пытается сказать мне то же, что сказал Хеймитч, — я бросила Пита. И сейчас, возможно, самое подходящее время, чтобы попытаться это исправить. Надо что-то говорить, но мне ничего не приходит в голову. Поэтому я молчу. В ночной тишине слышно лишь дыхание солдат.

Примерно через час Пит произносит:

— Последние два года тебе, видно, пришлось нелегко. Все решала, убить меня или нет. Да или нет. Нет или да.

От такой несправедливости мне хочется вначале сказать что-нибудь язвительное, затем я вспоминаю разговор с Хеймитчем и делаю первый осторожный шаг в сторону Пита.

— Я никогда не хотела убивать тебя. Кроме того случая, когда думала, что ты помогаешь профи убить меня. Потом я всегда считала нас... союзниками.

Хорошее слово. Слегка отстраненное, но безопасное.

— Союзниками, — медленно повторяет Пит, будто пробуя слово на вкус. — Подруга. Возлюбленная. Победительница. Враг. Невеста. Мишень. Переродок. Соседка. Охотник. Трибут. Союзник. Список растет. Никак не могу понять, кто же ты на самом деле. — Пальцы Пита беспрерывно перебирают веревку. — Проблема в том, что я не могу отличить, где правда, а где вымысел.

Равномерного дыхания спящих больше не слышно. Остальные либо проснулись, либо и не засыпали. Я склоняюсь ко второму.

Из тени доносится голос Финника:

— А ты спрашивай, Пит. Энни так и делает.

— Спрашивать кого? — интересуется Пит. — Кому я могу доверять?

— Ну, для начала нам. Мы твое отделение, — включается Джексон.

— Вы мои надзиратели, — поправляет ее Пит.

— Отчасти, — соглашается она. — Но ты спас множество жизней в Тринадцатом. Мы этого не забудем.

В наступившей тишине я пытаюсь представить, что было бы, если бы я не могла отличить иллюзию от реальности. Не знала, любят ли меня Прим и мама. Действительно ли Сноу мой враг. А тот человек напротив — спас меня или предал. В одно мгновение моя жизнь превращается в кошмар. Мне вдруг отчаянно хочется рассказать Питу обо всем — кто он, кто я, как мы оказались здесь. Но я не знаю, с чего начать. Я не могу ему помочь. От меня нет никакого толку.

Незадолго до четырех Пит снова обращается ко мне:

— Твой любимый цвет... зеленый?

— Да. — Я думаю, как бы поддержать разговор. — А твой оранжевый.

— Оранжевый? — недоверчиво переспрашивает Пит.

— Не ярко-оранжевый. Нежный оттенок. Как закатное небо, — поясняю я. — По крайней мере, ты сам мне так сказал однажды.

— Хм. — Он на мгновение закрывает глаза, возможно, пытаясь представить такой закат, потом кивает. — Спасибо.

Однако следующие слова уже срываются с моих губ:

— Ты — художник. Ты — пекарь. Любишь спать с открытыми окнами. Никогда не кладешь сахар в чай. И ты всегда завязываешь шнурки двойным узлом.

Потом я бегу в свою палатку, прежде чем сделаю какую-нибудь глупость. Например, расплачусь.

Утром Гейл, Финник и я идем стрелять по стеклам домов. Для съемок. Когда мы возвращаемся, Пит сидит в кругу солдат из Тринадцатого, которые хотя и вооружены, но дружелюбно с ним беседуют. Чтобы помочь Питу, Джексон придумала игру «Правда или ложь». Пит говорит о чем-то, что, как он думает, произошло на самом деле, а остальные отвечают, так это или нет.

— Большинство жителей Двенадцатого сгорели при пожаре.

— Правда. В Тринадцатый спаслись меньше девятисот человек.

— В пожаре виноват я.

— Ложь. Президент Сноу уничтожил Двенадцатый, как в свое время Тринадцатый, чтобы устрашить повстанцев.

Поначалу это кажется удачным решением, потом я понимаю, что большую часть того, что тяготит Пита, смогу подтвердить или опровергнуть я одна. Джексон составляет график дежурства. Финника, Гейла и меня она объединяет с солдатами из Тринадцатого. Так у Пита всегда будет возможность поговорить с тем, кто давно его знает. Разговор идет с перерывами. Питу требуется много времени, чтобы переварить самые незначительные детали — например, где в нашем дистрикте люди покупали мыло. Гейл рассказывает о Двенадцатом; Финник знаток обеих Игр — на первых был ментором, а на вторых — трибутом. Труднее всего говорить о том, что связано со мной, хотя мы касаемся самых незначительных тем. Цвет моего платья в Седьмом. Сырные булочки, которые я обожаю. Имя нашего учителя математики. Каждое воспоминание обо мне требует от Пита мучительных усилий. Возможно, все это бесполезно после того, что с ним сделал Сноу. Но мы должны попытаться. Я чувствую, что так правильно.

На следующий день нам сообщают, что нужно снять сложный ролик, в котором будет задействовано все наше отделение. В одном Пит был прав: и Койн, и Плутарх недовольны тем, что «звездный отряд» произвел до сих пор. Скучно и неэффективно. А чего они хотели? Никакого настоящего дела, только дурака валяем с автоматами. Однако от нас требуются не оправдания, а результат. Поэтому сегодня для съемок выделили целый квартал. На его территории есть даже пара активных капсул. Одна запускает пулеметный огонь, другая набрасывает на врага сеть для последующего допроса или казни, в зависимости от предпочтений ловца. Никакого стратегического значения квартал, правда, не имеет — просто жилые дома.

Для пущего эффекта телевизионщики пустят дым и включат аудиозапись стрельбы. Мы все, включая операторов, надеваем тяжелое защитное обмундирование, будто в самом деле идем в самое пекло. Кроме автоматов, разрешено взять специальное оружие. Боггс даже возвращает Питу автомат, громко предупредив, что патроны в нем холостые.

Пит только пожимает плечами.

— Все равно стрелок из меня никакой.

Между тем Пит не отрываясь наблюдает за Поллуксом — так, что это уже начинает вызывать беспокойство. Наконец, будто разрешив мучавшую его загадку, возбужденно спрашивает:

— Ты безгласый, да? Я понял по тому, как ты глотаешь. Со мной в тюрьме было двое безгласых. Дарий и Лавиния. Стражники все время называли их рыжими. Они были нашими слугами в Тренировочном центре. Их замучили до смерти. Девушке повезло больше. Ей дали слишком высокое напряжение, и сердце не выдержало. Над парнем издевались несколько дней. Били, отрезали части тела. Задавали ему вопросы, но он не мог ответить, только мычал. Жуткие звуки. Ответы им были не нужны, понимаете? Они только хотели, чтобы я это видел.

Пит оглядывает наши потрясенные лица, будто ожидая чего-то. Так и не дождавшись, спрашивает:

— Правда или ложь? — Молчание еще больше выводит его из себя. — Правда или ложь?!

— Правда, — говорит Боггс. — По крайней мере, насколько я знаю... правда.

Возбуждение Пита улетучивается.

— Я так и думал. В этом не было ничего... блестящего. — Он отходит в сторону ото всех, бормоча что-то об ушах и пальцах.

Я подхожу к Гейлу, прижимаюсь лбом к его груди, покрытой бронежилетом. Чувствую, как меня обнимает его рука. Теперь мы знаем, как звали девушку, которую Капитолий на наших глазах схватил в лесу возле Двенадцатого. Знаем судьбу нашего друга-миротворца, заступившегося за Гейла. Они погибли из-за меня. Я добавляю их в свой личный список жертв, начатый на арене. Теперь в нем многие тысячи. Но когда я смотрю в лицо Гейла, я вижу, что он воспринял все это иначе. Он готов взорвать тысячи гор и разрушить сотни городов. Его взгляд сулит смерть.

Все еще под впечатлением от страшного рассказа Пита, мы идем по улицам, усыпанным битым стеклом, к нашей цели — кварталу, который нужно занять. Реальное, хотя малозначительное задание. Собираемся вокруг Боггса, чтобы изучить голографическую проекцию улицы. Капсула с пулеметным огнем находится в первой трети улицы над навесом одного из зданий. Вероятно, можно запустить ее при помощи выстрела. Капсула с сетью установлена в дальней части квартала, почти у самого перекрестка. Здесь нужен доброволец, который приведет в действие датчик движения. Вызываются все, кроме Пита, который, кажется, не совсем понимает, что происходит. Моя кандидатура отвергнута. Меня посылают к Мессалле, который накладывает мне макияж для крупных планов.

По команде Боггса отряд занимает позиции, после чего мы ждем, пока Крессида расставит операторов. Они слева от нас — впереди Кастор, чуть сзади Поллукс — и стоят так, чтобы не попадать в кадр. Мессалла подрывает пару дымовых шашек для создания соответствующей атмосферы. Так как это и боевое задание, и съемка одновременно, я уже собираюсь спросить, кто командует операцией, и тут Крессида рявкает: «Мотор!»

Мы идем по затуманенной улице — как на учениях в Квартале. Каждому нужно взорвать хотя бы одно окно, но настоящая цель только у Гейла. Когда он подбивает капсулу, мы ныряем в подъезды или прижимаемся к розовым и оранжевым камням мостовой, пока над головами свистят пули. Спустя некоторое время Боггс дает команду выдвигаться.

Не успеваем мы встать, как нас останавливает Крессида — ей нужно сделать несколько крупных планов. Мы по очереди повторяем наши действия — падаем на землю, морщимся, прячемся за укрытиями. Все понимают, что это серьезное дело, и все-таки каждый чувствует себя слегка по-дурацки — особенно когда выясняется, что в отряде есть актеры еще и похуже меня. Значительно хуже. Мы помираем со смеху, глядя на то, как Митчелл раздувает ноздри и скрипит зубами, изображая отчаяние, и Боггсу даже приходится нас отчитать.

— Включить мозг, отряд четыреста пятьдесят один, — строго говорит Боггс, но видно, что он тоже пытается скрыть улыбку. Бросив взгляд на следующую капсулу, он размещает голограф так, чтобы освещение было оптимальным, и делает шаг назад. При этом он наступает на оранжевую плитку — приводя в действие бомбу, взрыв которой отрывает Боггсу ноги.

20

Цветной витраж реальности разбивается вдребезги, открывая ужасный мир, находившийся за ним. Смех сменяется воплями, мостовую пастельных тонов заливает кровь, а спецэффекты, использованные для телесъемки, скрывает настоящий дым.

Второй взрыв как будто раскалывает на части сам воздух. В ушах звенит, но я не могу понять, где рвануло.

Добираюсь до Боггса, пытаюсь разглядеть что-нибудь в кровавом месиве, ищу, чем можно остановить кровь. Хоумс отталкивает меня, раскрывает аптечку. Боггс хватает меня за руку. У него серое лицо — покрытое пеплом лицо умирающего. Он угасает, но продолжает командовать:

— Голограф.

Голограф. Я бешено раскапываю груду липких от крови обломков, содрогаясь, когда натыкаюсь на кусочки еще теплой плоти. Голограф, как и сапог Боггса, застрял в шахте лестницы. Я достаю устройство, вытираю его ладонями и возвращаю командиру.

На культю, в которую превратилось левое бедро Боггса, Хоумс наложил какую-то давящую повязку — но она уже промокла насквозь. Сейчас он прилаживает жгут над коленом правой. Остальные бойцы заняли оборону вокруг нас и съемочной группы. Финник пытается оживить Мессаллу, которого взрывная волна впечатала в стену. Джексон орет в рацию, требует прислать медиков из лагеря, но я знаю: врачи не помогут. Еще в детстве, наблюдая за работой матери, я заметила — если лужа крови достигает определенного размера, человека уже не спасти.

Я встаю на колени рядом с Боггсом и готовлюсь сыграть ту же роль, что когда-то с Рутой и морфлингом из Шестого. Я буду держать Боггса за руку, пока он уходит. Но обе руки у него заняты: он работает на голографе — вводит какую-то команду, прижимает большой палец к экрану, чтобы провести идентификацию, называет пароль — последовательность букв и цифр. Экран вспыхивает зеленым, освещая лицо командира.

— Утратил способность командовать отрядом, — говорит Боггс. — Доступ ко всем секретным материалам передается солдату отряда 451 Китнисс Эвердин.

Из последних сил он поворачивает голограф в мою сторону.

— Назови свое имя.

— Китнисс Эвердин, — говорю я в поток зеленого света, и внезапно он окружает меня. Сканирует? Записывает? Ослепляет? Тут свет гаснет, и я трясу головой, чтобы прийти в себя. — Что ты сделал?

— Приготовиться к отступлению! — кричит Джексон.

Финник орет что-то в ответ, указывая туда, откуда мы пришли. Там, словно из гейзера, вылетает что-то черное и маслянистое, превращаясь в сплошную стену тьмы. Это вещество не жидкость и не газ, и оно не похоже ни на природное, ни на искусственное соединение. Ясно одно: эта штука смертельно опасна. Так что назад пути нет.

Грохот пальбы оглушает: Гейл и Лиг Первая выстрелами прокладывают дорогу. Смысл их действий до меня доходит, только когда в десяти ярдах от нас взрывается еще одна бомба: это примитивный поиск мин. Мы с Хоумсом хватаем Боггса и бежим за Гейлом. Командир кричит от боли, и я хочу остановиться, придумать что-нибудь, но тьма раздувается над нами, накатывает, словно волна.

Кто-то рывком тянет меня назад; я отпускаю Боггса и падаю. Пустые, безумные глаза: Пит. Он замахивается прикладом, чтобы размозжить мне череп. Я откатываюсь в сторону, слышу, как приклад врезается в мостовую, краем глаза замечаю, что Митчелл сбивает Пита с ног. Пит, которому безумие только придало сил, поджимает ноги и лягает Митчелла в живот, отбрасывая на несколько ярдов.

Ловушка, приведенная в действие, громко трещит. Четыре троса, закрепленные на зданиях, поднимаются над грудой обломков; тащат сеть, в которую попадает Митчелл. Внезапно его тело заливает кровь, и мы замечаем, что проволока, из которой сделана сеть, покрыта крошечными колючками. Я сразу узнаю ее — такая же проволока украшала ограждение Двенадцатого дистрикта. Я кричу, чтобы он не двигался, и вдруг на меня накатывает тошнота от плотной, невыносимой вони, похожей на запах гудрона. Волна тьмы поднялась до максимальной высоты и теперь падает на нас.

Расстреляв замок на двери ближайшего здания, Гейл и Лиг Первая открывают огонь по тросам, на которых висит сетка. Остальные держат Пита. Я бросаюсь к Боггсу, и мы с Хоумсом затаскиваем его в дом, проносим по чьей-то гостиной, обитой белым и розовым бархатом, по коридору, увешанному семейными фотографиями, и падаем без сил на мраморном полу кухни. Кастор и Поллукс заносят извивающегося Пита. Джексон удается надеть на него наручники, но от этого он приходит в еще большую ярость, и нам приходится запереть его в шкафу.

Хлопает дверь гостиной, кричат люди. Топот ног в коридоре. Мимо дома проносится черная волна. Трещат и ломаются окна. Вонь заполняет каждый уголок. Финник вносит Мессаллу; за ним, спотыкаясь и кашляя, входят Лиг Первая и Крессида.

— Гейл! — кричу я.

Он захлопывает за собою дверь и, задыхаясь, выжимает из себя только одно слово:

— Газ!

Кастор с Поллуксом затыкают щели полотенцами, а Гейл блюет в ярко-желтую раковину.

— Митчелл? — спрашивает Хоумс.

Лиг Первая качает головой.

Боггс сует мне в руки голограф и что-то говорит, но ничего не слышно. Я склоняюсь к Боггсу и слышу хриплый шепот:

— Не доверяй им. Не возвращайся. Убей Пита. Сделай то, ради чего ты сюда пришла.

Я отстраняюсь, чтобы заглянуть в глаза командира.

— Что? Боггс? Боггс?

Его глаза открыты, но он уже мертв. Кровь Боггса приклеила голограф к моей ладони.

Пит колотит ногами в дверь шкафа, однако его силы явно на исходе. Темп ударов замедляется, и наконец наступает тишина. Может, Пит тоже умер?

— Его больше нет? — спрашивает Финник, глядя на Боггса.

Я киваю.

— Уходим отсюда. Немедленно. Мы только что активировали целую улицу капсул, и, наверное, нас засекли камеры наблюдений.

— Тут уж можешь быть спокоен, — отвечает Кастор. — На каждой улице есть камеры, так что волну включили, как только мы приступили к съемкам ролика.

— Радио вырубилось почти сразу — похоже, враг применил электромагнитную бомбу. Ничего, я выведу нас к лагерю. Давай голограф, — Джексон тянется к прибору, но я прижимаю его к груди.

— Нет, Боггс отдал его мне.

— Не тупи! — рявкает она. После смерти Боггса она стала старшей по званию и, естественно, считает, что устройство должно достаться ей.

— Все верно, — замечает Хоумс, — перед смертью Боггс дал Китнисс доступ ко всем секретным материалам. Я сам это видел.

— Почему он это сделал? — Джексон не верит своим ушам.

Действительно, почему? Я вспоминаю события последних пяти минут, и мое сознание не может вместить в себя все эти ужасы — искалеченного, умирающего Боггса, безумную ярость Пита, мерзкую черную волну, проглатывающую окровавленного Митчелла. Я поворачиваюсь к Боггсу; ах, как он нужен мне сейчас! Внезапно становится ясно, что он — и возможно, он один — был на моей стороне. И больше никто. Я вспоминаю его последний приказ...

«Не доверяй им. Не возвращайся. Убей Пита. Сделай то, ради чего ты сюда пришла».

Что он имел в виду? Кому не доверять — мятежникам, Койн, людям, которые смотрят на меня прямо сейчас? Я не вернусь, но он должен был знать, что я не могу всадить пулю в голову Пита. Или могу? И должна ли? Неужели Боггс догадался, что на самом деле я хочу сбежать и лично убить Сноу?

Сейчас мне некогда разбираться, поэтому я концентрирую внимание на двух первых приказах — никому не доверять и двигаться в глубь территории Капитолия. Но как это объяснить? Как сделать, чтобы голограф остался у меня?

— Потому что я выполняю особое задание президента Койн. О нем знал только Боггс.

Джексон мои слова нисколько не убеждают.

— Какое еще задание?

Может, сказать правду? Вряд ли мне удастся придумать что-то более убедительное. Но нужно сделать так, чтобы в моих словах не было даже намека на месть.

— Убить президента Сноу — до того, как наши потери лишат нас возможности вести войну.

— Я тебе не верю, — говорит Джексон. — И, как старшая по званию, приказываю передать доступ к секретным материалам мне.

— Нет, — отвечаю я. — Это будет прямым нарушением приказа президента.

Половина отряда берет на мушку меня, другая половина — Джексон. Сейчас кто-то умрет. И вдруг слово берет Крессида.

— Это правда. Именно для этого нас и прислали сюда. Плутарх считает так: если нам удастся снять, как Сойка убивает Сноу, война закончится.

Джексон на минуту задумывается. Потом наводит ствол на дверь шкафа.

— А он тогда почему здесь?

Я не могу убедительно объяснить, зачем Койн отправила на такое важное задание парня с неустойчивой психикой, который к тому же запрограммирован меня убить. Джексон пробила огромную брешь в моих аргументах. Это конец. И снова на выручку приходит Крессида.

— Два интервью с Цезарем Фликерменом сняты в личных апартаментах президента Сноу. Плутарх считает, что Пит может провести нас туда.

Мне хочется спросить у Крессиды, почему она меня прикрывает, почему убеждает всех в моей правоте. Однако сейчас не время.

— Нужно уходить отсюда! — говорит Гейл. — Я с Китнисс. Если не хотите идти с ней, возвращайтесь в лагерь — но здесь нам оставаться нельзя!

Хоумс отпирает шкаф и вскидывает на плечо потерявшего сознание Пита.

— Готово.

— Боггс? — спрашивает Лиг Первая.

— Мы не сможем его взять. Он бы нас понял. — Финник вешает на плечо оружие Боггса. — Веди нас, солдат Эвердин.

Я не знаю, как и куда нужно вести, и поэтому с надеждой смотрю на голограф. Он включен, но толку от него немного. Времени разбираться с прибором нет. Я поворачиваюсь к Джексон.

— Я не знаю, как он работает. Боггс сказал, что ты мне поможешь, что я могу рассчитывать на тебя.

Нахмурясь, Джексон выхватывает у меня голограф и вводит какую-то команду. На экране появляется перекресток. Если выйдем через черный ход, попадем в небольшой дворик, за которым находится еще один жилой комплекс. Это план четырех улиц, которые образуют этот перекресток.

Пытаясь сориентироваться, я пялюсь на экран; на нем мигает множество символов, обозначающих капсулы — причем только те, о которых знает Плутарх. Голограф ничего не сообщил ни о минах, ни о черном гейзере, ни о сетке из колючей проволоки. Кроме того, здесь могут быть миротворцы, с которыми нужно разбираться, — ведь они теперь знают, где мы. Я прикусываю губу и понимаю, что все взоры направлены на меня.

— Надевайте маски. Возвращаемся тем же путем, каким пришли.

Тут же начинаются возражения. Я повышаю голос.

— Если волна действительно оказалась мощной, то, наверное, она активировала другие капсулы на нашем маршруте.

Все задумываются. Поллукс начинает быстро жестикулировать.

— Возможно, волна вывела из строя и камеры тоже, — переводит Кастор. — Залепила объективы.

Поставив ногу на стол, Гейл смотрит на прилипшее к сапогу черное вещество, затем соскребает его кухонным ножом.

— Оно не едкое. Наверное, оно должно было отравить нас или вызвать удушье.

— Это наш шанс, — говорит Лиг Первая.

Все достают маски. Финник надевает одну из них на Пита. Крессида и Лиг Первая берут под руки Мессаллу, который едва держится на ногах.

Я жду, когда кто-нибудь пойдет вперед, потом вспоминаю, что теперь это моя работа, и распахиваю дверь кухни — противник не обнаружен. На полу в коридоре слой черного вещества толщиной в полдюйма — оно натекло из гостиной. Я осторожно тыкаю носком сапога и обнаруживаю, что оно похоже на гель. Поднимаю ногу: вещество немного растягивается, затем возвращается в исходное положение. Я делаю три шага и оглядываюсь: никаких следов. Первая хорошая новость за целый день. В центре гостиной слой геля немного толще. Я открываю входную дверь, ожидая, что на меня хлынет огромная волна вещества, но гель держит форму.

Впечатление такое, будто розово-оранжевый квартал недавно покрасили блестящей черной краской. Мостовая, здания, даже крыши — все покрыто гелем. Над улицей свисает огромная капля, в очертаниях которой угадываются два силуэта — ствол оружия и рука. Митчелл. Я смотрю на него до тех пор, пока из дома не выходит вся группа.

— Если кто-нибудь хочет вернуться, сейчас самое время, — говорю я. — Ни о чем спрашивать не буду и зла держать — тоже.

Отступать, похоже, никто не хочет; я понимаю, что времени у нас мало, и поэтому сразу беру курс на Капитолий. Слой геля здесь толще, дюймов четыре-шесть, и при каждом шаге он чавкает. Однако следов на нем все же не остается.

Волна была такой мощной, что накрыла несколько кварталов. И хотя я иду осторожно, мне кажется, что я не ошиблась насчет других капсул. Один квартал усыпан золотистыми телами ос-убийц. Видимо, они вылетели из ловушки и сразу же погибли от ядовитого газа. Чуть дальше обрушился целый жилой дом, и теперь его обломки лежат под слоем черного геля. Рядом с перекрестком я жестом приказываю всем остановиться, перебегаю на другую сторону улицы и осматриваюсь. Однако никакие повстанцы не смогли бы обезвредить капсулы так же эффективно, как это сделала волна.

На пятом перекрестке я чувствую, что здесь волна ослабела: слой геля стал меньше дюйма, и уже видны голубые крыши соседнего квартала. Солнце село, и поэтому нам нужно немедленно найти укрытие и разработать план действий. Я выбираю дом в центре квартала. Хоумс вскрывает замок. Я приказываю всем зайти внутрь, а сама еще минуту стою на улице, смотрю, как гель затягивает наши следы. Гейл осматривает окна — они, похоже, не повреждены — и снимает маску.

— Все нормально. Запах есть, но не сильный.

Дом устроен точно так же, как и первый. Окна, выходящие на улицу, покрыты черным гелем, на кухне через жалюзи пробивается свет. Дальше по коридору две спальни с ваннами. Из гостиной винтовая лестница ведет в большую комнату, занимающую почти весь второй этаж. Окон наверху нет, зато горят лампы — вероятно, хозяева эвакуировались в спешке. На стене огромный телеэкран — изображения на нем нет, но он мягко светится. Мы садимся на мягкие кресла и диваны и пытаемся отдышаться.

Хоумс кладет Пита на синий диван. Пит в наручниках и все еще без сознания, однако Джексон по-прежнему держит его на мушке. Черт, что же мне с ним делать? А со съемочной группой? И, в общем, со всеми, кроме Гейла и Финника? С этими двумя охотиться на Сноу было бы гораздо проще. Впрочем, даже если мне удастся воспользоваться голографом, имею ли я право обманом вести десять человек в Капитолий? Как быть? Отправить их обратно? Или это слишком рискованно — и для них, и для меня? Надо ли было слушать Боггса? Что, если перед смертью у него помрачился рассудок? Может, признаться во всем? Но тогда командование отрядом перейдет к Джексон, и мы вернемся в лагерь — где мне придется держать ответ перед Койн.

При мысли о том, какую кашу я заварила, мозг начинает плавиться, и тут где-то вдали раздаются взрывы. Дом содрогается.

— Это далеко от нас, четыре-пять кварталов, не меньше — успокаивает нас Джексон.

— Там, где остался Боггс, — замечает Лиг Первая.

Телевизор никто не трогал, однако внезапно он оживает и принимается пронзительно пищать. Мы вскакиваем.

— Все нормально! — кричит Крессида. — Это просто сообщение, которое передается в чрезвычайных ситуациях. Все телевизоры Капитолия транслируют его автоматически.

На экране появляемся мы — сразу после того, как Боггс подорвался на мине. Голос за кадром комментирует наши действия — то, как мы пытаемся перегруппироваться, как реагируем на появление черного геля, как теряем контроль над ситуацией. Передача продолжается до тех пор, пока волна не заливает камеры. Последнее, что мы видим, — Гейл, стреляющий по тросам, которые удерживают сетку с Митчеллом.

Репортер называет нас по именам — Гейла, Финника, Боггса, Пита, Крессиду и меня.

— Мы не видим съемок с воздуха. Наверное, Боггс был прав насчет планолетов, — говорит Кастор.

Я этого даже не заметила, а вот он, телеоператор, сразу обратил внимание.

Далее репортаж ведется из дворика за домом, в котором мы укрылись. Миротворцы занимают позиции на крыше дома напротив нашего бывшего убежища. Начинается стрельба, слышны взрывы, и здание рушится, превращаясь в груду обломков.

Включается прямой эфир: журналистка стоит на крыше вместе с миротворцами. За ними горит дом, пожарные тушат пламя из брандспойтов. Нас объявляют убитыми.

— Наконец-то хоть немного повезло, — замечает Хоумс.

И он прав — ведь иначе нам пришлось бы уходить от преследования. Однако меня не оставляет мысль о том, какую реакцию этот ролик вызовет в Тринадцатом. Мама, Прим, Хейзел с ребятами, Энни, Хеймитч и многие другие решат, что мы умерли.

— Мой отец... Он недавно потерял одну дочь, а теперь... — Лиг Первая умолкает на полуслове.

Ролик повторяют снова и снова. Капитолийцы наслаждаются победой — и особенно они довольны тем, что убили меня. Затем начинается монтаж, посвященный карьере Сойки, — он такой отполированный, что, похоже, был подготовлен заранее. Опять возобновляется прямой эфир: двое журналистов обсуждают мою вполне заслуженную смерть. Позднее, говорят они, Сноу выступит с официальным заявлением. Экран гаснет.

Повстанцы не делают попыток прервать трансляцию, и я прихожу к выводу, что в достоверности информации они не сомневаются, — а значит, помощи нам ждать неоткуда.

— Ну, ладно, мы мертвы. И что теперь? — спрашивает Гейл.

— Это же очевидно. — Никто даже и не заметил, как Пит пришел в себя. Не знаю, сколько он увидел, — но, судя по гримасе боли, Пит знает, что произошло на улице. Знает, как сошел с ума, как пытался проломить мне голову, как бросил Митчелла в капсулу. Превозмогая боль, Пит садится на диване и поворачивается к Гейлу.

— Теперь мы должны... убить меня.

21

За последний час это уже второе предложение убить Пита.

— Не смеши меня, — говорит Джексон.

— Но я же убил одного из наших! — кричит Пит.

— Ты оттолкнул его. О том, что он активирует сеть именно в той точке, ты знать не мог, — успокаивает Пита Финник.

— Какая разница — он же погиб, верно? — По лицу Пита текут слезы. — Я не знал. Никогда не видел себя в таком состоянии. Китнисс права: я монстр, переродок. Я — тот, кого Сноу превратил в свое оружие!

— Это не твоя вина, Пит, — отвечает Финник.

— Мне нельзя идти с вами — рано или поздно я еще кого-нибудь убью. — Пит оглядывает нас; мы в замешательстве. — Возможно, вам кажется, что лучше меня где-нибудь бросить. Но ведь это все равно что выдать меня капитолийцам. По-вашему, вы оказываете мне услугу, отправляя обратно к Сноу?

Пит опять в руках Сноу, который будет пытать его до тех пор, пока окончательно не уничтожит.

Почему-то в моей голове начинает звучать последний куплет «Дерева висельника» — тот, где герой хочет, чтобы его возлюбленная умерла и покинула этот мир, полный зла.

В полночь, в полночь приходи
К дубу у реки.
И надень на шею ожерелье из пеньки.
Странные вещи случаются порой,
Не грусти, мы в полночь встретимся
с тобой?

— Если такая угроза возникнет, я сам убью тебя, — говорит Гейл. — Даю слово.

Пит колеблется, словно прикидывает, можно ли Гейлу доверять. Затем качает головой.

— Не пойдет. А если тебя не будет рядом? Нет, мне нужна таблетка с ядом — такая, как у вас.

Морник. Одна таблетка есть в лагере, в особом кармашке моего костюма Сойки. Еще одна лежит в нагрудном кармане моей формы. Интересно, почему Питу такую таблетку не дали? Возможно, Койн решила, что он может покончить с собой раньше, чем убьет меня. Пока не ясно, хочет ли

Пит убить себя сейчас или только в том случае, если капитолийцы снова возьмут его в плен. Если учесть, в каком он сейчас состоянии, то, скорее, первое. Для нас так будет лучше — не придется в него стрелять; и, естественно, можно будет не бояться, что он кого-нибудь убьет.

Не знаю, капсулы ли во всем виноваты, страх или смерть Боггса, только мне кажется, словно я на арене — более того, словно я ее и не покидала. Я снова веду борьбу не только за свою жизнь, но и за жизнь Пита. Вот бы Сноу порадовался, если бы Пита убила я — если бы эта смерть мучила меня до конца жизни, пусть и недолгой.

— Дело не в тебе, — говорю я. — У нас задание, и ты нам нужен. — Я оглядываю остальных. — Как, по-вашему, здесь можно найти еду?

Если не считать аптечки и телекамер, у нас с собой только форма и оружие.

Половина отряда остается присматривать за Питом и следить за выступлением Сноу, если оно начнется, остальные идут на поиски еды. Больше всего пользы от Мессаллы: его дом был практически точной копией этого, и поэтому все укромные места Мессалле хорошо известны. Например, он знает, что за зеркальной панелью в спальне есть ниша и что вентиляционная решетка в коридоре легко вынимается. Поэтому, хотя кухонные шкафы пусты, мы находим более тридцати банок с консервами и несколько коробок с печеньем.

Солдаты, выросшие в Тринадцатом дистрикте, взирают на обнаруженные припасы с негодованием.

— Разве это не противозаконно — копить еду? — спрашивает Лиг Первая.

— Напротив, все умные жители Капитолия только так и делают, — отвечает Мессалла. — Люди начали делать запасы продовольствия еще до Квартальной бойни.

— Пока другие голодали.

— Точно. Именно так здесь и поступают.

— К счастью для нас, иначе мы бы остались без ужина, — замечает Гейл. — Пусть каждый возьмет себе по банке.

Кое-кому не нравится эта затея, но данный метод не хуже любого другого. У меня нет никакого желания делить все на одиннадцать человек с учетом возраста, массы тела и физической нагрузки. Я копаюсь в куче банок и уже думаю взять суп из трески, как вдруг Пит протягивает мне жестянку.

— Держи.

Я беру банку, не зная, что и ожидать. На этикетке написано «Рагу из баранины».

Я причмокиваю, вспоминая дождь, сочащийся сквозь камни, мои неуклюжие попытки флиртовать и запах моего любимого капитолийского блюда в холодном воздухе. Значит, какие-то воспоминания об этом остались и у Пита. Какими счастливыми, какими голодными мы были, когда у входа в нашу пещеру появилась корзинка для пикников. Как мы были близки!

— Спасибо. — Я открываю банку. — Здесь даже чернослив есть.

Я сгибаю крышку, превращая ее в самодельную ложку, и зачерпываю немного рагу. Теперь об арене мне напоминает и вкус.

Когда мы пускаем по кругу коробку печенья с кремом, телевизор снова начинает пищать. На экране возникает эмблема Панема; она остается там, пока играет гимн. А затем появляются изображения мертвых — так раньше показывали трибутов на арене. Сначала лица участников съемочной группы, затем Боггс, Гейл, Финник, Пит и я. Если не считать Боггса, солдат Тринадцатого дистрикта камера не показывает — либо потому, что телевизионщики их не знают, либо думают, что эти солдаты неизвестны зрителям. Затем появляется сам президент; он сидит за столом, на фоне флага, в петлице — белая роза. Видимо, в последнее время над ним еще раз поработали, ведь губы выглядят даже более пухлыми, чем обычно. И, кроме того, его стилисты явно перестарались, накладывая румяна.

Сноу поздравляет миротворцев с успешным завершением операции и благодарит за избавление страны от опасного врага по имени Сойка-пересмешница. Он пророчит, что моя смерть изменит ход войны, ведь теперь у мятежников не осталось лидера. Да и кто я, в сущности, такая? Бедная, психически неуравновешенная девочка, немного умевшая стрелять из лука. Не великий мыслитель, не стратег, а просто смазливая оборванка, которую выбрали потому, что я привлекла внимание экстравагантным поведением в ходе Игр. Однако мятежники сильно, очень сильно нуждались во мне, потому что настоящего предводителя у них нет.

Где-то в Тринадцатом дистрикте Бити нажал на кнопку: теперь на нас смотрит не президент Сноу, а президент Койн. Она представляется жителям Панема, говорит, что она — лидер повстанцев, а затем читает панегирик мне. Слава девушке, которая выжила в Шлаке и на Голодных играх, а затем превратила страну рабов в армию бойцов за свободу. «Живая или мертвая, Китнисс Эвердин остается символом восстания. Если вас охватит сомнение, вспомните Сойку-пересмешницу, и она придаст вам сил, чтобы вы смогли освободить Панем от угнетателей».

— Кто бы мог подумать, что для нее я так много значила, — говорю я. Гейл смеется. Остальные бросают на меня недоуменные взгляды.

На экране возникает мое сильно приукрашенное изображение: я, прекрасная и яростная, на фоне пламени. Никаких слов, никаких лозунгов. Теперь им нужно только мое лицо.

Бити отпускает поводья, и в эфир снова выходит Сноу — он явно с трудом держит себя в руках. У меня такое чувство, что повстанцы подключились к каналу экстренной связи, который президент считал неуязвимым, — и за это кто-то из приближенных Сноу сегодня умрет.

— Завтра утром мы извлечем тело Китнисс Эвердин из-под обломков и увидим, что Сойка — просто мертвая девушка, которая не могла спасти даже саму себя.

Эмблема Панема, гимн, конец эфира.

— Вот только вы ее не найдете, — говорит Финник, обращаясь к погасшему экрану и высказывая то, что, наверное, думаем мы все. Фора будет небольшой. Как только они разберут завал и обнаружат на одиннадцать трупов меньше запланированного, то поймут, что мы сбежали.

— По крайней мере, мы сможем немного от них оторваться, — отзываюсь я, и вдруг на меня накатывает страшная усталость. Хочется только одного — лечь на зеленый диван, стоящий неподалеку, и заснуть. Вместо этого я достаю голограф и заставляю Джексон еще раз познакомить меня с простейшими командами — которые, в общем, заключаются в наборе координат. Число капсул значительно увеличилось, а значит, мы приближаемся к стратегически важным целям. Вряд ли нам удастся идти навстречу этому созвездию мигающих точек так, чтобы нас не обнаружили. Но если мы этого не сделаем, значит, мы в ловушке, словно птицы в силке. Я решаю, что мне не стоит говорить с бойцами приказным тоном — особенно сейчас, когда мои глаза все чаще посматривают в сторону зеленого дивана. Поэтому я спрашиваю:

— Идеи есть?

— Может, будем действовать методом исключения? — спрашивает Финник. — По улице идти нельзя.

— Крыши ничем не лучше улиц, — откликается Лиг Первая.

— Возможно, мы еще можем отступить, вернуться тем же путем, каким пришли, — замечает Хоумс. — Но это значит провалить задание.

Внезапно на меня накатывает чувство вины, ведь «задание» я придумала.

— Никто не рассчитывал на то, что вы все составите мне компанию. Просто вам не повезло оказаться в одном отряде со мной.

— Ну, сделанного не воротишь, так что и обсуждать нечего, — говорит Джексон. — Ну что, сидеть здесь нельзя, идти наверх или вбок — тоже. Получается, путь один.

— Под землю, — догадывается Гейл.

Под землю. Ненавижу подземелья — шахты, тоннели и Тринадцатый дистрикт. Я с ужасом думаю о том, что могу умереть там, хотя это глупо — ведь если я умру на поверхности, меня непременно закопают в землю.

Голограф показывает и те капсулы, которые находятся под землей. Когда мы спускаемся, я вижу, что четкие, надежные линии улиц переплетаются с беспорядочным, запутанным клубком тоннелей. Правда, и капсул здесь меньше.

Двумя этажами ниже находится вертикальная труба, соединяющая наш дом с тоннелями. Чтобы добраться до нее, придется лезть по узкой вентиляционной шахте, которая проходит по всему зданию. В шахту можно попасть через кладовую на верхнем этаже.

— Ну ладно. Давайте сделаем так, как будто нас здесь не было, — говорю я.

Мы уничтожаем следы нашего пребывания — выбрасываем в мусоропровод пустые жестянки, прячем полные в вещмешки, переворачиваем подушки диванов, залитые кровью, вытираем следы геля с пола. Замок на входной двери ремонту не подлежит, но мы запираем дверь на задвижку, чтобы она хотя бы не открылась от первого прикосновения.

Наконец остается только разобраться с Питом, который улегся на синем диване и отказывается вставать.

— Никуда я не пойду. Я либо выдам вас, либо на кого-нибудь нападу.

— Тебя найдут люди Сноу, — говорит Финник.

— Тогда оставьте мне капсулу с ядом. Я приму ее только в крайнем случае, — отвечает Пит.

— Это не вариант. Пойдешь с нами! — рявкает Джексон.

— А если нет, тогда что? Вы меня застрелите?

— Мы тебя вырубим и потащим силой, — говорит Хоумс. — А это отнимет время и сделает нас более уязвимыми.

— Хватит играть в благородство! Я не боюсь смерти! — Он умоляюще смотрит на меня. — Китнисс, прошу тебя. Неужели ты не видишь, что я не хочу в этом участвовать?

Проблема в том, что я действительно это вижу. Может, отпустить его — дать таблетку, нажать на спусковой крючок? Что сильнее — любовь к Питу или желание победить Сноу? Неужели я сделала Пита пешкой в моих личных Играх? Это отвратительно, но я не уверена, что это ниже моего достоинства. Возможно, мне следовало бы проявить милосердие и немедленно убить Пита — да только все дело в том, что мною движет не милосердие.

— Мы зря теряем время. Пойдешь добровольно или тебя нужно вырубить?

На пару секунд Пит закрывает лицо руками, затем встает.

— Снять с него наручники? — спрашивает Лиг Первая.

— Нет! — рычит Пит, прижимая их к груди.

— Нет, — эхом отзываюсь я. — Отдайте мне ключ.

Джексон без возражений передает мне ключ, и я кладу его в карман штанов. Он звякает, стукнувшись о жемчужину.

Хоумс вскрывает маленькую металлическую дверь вентиляционной шахты, и мы сталкиваемся с еще одной проблемой: для «жуков» в панцирях шахта слишком узка. Кастор и Поллукс снимают броню и отсоединяют запасные камеры, каждая из которых размером с коробку для обуви. Мессалла не может придумать, что делать с панцирями, и в конце концов мы просто бросаем их в кладовой. Мне не нравится, что за нами остается такой след, ну а что тут поделаешь?

Даже двигаясь гуськом, боком, сдвинув все наше снаряжение на одну сторону, мы все равно с трудом протискиваемся в шахте. Минуем первую квартиру и вламываемся во вторую. Здесь, в одной из спален есть дверь в подсобку. В подсобке — вход в трубу.

Увидев круглую крышку, Мессалла хмурится, на мгновение возвращаясь в прошлую жизнь.

— Вот почему никто не любит квартиры в центре дома. Целый день туда-сюда шастают рабочие, и ванная здесь только одна. Правда, квартплата значительно ниже. — Заметив удивление на лице Финника, Мессалла добавляет: — Не важно. Проехали.

Крышка снимается просто, а широкая лестница с покрытыми резиной ступеньками позволяет быстро и легко спуститься в нутро города. Мы собираемся у ее подножия, и ждем, пока наши глаза привыкнут к полумраку, который почти не рассеивают ряды тусклых лампочек. Воздух пахнет химикатами, плесенью и фекалиями.

Поллукс, бледный и потный, хватает Кастора за руку, словно готов в любой момент упасть.

— Прежде чем стать безгласым, мой брат работал здесь, — говорит Кастор.

Ну конечно. А кого еще капитолийцы отправили бы в эти затхлые, вонючие тоннели, полные мин-капсул?

— Прошло пять лет, прежде чем мы накопили деньги и подкупили чиновников, чтобы его перевели на поверхность. За эти годы он ни разу не видел солнца.

В более благоприятной обстановке, в другой жизни, в которой меньше опасностей и больше отдыха, кто-нибудь непременно понял бы, что нужно сказать, мы же просто долго стоим, пытаясь подобрать подходящий ответ.

Наконец Пит поворачивается к Поллуксу.

— Значит, ты только что превратился в наше самое главное сокровище.

Кастор смеется, и даже Поллуксу удается выдавить из себя улыбку.

Мы прошли половину первого тоннеля, и я вдруг понимаю, чем примечателен этот разговор: Пит снова похож на себя, на человека, который в любой момент может найти подходящие слова. Он может иронизировать, подбадривать, даже шутить — но никогда не смеется над другими людьми. Я бросаю взгляд назад: Пит, глядя в землю и сгорбившись, ковыляет вперед в окружении своих конвоиров, Гейла и Джексон. Он выглядит таким подавленным. Однако на минуту он и впрямь стал прежним.

Пит оказался прав: Поллукс ценнее десяти голографов. Под землей есть простая сеть широких тоннелей, которая совпадает с планом города: тоннели проходят под всеми главными улицами. Она называется Перевоз, ведь по ней грузовики перевозят товары по всему городу. Днем ее многочисленные капсулы отключены, а ночью она превращается в минное поле. Сотни дополнительных тоннелей, служебных шахт, железнодорожных путей и канализационных труб образуют многоуровневый лабиринт. Новичок здесь бы долго не протянул, но Поллукс знает все — в каком коридоре нужно надеть противогазы, где протянуты провода высокого напряжения, а где водятся крысы размером с бобра. Он предупреждает нас, когда периодически по канализации текут потоки воды, угадывает время, когда меняются смены безгласых, ведет нас по затхлым, неприметным трубам, обходя стороной железнодорожные пути, по которым время от времени почти бесшумно проносятся грузовые поезда. И, что самое главное, он все знает про камеры. Здесь, если не считать Перевоза, их мало, но мы все равно стараемся держаться от них подальше.

Под предводительством Поллукса мы движемся с неплохой — нет, удивительной — скоростью, особенно если сравнить с нашими странствиями по поверхности. Примерно шесть часов спустя усталость берет верх. Сейчас три, и я решаю, что отсутствие наших трупов обнаружат лишь через несколько часов. Затем капитолийцы прочешут весь квартал — на тот случай, если мы попытались уйти по шахтам, — а потом начнется охота.

Когда я предлагаю отдохнуть, никто не возражает. Поллукс находит небольшую теплую комнату, в которой полно машин с рычагами и циферблатами, и показывает четыре пальца — через четыре часа мы должны отсюда убраться. Джексон составляет график дежурств, и, так как в первой смене меня нет, я сразу же засыпаю, устроившись между Гейлом и Лиг Первой.

Ощущение, будто прошло всего несколько минут, но Джексон уже трясет меня: подошла моя очередь. На часах шесть; через час мы должны отправиться в путь. Джексон говорит, чтобы я съела банку консервов и приглядывала за Поллуксом, который решил стоять на часах всю ночь.

— Здесь он не может заснуть.

Я привожу себя в состояние относительного бодрствования, съедаю банку тушеной картошки с фасолью и сажусь у стены, напротив двери. Поллукс не спит: наверно, он всю ночь заново проживал все пять лет своего заключения. Я достаю голограф, и мне все-таки удается ввести наши координаты и просканировать тоннели. Как и следовало ожидать, по мере приближения к центру Капитолия количество капсул возрастает. Какое-то время мы с Поллуксом щелкаем по голографу, смотрим, какие ловушки нас ждут. Когда голова начинает кружиться, я отдаю прибор Поллуксу и прислоняюсь к стене. Смотрю на спящих солдат и съемочную группу и думаю, сколько из нас снова увидят солнце.

Я бросаю взгляд на Пита, лежащего у моих ног, и вижу, что он не спит. Мне хочется прочесть его мысли, войти в его сознание и распутать клубок лжи. Однако я решаю, что мечтать о несбыточном не стоит.

— Ты ел? — спрашиваю я.

Пит слегка качает головой: не ел. Я открываю банку курицы с рисом и передаю ему, оставив себе крышку, чтобы он не попытался вскрыть себе вены или еще что. Пит садится, запрокидывает голову и вливает в себя суп, даже не трудясь пережевывать содержимое. Свет индикаторов на панелях машин отражается от донышка банки, и мне снова приходит мысль, которая мучила со вчерашнего дня.

— Когда Боггс рассказал тебе о том, что стало с Дарием и Лавинией, ты ответил, что так и думал. Что это не было таким блестящим. Что ты имел в виду?

— А, не знаю, как это объяснить. Поначалу я ничего не мог понять, а теперь кое-что прояснилось, и, кажется, появилась некая система. Воспоминания, измененные с помощью яда ос-убийц, какие-то странные — слишком мощные, что ли, и нестабильные. Ты помнишь, что чувствовала, когда тебя ужалили осы?

— Деревья раскололись. Появились огромные цветные бабочки. Я упала в яму, полную оранжевых пузырьков. Блестящих оранжевых пузырьков.

— Точно. Но воспоминания про Дария и Лавинию совсем не такие. Думаю, тогда во мне еще не было яда, — говорит Пит.

— Ну, это ведь хорошо, правда? Если ты отличаешь воспоминания, то сможешь разобраться, где правда, а где ложь.

— Да. А если бы у меня выросли крылья, я бы мог летать. Только вот крыльев у людей нет. Правда или ложь?

— Правда, — отвечаю я. — Но люди могут жить и без крыльев.

— А сойки — нет. — Доев суп, Пит возвращает мне банку.

В люминесцентном свете круги под его глазами похожи на синяки.

— У нас еще есть время. Поспи.

Не возражая, он ложится, но не засыпает, а просто смотрит на стрелку, которая подергивается на какой-то шкале. Я смахиваю волосы с его лба, словно глажу раненого зверя. Пит застывает, почувствовав прикосновение, однако не отстраняется, и я продолжаю нежно гладить его по волосам. После последней арены я впервые касаюсь его по своей воле.

— Ты все еще пытаешься защитить меня. Правда или ложь? — шепчет Пит.

— Правда, — отвечаю я, хотя, думается, он ждет более развернутого ответа. — Такие уж мы с тобой — вечно защищаем друг друга.

Примерно через минуту Пит засыпает.

Около семи мы с Поллуксом будим всех остальных. Как это всегда бывает при пробуждении, люди зевают и вздыхают, однако я слышу еще и что-то другое, похожее на шипение. Возможно, это просто свист пара, вырывающегося из какой-то трубы, или звук, который издает проносящийся вдали поезд...

Я делаю всем знак замолчать. Да, я слышу шипение — но это не один непрерывный звуковой поток, а, скорее, серия выдохов, которые складываются в слова. В слово, которое эхом разносится по тоннелям. Одно слово. Одно имя, которое повторяется снова и снова.

— *Китнисс.*

22

Форы у нас больше нет. Наверное, Сноу заставил капитолийцев копать всю ночь — по крайней мере, сразу после того, как погас огонь. Они нашли останки Боггса, ненадолго обрели уверенность, а затем, потратив на бесплодные поиски несколько часов, засомневались. И в какой-то момент капитолийцам стало ясно, что их обманули. А президент Сноу терпеть не может, когда его выставляют на посмешище. Не важно, нашли они наше второе убежище или сразу решили, что мы спустились под землю. Теперь они знают, что мы здесь; теперь они пустили кого-то по моему следу — вероятно, стаю переродков.

— *Китнисс.*

Звук раздается так близко, что я подпрыгиваю от неожиданности. Натянув тетиву, отчаянно ищу источник звука, ищу цель.

— *Китнисс.*

Губы Пита практически не двигаются, и все же нет сомнений, что мое имя произносит именно он. А мне-то казалось, что ему стало лучше, что он понемногу возвращается ко мне. Но вот оно, доказательство того, как глубоко проник яд Сноу.

— *Китнисс.*

Пит запрограммирован отвечать на шипение, участвовать в охоте. Он начинает шевелиться, и я понимаю, что у меня нет выбора. Я целюсь ему в голову: он почти ничего не почувствует. Внезапно Пит садится: глаза широко раскрыты от страха, он задыхается.

— Китнисс! — Он поворачивает голову в мою сторону, однако не замечает лука, не видит стрелу, готовую сорваться с тетивы. — Китнисс, уходи!

Я колеблюсь. Он встревожен, но, кажется, в своем уме.

— Почему? Кто издает этот звук?

— Я знаю одно: это существо хочет тебя убить. Беги, спасайся!

После секундного замешательства я прихожу к выводу, что убивать Пита не стоит. Ослабляю тетиву и оглядываю встревоженные лица моего отряда.

— Что бы это ни было, оно гонится за мной. Похоже, нам пора разделиться.

— Но ведь мы твоя охрана, — говорит Джексон.

— И твоя съемочная группа, — добавляет Крессида.

— Я тебя не брошу, — говорит Гейл.

Я смотрю на съемочную группу, вооруженную только камерами и планшетами. А вот у Финника два ствола и трезубец. Я предлагаю ему поделиться одной из пушек с Кастором. Затем вынимаю холостые патроны из оружия Пита и вручаю ствол Поллуксу. У нас с Гейлом есть луки, и поэтому мы отдаем наши пушки Мессалле и Крессиде. Учить их обращаться с оружием времени нет, и поэтому мы просто говорим им, как целиться и как нажимать на спусковой крючок. Теперь с пустыми руками только Пит, но человеку, который шепчет мое имя вместе с перерадками, оружие все равно ни к чему.

Мы уходим из комнаты, не оставляя в ней ничего, кроме нашего запаха. Удалить его мы не в силах. Наверное, именно по нему шипящие твари выслеживают нас — ведь других следов мы практически не оставляли. Похоже, у этих перерадков очень острое чутье — но мы сбили их со следа, когда прошли по трубам с водой.

Снаружи шипение становится более отчетливым, и, кроме того, теперь я лучше понимаю, где находятся перерадки — они позади нас, и довольно далеко. Очевидно, Сноу выпустил их там, где капитолийцы нашли тело Боггса. Я вспоминаю волкоподобных существ на первой арене, обезьян на Квартальной бойне, монстров, которых столько лет видела по телевизору... Интересно, какую форму примут переродки на этот раз — скорее всего, ту, которая, по мнению Сноу, напугает меня больше всего.

Мы с Поллуксом уже продумали следующий этап нашего путешествия, и, так как от шипения мы удаляемся, я не вижу причин менять планы. Если будем двигаться быстро, то, возможно, доберемся до дворца Сноу раньше, чем нас догонят переродки.

Однако спешка ведет к небрежности: неудачно поставленный сапог хлюпает по луже, автомат случайно лязгает о трубу, и даже я сама отдаю приказы слишком громко.

Мы проходим еще три квартала по трубе и заброшенной железнодорожной колее, и вдруг начинаются вопли — хриплые, гортанные, отражающиеся от стен тоннеля.

— Безгласые, — немедленно отзывается Пит. — Именно так кричал Дарий, когда его пытали.

— Наверное, их нашли переродки, — говорит Крессида.

— Значит, они охотятся не только на Китнисс, — замечает Лиг Первая.

— Скорее всего, они будут убивать всех, но не остановятся, пока не доберутся до нее, — говорит Гейл. Он много часов изучал переродков вместе с Бити, так что, надо думать, он прав.

Все повторяется: из-за меня снова гибнут люди. Друзья, союзники, незнакомцы умирают за Сойку.

— Оставьте меня и уходите. Голограф я отдам Джексон. Выполните задание без меня.

— Так мы не договаривались! — раздраженно восклицает Джексон.

— Мы зря теряем время! — говорит Финник.

— Послушайте, — шепчет Пит.

Вопли прекратились, и вместо них — ближе, чем раньше, — снова звучит мое имя. Теперь звук доносится снизу и сзади:

— *Китнисс.*

Я хлопаю Поллукса по плечу, и мы бросаемся бежать. Беда в том, что мы планировали спуститься на уровень ниже — теперь это невозможно. Мы добираемся до лестницы, начинаем искать на голографе обходной маршрут, и вдруг меня выворачивает наизнанку.

— Надеть маски! — командует Джексон.

В этом нет необходимости: мы все дышим одним воздухом, но тошнит только меня: я реагирую на запах, поднимающийся от лестницы и заглушающий вонь фекалий. Розы. У меня начинается дрожь.

Я отворачиваюсь от запаха и, шатаясь, выхожу на Перевоз. Гладкие, вымощенные плиткой пастельных тонов улицы, такие же, как и наверху, только окруженные не домами, а стенами из белого кирпича. Дорога, по которой могут спокойно ездить грузовики, не простаивая в капитолийских пробках. Сейчас Перевоз пуст — здесь нет никого, кроме нас. Я и всаживаю подрывную стрелу в первую капсулу, убивая сидевший в ней выводок крыс-людоедов. Затем бегу к следующему перекрестку; здесь из-за одного неверного шага можно лишиться ног, угодив в нечто под названием «Мясорубка». Крикнув остальным, чтобы держались рядом со мной, я собираюсь осторожно повернуть за угол, а затем подорвать «Мясорубку», и тут мы натыкаемся на еще одну, не помеченную капсулу. Я бы точно пропустила ее, если бы не Финник.

— Китнисс! — кричит он, хватая меня за руку.

Я резко разворачиваюсь, готовая выстрелить, но что тут можно сделать? Две стрелы Гейла уже лежат под широким золотым лучом, который протянулся от потолка до пола. Внутри луча находится Мессалла — неподвижный, словно статуя, он стоит на одной ноге, запрокинув голову. Пленник луча. Его рот широко раскрыт, хотя крика не слышно. Мы беспомощно наблюдаем за тем, как тело Мессаллы плавится, словно воск.

— Его уже не спасти! — Пит толкает людей вперед. — Не спасти!

Удивительно, но сейчас только он способен действовать, способен заставить нас двигаться. Я не понимаю, почему он командует, ведь он должен предать нас и вышибить мне мозги — правда, это может произойти в любую секунду. Рука Пита давит мне на плечо, и, повинуясь, я отворачиваюсь от того, что недавно было Мессаллой. Заставляю ноги идти вперед — быстро, так быстро, что мне едва удается затормозить у следующего перекрестка.

Начинается стрельба, и на нас обрушивается дождь из штукатурки. Я кручу головой, пытаясь найти капсулу, затем поворачиваюсь и вижу отряд миротворцев, который несется к нам по Перевозу. Наш путь преградила «Мясорубка», так что у нас один выход — отстреливаться. Миротворцев вдвое больше, зато с нами снайперы из «звездного отряда».

«Как сельди в бочке», — думаю я, когда на белых формах расцветают красные пятна, похожие на бутоны. Три четверти врагов уже убито, и тут появляются новые — из бокового тоннеля, из того самого, через который я помчалась, пытаясь уйти от запаха...

Это не миротворцы.

Они белые, размером со взрослого человека, и у них четыре конечности — но на этом сходство заканчивается. Обнаженные, с длинными хвостами, как у ящериц; спины выгнуты, головы торчат вперед. Существа набрасываются на миротворцев, и живых и мертвых, вцепляются в шеи, отрывают головы в шлемах. Похоже, здесь капитолийцев любят не больше, чем в Тринадцатом. За несколько секунд твари обезглавливают всех миротворцев, затем падают на пол и ползут к нам на четвереньках.

— Сюда! — кричу я, хватаясь за стену, и резко поворачивая направо, чтобы уклониться от капсулы. Когда наши меня догоняют, я стреляю по перекрестку, и «Мясорубка» включается. Огромные механические зубы прорубают улицу и превращают плитку в пыль. Это должно преградить путь переродкам, хотя точно не знаю. Переродки — волк и обезьяна, — которых я видела, оказались невероятно прыгучими.

Шипение обжигает уши, а от вони, которую издают розы, кружится голова.

Я хватаю за руку Поллукса.

— К черту задание. Где самый короткий путь наверх?

Времени изучать голограф нет. Мы идем за Поллуксом — примерно десять ярдов по Перевозу, затем через дверь. Плитка под ногами превращается в бетон; мы ползем по узкой, вонючей трубе и оказываемся на уступе примерно в фут шириной. Мы в главной канализации. В ярде под нами бурлит ядовитая смесь человеческих испражнений, мусора и химикатов. Часть поверхности покрыта языками пламени, над другой поднимаются зловещие испарения. Одного взгляда довольно, чтобы понять: если туда упадешь, то уже не выберешься. Стараясь идти как можно быстрее, мы проходим по скользкому уступу, затем по узкому мосту. На противоположной стороне, в нише, есть лестница; Поллукс бьет по ней ладонью и указывает наверх, в шахту. Вот он, путь наверх.

Быстрый взгляд на отряд: что-то не так.

— Стойте! А где Джексон и Лиг Первая?

— Они остались у «Мясорубки», чтобы задержать переродков, — говорит Хоумс.

— Что? — Я бросаюсь обратно к мосту, не желая оставлять никого из наших этим монстрам. Хоумс тащит меня назад.

— Китнисс, их смерть не должна стать напрасной. Их уже не спасти. Смотри! — Хоумс кивает, указывая на трубу: на уступ уже карабкаются переродки.

— Назад! — кричит Гейл. С помощью подрывных стрел он снимает с опор дальнюю часть моста; все остальное падает в бурлящий поток — как раз в тот миг, когда до моста добираются переродки.

Мне впервые удается как следует разглядеть их. Это гибрид человека, ящерицы и бог знает кого еще. Белая, туго натянутая шкура рептилий, запачканная кровью, руки и ноги с длинными когтями, асимметричные лица. Переродки шипят, выкрикивают мое имя, содрогаясь от ярости, бьют себя и сородичей хвостами и когтями, вырывают зубами огромные куски мяса. Пасти в пене; похоже, необходимость уничтожить меня сводит их с ума. Наверное, мой запах так же сильно действует на них, как и на меня — их вонь; и даже сильнее, ведь часть переродков уже бросилась в токсичные канализационные потоки.

Мы открываем огонь. Я стреляю всем, что попадается под руку, — обычными стрелами, огненными, разрывными. Переродки смертны, но убить их невероятно сложно: ни одно живое существо не способно идти с дюжиной пуль в теле. Кроме того, переродков слишком много; из трубы появляются все новые и без колебаний бросаются в сточные воды.

Руки трясутся — но меня пугает не число врагов.

Хороших переродков не бывает — все они так или иначе хотят причинить тебе вред. Одни, например обезьяны, убивают тебя, другие — такие, как осы-убийцы, — лишают разума. Однако самый ужас, самая страшная пытка заключается в том, чтобы одновременно причинить боль жертве и запугать ее. Волки-перевёртыши с глазами мертвых трибутов. Сойки-говоруны, имитирующие вопли Прим. Аромат роз, который смешивается с запахом крови, пробивается даже сквозь вонь фекалий, заставляет мое сердце бешено биться, превращает кожу в лед, парализует легкие. Как будто президент Сноу дышит в лицо и говорит, что мне пора умереть.

Мне что-то кричат, но я не могу ответить. Чьи-то сильные руки подхватывают меня в ту самую секунду, когда моя стрела сносит голову перевёртышу, оцарапавшему мне лодыжку когтями. Меня прижимают к лестнице, ставят мои ладони на ступеньки, приказывают подниматься. Мои конечности — деревянные, как у марионетки, — подчиняются. Двигаясь по лестнице, я постепенно прихожу в себя. Надо мной человек. Поллукс. Подо мной Пит и Крессида. Мы вылезаем на какую-то платформу, подходим ко второй лестнице. Ступеньки скользкие от пота и плесени. Когда мы добираемся до следующей платформы, в голове у меня уже прояснилось, и я внезапно понимаю, что произошло. Я бешено тяну людей наверх, помогаю им подняться. Пит, Крессида. Больше никого.

Что я наделала? На что обрекла всех остальных? Я лезу обратно, и тут мой сапог в кого-то врезается.

— Лезь наверх! — рычит Гейл. Я поднимаюсь, вытаскиваю его и заглядываю во мрак.

— Нет. — Гейл качает головой. Его форма порвана, на шее зияет рана. — Нет, Китнисс, они не придут. Там только переродки.

Отказываясь поверить, я хватаю со ствола Крессиды фонарик и свечу в шахту. Где-то далеко внизу Финник отбивается от трех вцепившихся в него переродков. Когда один из них запрокидывает голову, чтобы нанести последний, смертельный удар, происходит что-то странное. Я словно превращаюсь в Финника, и перед глазами проносится вся моя жизнь. Лодка, мачта, серебряный парашют. Смеющаяся Мэгз, розовое небо, трезубец Бити, Энни в подвенечном платье, волны, разбивающиеся о скалы. Потом все гаснет.

Я стаскиваю с пояса голограф и бормочу: «Морник, морник, морник», затем отпускаю прибор. Мы прижимаемся к стене. Платформа содрогается от взрыва; из трубы на нас летят куски тел людей и переродков.

Поллукс с лязгом опускает люк и фиксирует его. Поллукс, Гейл, Крессида, Пит и я. Остались только мы. Позднее ко мне вернутся человеческие чувства, а пока что у меня только одно примитивное желание — защитить остатки отряда.

— Здесь оставаться нельзя.

Кто-то вытаскивает бинт. Мы перевязываем Гейла, поднимаем его на ноги. Одна фигура все еще жмется к стене.

— Пит, — говорю я. Ответа нет. Может, он вырубился? Я сажусь на корточки перед ним, отвожу от его лица руки в наручниках. — Пит?

Его глаза похожи на черные озера; зрачки расширились настолько, что голубых радужек почти не видно. Мышцы рук словно стальные прутья.

— Оставьте меня, — шепчет Пит. — Я не могу идти дальше.

— Нет, можешь! — кричу я.

Пит качает головой.

— Я теряю контроль. Я сойду с ума, как и они.

Как переродки, как безумная тварь, которая мечтает вцепиться мне в горло, — и тогда именно здесь, именно при этих обстоятельствах мне придется его убить. И тогда Сноу победит. На меня накатывает горячая волна ненависти. Сегодня Сноу и так слишком много выиграл.

Может, это риск, может, это самоубийство, однако больше мне ничего не приходит в голову. Я наклоняюсь к Питу и целую его в губы. Все его тело содрогается, но я не отрываюсь, пока хватает воздуха. Мои руки ловят запястья Пита.

— Не дай ему разлучить нас.

Тяжело дыша, Пит сражается со своими кошмарами.

— Нет. Не хочу...

Я почти до боли стискиваю его руки.

— Будь со мной.

Зрачки Пита суживаются до размера булавочных головок, быстро расширяются, затем возвращаются к нормальному размеру.

— Всегда, — шепчет он.

Я помогаю Питу подняться.

— До улицы далеко? — спрашиваю я у Поллукса.

Он знаками показывает, что она прямо над нами. Я лезу по последней лестнице и поднимаю люк, за которым оказывается хозяйственная комната. Я уже встаю на ноги, и тут дверь в комнату открывает какая-то женщина в ярком бирюзовом шелковом халате, расшитом экзотическими птицами. Распушенные пурпурные волосы, похожие на облако, украшены позолоченными бабочками. В руке недоеденная сосиска. Похоже, женщина меня узнала. Она открывает рот, чтобы позвать на помощь.

Я без колебаний стреляю ей прямо в сердце.

23

Кого хотела позвать женщина, остается загадкой: обыскав квартиру, мы обнаруживаем, что в ней никого нет. Возможно, соседа. А может, она просто собралась завопить от страха.

Квартира весьма симпатичная, и мы бы с удовольствием в ней остались, но такой роскоши позволить себе не можем.

— Как быстро они сообразят, что кто-то из нас мог выжить? — спрашиваю я.

— Они могут нагрянуть в любую минуту, — отвечает Гейл. — Они знают, что мы шли наверх. Взрыв задержит их на пару минут, потом они начнут искать точку выхода на поверхность.

Я подхожу к окну. Выглянув из-за шторы, я вижу не миротворцев, а толпу людей, спешащих по своим делам. Пробираясь по тоннелям, мы вышли за пределы эвакуированных кварталов и оказались в оживленном районе Капитолия. Эта толпа — наш шанс на спасение. Голографа больше нет, однако с нами Крессида: бросив взгляд из окна, она говорит, что знает это место, и сообщает хорошую новость: президентский дворец всего в нескольких кварталах отсюда.

Я оглядываю спутников: о скрытности можно забыть. На шее Гейла рана, которую мы даже не продезинфицировали, из нее все еще течет кровь. Пит сидит на обитом бархатом диване, вцепившись зубами в подушку — либо борется с безумием, либо пытается не закричать. Поллукс рыдает, прислонясь к богато украшенной каминной полке. Крессида стоит рядом со мной; вид решительный, но она так бледна, что губы совсем побелели. Меня подпитывает только ненависть: когда ее энергия закончится, толку от меня будет мало.

— Посмотрим, что у нее в шкафах, — говорю я.

В одной из спален мы находим сотни женских платьев и пальто, кучу обуви, множество разноцветных париков и столько косметики, что можно покрасить целый дом. Дальше по коридору, в другой спальне обнаруживаем почти такую же огромную коллекцию мужской одежды. Возможно, эти вещи принадлежат мужу женщины. Или любовнику, которого по счастливой случайности утром не оказалось дома.

Я приказываю всем переодеться. Увидев окровавленные запястья Пита, ищу в карманах ключ от наручников, но Пит отшатывается от меня.

— Нет, — говорит он. — Они помогают мне не сорваться.

— Руки тебе понадобятся, — говорит Гейл.

— Когда я чувствую, что теряю контроль над собой, я вдавливаю их в запястья. Боль помогает мне собраться, — отвечает Пит. Я не настаиваю.

К счастью, на улице холодно, поэтому мы прячем форму и оружие под пальто и плащами. Сапоги связываем шнурками и вешаем на шею, надеваем дурацкие башмаки и туфли. Главная беда, конечно, наши лица: Крессиду и Поллукса могут узнать знакомые, Гейла люди видели в новостях и агитроликах, а нас с Питом знает каждый житель Панема. Мы торопливо накладываем друг другу толстый слой косметики, надеваем парики и солнцезащитные очки. Крессида заматывает нам с Питом лица шарфами.

Я чувствую, как тают секунды, и все же задерживаюсь, чтобы набить карманы едой и медикаментами.

— Держитесь вместе, — говорю я перед дверью.

Мы выходим на улицу. С неба падает снег. Мимо нас пробегают возбужденные люди; со своим манерным капитолийским акцентом они говорят что-то про мятежников, голод и про меня. Мы переходим через улицу, оставляем позади еще несколько домов и поворачиваем за угол. Мимо проносятся десятка три миротворцев. Мы, как и подобает законопослушным гражданам, отпрыгиваем в сторону, давая дорогу солдатам, дожидаемся, пока все стихнет, и продолжаем путь.

— Крессида, — шепчу я. — Куда бы нам зайти?

— Я пытаюсь придумать, — отвечает она.

Мы минуем еще квартал, и тут начинают выть сирены. Через окно я вижу экран: экстренный репортаж, мелькают наши лица, в том числе Кастора и Финника. Значит, миротворцы еще не идентифицировали погибших. Скоро каждый прохожий будет так же опасен для нас, как и миротворец.

— Крессида?

— Есть одно место. Оно не идеальное, но попробовать можно, — говорит она.

Мы проходим еще несколько кварталов, поворачиваем и оказываемся перед воротами, за которыми находится чье-то частное жилище. Судя по всему, Крессида просто хочет провести нас коротким путем: пройдя по ухоженному саду, мы выныриваем из других ворот в небольшой проулок, соединяющий два больших проспекта. Здесь есть несколько убогих магазинчиков — один из них торгует подержанными товарами, другой — бижутерией. Людей мало, и они не обращают на нас внимания. Крессида начинает верещать что-то про нижнее белье на меху, о том, что зимой оно просто необходимо.

— Вы еще не видели наших цен! Поверьте, они в два раза меньше тех, что вы заплатите на авеню!

Мы останавливаемся перед грязной витриной, в которой выставлены манекены в меховом белье. Магазин, видимо, закрыт, но Крессида толкает дверь, заставляя колокольчики у входа неприятно звякнуть. Темное, узкое помещение заставлено стеллажами с товаром. В нос бьет запах шкур. Кажется, торговля идет не очень бойко, ведь мы — единственные клиенты. Крессида сразу же направляется к сгорбленной фигуре в глубине зала. Я иду следом, по пути проводя пальцами по мягкой одежде на полках.

За стойкой сидит самая странная женщина, которую я когда-либо видела. Она — пример косметической операции, которая закончилась полной катастрофой. Нигде, даже в Капитолии, это лицо не назвали бы красивым. Кожа на лице женщины плотно натянута и украшена татуировкой — черными и золотыми полосами. Я уже видела кошачьи усы у жителей Капитолия, но такие длинные — никогда. Гротескная полуженщина-полукошка подозрительно прищуривается на нас.

Крессида стаскивает парик, показывая свои татуировки.

— Тигрис, нам нужна помощь.

Тигрис. Это имя вызывает какое-то давно забытое воспоминание. Когда-то она — молодая и не такая страшная — была чуть ли ни знаменитостью одних из самых первых Игр, которые я помню. Кажется, она работала стилистом. Каким дистриктом она занималась, я не помню — но точно не Двенадцатым. Надо думать, она слишком увлеклась этими операциями, и в результате они ее обезобразили.

Так вот что происходит со стилистами, которые уже ни на что не годятся. Они отправляются в жалкие магазины нижнего белья, где в одиночестве ждут смерти.

Я разглядываю лицо женщины и думаю: то ли родители назвали ее Тигрис, и она в честь этого нанесла себе увечья, то ли она сама придумала свой стиль, а затем подобрала соответствующее имя.

— Плутарх сказал, что тебе можно доверять, — добавляет Крессида.

Отлично, значит, она — человек Плутарха. То есть если она сразу не выдаст нас Капитолию, то известит о нашем местонахождении Плутарха, а, следовательно, и Койн. Нет, магазин Тигрис не идеальный вариант, но другого у нас нет — если, конечно, она нам поможет. Тигрис бросает взгляд то на старый телевизор на прилавке, то на нас — словно пытается понять, кто мы такие. Чтобы помочь ей, я стаскиваю шарф, снимаю парик и делаю шаг вперед, чтобы свет экрана упал на мое лицо.

Тигрис рычит басом — обычно так меня приветствует Лютик. Затем она сползает с табурета и исчезает за стеллажом с меховыми лосинами. Раздается какое-то шуршание, потом из-за стеллажа высовывается рука Тигрис и манит нас. Крессида смотрит на меня, словно спрашивая: «Ты уверена?» А что нам остается делать? Если мы вернемся на улицу, нас ждет плен или смерть. Я протискиваюсь сквозь завесу из мехов и вижу, что Тигрис сдвинула панель у основания стены. За панелью узкая каменная лестница, ведущая вниз. Тигрис делает знак, чтобы я шла туда.

Все во мне буквально кричит о том, что это ловушка. Поборов панику, я поворачиваюсь к Тигрис и смотрю в ее темно-желтые глаза. Зачем ей нам помогать? Она же не Цинна, она не из тех, кто жертвует собой ради других. Эта женщина — воплощение капитолийского тщеславия. Она была звездой Голодных игр, пока... пока не перестала ею быть. Так что же ее толкает? Злоба? Ненависть? Месть? Последняя догадка меня успокаивает: мечта о мести может жить очень, очень долго — особенно если ее подпитывает каждый взгляд, брошенный в зеркало.

— Сноу запретил тебе участвовать в играх? — спрашиваю я. Тигрис молча смотрит на меня и раздраженно подергивает хвостом, невидимым во мраке. — Знаешь, я ведь собираюсь его убить.

Лицо Тигрис искажает гримаса, которую я решаю счесть улыбкой. Ободренная мыслью о том, что она все-таки не совсем безумна, я встаю на четвереньки и проползаю через отверстие.

Примерно на полпути я натыкаюсь на висящую цепочку, дергаю ее; убежище освещает мерцающая люминесцентная лампочка. Я в маленьком подвале, широком и неглубоком, без окон и дверей. Возможно, это просто переход между двумя настоящими подвалами, место, о котором можно не догадаться, разве что вы отлично ориентируетесь в трех измерениях. Здесь холодно и сыро; повсюду груды мехов, которые наверняка уже много лет не видели солнечного света. Если Тигрис нас не выдаст, то здесь мы будем в относительной безопасности. Когда я добираюсь до бетонного пола, мои спутники уже спускаются по ступенькам. Панель закрывает отверстие; слышно, как скрипят колесики стойки, которую ставят на место. Тигрис бредет к своему табурету. Ее магазин проглотил нас.

И очень вовремя, ведь Гейл, похоже, на грани обморока. Мы делаем из шкур ложе, снимаем с Гейла оружие и укладываем его на спину. У стены, примерно в футе от пола, находится кран, а под ним сливное отверстие. Я поворачиваю вентиль; кран долго плюется ржавчиной, но в конце концов из него начинает течь чистая вода. Мы промываем рану на шее Гейла, и тут я понимаю, что одними бинтами не обойтись — нужно накладывать швы. В аптечке есть игла и стерильная нить, однако у нас нет врача. Я думаю, не привлечь ли нам Тигрис: она же стилист и умеет обращаться с иглой. Но тогда в магазине никого не останется, а Тигрис и так достаточно для нас сделала. Приходится смириться с мыслью, что самый квалифицированный медик в отряде — я. Сжав зубы, криво зашиваю рану. Выглядит шов ужасно, зато, по крайней мере, он не разойдется. Я смазываю рану лечебной мазью, заматываю бинтами и даю Гейлу болеутоляющее.

— Мы в безопасности. Можешь отдыхать, — говорю я ему. Он выключается, словно лампочка.

Пока Крессида и Поллукс делают для нас гнездышки из мехов, я обрабатываю запястья Пита — осторожно смываю кровь, смазываю антисептиком, накладываю повязки.

— Нужно держать их в чистоте, — говорю я, — иначе инфекция распространится, и...

— Китнисс, я знаю, что такое заражение крови, — говорит Пит. — Хотя моя мать и не врач.

Меня накрывает волна воспоминаний о другой ране, о других бинтах.

— То же самое ты сказал мне во время первых Игр. Правда или ложь?

— Правда, — отвечает он. — И ты рискнула жизнью, чтобы добыть лекарство, которое меня спасло?

— Правда. — Я пожимаю плечами. — Ведь я осталась в живых только благодаря тебе.

— Правда? — Моя реплика сбивает его с толку. Кажется, какое-то блестящее воспоминание пытается завладеть вниманием Пита: тело напрягается, и наручники впиваются в перевязанные запястья, затем силы покидают его. — Китнисс, я так устал.

— Спи, — отвечаю я. Но он не закрывает глаза, пока я не приковываю его к одной из опор лестницы. Наверное, это неудобно — лежать с руками над головой, тем не менее через несколько минут Пит тоже засыпает.

Крессида и Поллукс сделали для нас постель, уложили провиант и медикаменты, а теперь спрашивают, как я хочу организовать смену часовых. Я смотрю на бледное лицо Гейла, на скованные руки Пита. Поллукс не спал уже несколько дней, а мы с Крессидой только подремали пару часов. Если сюда придет отряд миротворцев, мы окажемся в ловушке, словно крысы. Мы в полной власти дряхлой женщины-тигра, которая, я надеюсь, страстно желает убить Сноу.

— Если честно, то нам вряд ли стоит назначать часовых. Давайте просто поспим, — говорю я.

Они тупо кивают, и мы все зарываемся с головой в шкуры. Огонь внутри меня погас, а с ним ушли и все мои силы. Я капитулирую перед мягким, душным мехом и впадаю в забытье.

Запомнила я только один сон — долгий, утомительный, в котором я пробираюсь в Двенадцатый дистрикт. Дом, который я ищу, не разрушен, а его обитатели живы. Со мной Эффи Бряк в экстравагантном розовом парике и сшитом по мерке костюме. Я пытаюсь отделаться от нее, но она необъяснимым образом снова и снова оказывается рядом. Эффи утверждает, что она как моя спутница должна следить за тем, чтобы я придерживалась расписания. Только вот расписание постоянно меняется, идет под откос, когда оказывается, что какой-то чиновник не поставил на него печать, — или сдвигается, когда Эффи ломает каблук. Мы несколько дней живем на скамейке, которая стоит на серой станции в Седьмом дистрикте, дожидаемся поезда, который так и не приходит. Проснувшись, я почему-то чувствую себя более изможденной, чем после обычных кошмаров, полных крови и ужаса.

Не спит только Крессида; она говорит мне, что сейчас вторая половина дня. Я съедаю банку тушеной говядины, запиваю ее большим количеством воды, затем прислоняюсь к стене и вспоминаю события вчерашнего дня. Перехожу от одной смерти к другой. Считаю на пальцах. Один, два — Митчелл и Боггс погибли на улице. Три — Мессалла расплавлен. Четыре, пять — Лиг Первая и Джексон пожертвовали собой у «Мясорубки». Шесть, семь, восемь — перевёртыши-ящерицы, пахнущие розами, обезглавили Кастора, Хоумса и Финника. Восемь погибших за сутки. Я знаю, что это произошло, но не могу поверить. Кастор, конечно, спит вон под той грудой шкур, Финник через минуту спустится по лестнице, а Боггс расскажет мне про план нашего спасения.

Если я хочу поверить в их смерть, то нужно согласиться, что их убила я. Ну, может, всех, кроме Митчелла и Боггса — они отдали жизнь, выполняя задание. Все другие погибли, защищая меня в ходе задания, которое я выдумала. Теперь, когда я мерзну в этом подвале, подсчитываю наши потери и перебираю кисточки на серебряных сапогах, украденных из дома той женщины, мой план покушения на Сноу кажется таким глупым. Ах да, ту женщину тоже убила я. Значит, я уже начинаю уничтожать безоружных граждан.

Видимо, пришло время сдаваться.

Когда все, наконец, просыпаются, я признаюсь, что солгала насчет задания и поставила на карту жизнь людей ради мести. Когда я умолкаю, возникает долгая пауза. Потом Гейл говорит:

— Китнисс, все мы знали, что ты солгала про Койн и покушение на Сноу.

— Может, ты догадывался об этом, но солдаты из Тринадцатого ничего не знали — отвечаю я.

— Думаешь, Джексон поверила в то, что ты действуешь по приказу Койн? — спрашивает

Крессида. — Конечно, нет. Но она доверяла Боггсу, а он, несомненно, хотел, чтобы ты шла дальше.

— Я ничего не говорила Боггсу о своих планах, — говорю я.

— Ты рассказала о них всему штабу! — восклицает Гейл. — Когда ты согласилась стать Сойкой, одним из твоих условий было «Я убью Сноу».

Я не вижу связи. Переговоры с Койн о праве казнить Сноу после войны — одно, а несанкционированная пробежка по Капитолию — совсем другое.

— Но это совсем не то! — протестую я. — Это же катастрофа!

— Напротив, можно считать, что операция прошла весьма успешно, — говорит Гейл. — Мы проникли во вражеский лагерь, продемонстрировали, что система безопасности Капитолия уязвима. Нас показали в новостях Капитолия. В городе хаос — и все потому, что власти ищут нас.

— Поверь мне, Плутарх вне себя от восторга, — добавляет Крессида.

— Плутарху наплевать на смерть других людей, — говорю я. — Лишь бы его Игры были успешными.

Крессида и Гейл пытаются убедить меня, Поллукс согласно кивает. Только Пит не высказывает своего мнения.

— А ты что думаешь, Пит? — наконец спрашиваю я.

— Я думаю... что ты до сих пор не поняла, каким влиянием обладаешь. — Пит поднимает руки и садится. — Эти люди не идиоты. Они знали, что делали. Они пошли за тобой, так как верили, что ты действительно можешь убить Сноу.

Не знаю, почему голос Пита так на меня действует. Но если Пит прав, а мне кажется, что это так, то я в долгу перед погибшими — и вернуть долг можно только одним способом. Я вытаскиваю из кармана карту и решительно расстилаю ее на полу.

— Где мы, Крессида?

Магазин Тигрис находится примерно в пяти кварталах от Круглой площади и дворца Сноу. До зоны, где капсулы отключены ради безопасности жителей, легко дойти пешком. У нас есть костюмы, которые, если немного украсить их мехами из запасов Тигрис, помогут нам туда добраться. Но что мы будем делать потом? Дворец наверняка хорошо охраняется, за ним круглые сутки наблюдают камеры слежения, и в нем полно капсул, которые можно активировать одним нажатием на переключатель.

— Сноу нужно выманить, — говорит Гейл. — А затем кто-нибудь из нас его застрелит.

— Разве он все еще появляется на публике? — спрашивает Пит.

— Не думаю, — отвечает Крессида. — Все речи, которые я видела, он произносил в своем дворце, даже до того, как здесь появились повстанцы. Полагаю, он стал еще более осторожным после того, как Финник заявил о его преступлениях.

Точно. Сейчас Сноу ненавидят не только Тигрисы Капитолия, но и множество людей, которые знают, что президент сделал с их родными и друзьями. Чтобы выманить его, понадобится чудо. Что-нибудь вроде...

— Он почти наверняка выйдет ради меня, — говорю я. — Если бы меня поймали, он бы растрезвонил об этом на весь свет. Он бы захотел казнить меня у главного входа во дворец. — Я делаю паузу, чтобы эта мысль дошла до остальных. — И тогда Гейл мог бы смешаться с толпой и застрелить его.

— Нет. — Пит качает головой. — У этого плана слишком много альтернативных финалов. Сноу может оставить тебя в живых и пытать, чтобы получить информацию. Или он казнит тебя публично, а сам на казнь не придет. Или убьет тебя во дворце, потом выставит напоказ твой труп.

— Гейл? — спрашиваю я.

— Решение слишком радикальное, — говорит он. — Оставим его на самый крайний случай. Давайте подумаем еще.

В наступившей тишине мы слышим тихие шаги наверху. Наверное, магазин уже закрывается, и Тигрис запирает дверь или опускает шторы. Несколько минут спустя панель наверху отодвигается.

— Выходите, — говорит хриплый голос. — Я принесла вам еду.

Первые слова, которые она произнесла после нашего прибытия. Не знаю, само у нее это получается или она долго тренировалась, но речь Тигрис очень напоминает урчание кошки.

— Ты связалась с Плутархом? — спрашивает Крессида, пока мы поднимаемся по лестнице.

— Это невозможно. — Тигрис пожимает плечами. — Не волнуйся, он поймет, что вы в безопасности.

Не волнуйся? Я чувствую огромное облегчение от одной мысли, что не буду получать — и, соответственно, игнорировать — приказы из Тринадцатого, а также придумывать правдоподобные объяснения решений, которые приняла за последние несколько дней.

Поднявшись в магазин, мы обнаруживаем на прилавке несколько кусков черствого хлеба, немного заплесневелого сыра и полбутылки горчицы. Я вспоминаю, что в наши дни не каждый житель Капитолия ест досыта, и сообщаю Тигрис о наших запасах, но она только отмахивается.

— Я ем очень мало — и только сырое мясо, — говорит она.

По-моему, она слишком вжилась в роль, но вопросов я не задаю, а только соскребаю плесень с сыра и делю провизию на всех.

Мы едим и смотрим капитолийский выпуск новостей. Власти вычислили, что из отряда повстанцев в живых остались только мы пятеро. За сведения, которые приведут к нашей поимке, назначена огромная награда. Показывают нашу перестрелку с миротворцами, но сцены, где переродки откусывают им головы, удалены. Потом начинается трагический ролик, посвященный женщине, которую я убила: она лежит там, где мы ее оставили, с моей стрелой в сердце. Кто-то заново наложил женщине макияж, чтобы она лучше выглядела в кадре.

Повстанцы выпуск новостей не прерывают.

— Сегодня мятежники делали заявление? — спрашиваю я. Тигрис качает головой. — Теперь Койн знает, что я жива, и не понимает, что со мной делать.

Тигрис гортанно смеется:

— Никто не знает, что с тобой делать, девочка.

Она заставляет меня взять пару меховых лосин. Заплатить мне нечем, так что приходится принять их в подарок. Все равно в этом подвале жуткий холод.

После ужина мы спускаемся вниз и продолжаем лихорадочно разрабатывать план. Ничего хорошего в голову не приходит, но мы решаем, что дальше идти вместе нельзя, и, прежде чем я сдамся в плен, нам нужно проникнуть в президентский дворец. Я не возражаю против второго пункта, чтобы избежать дальнейших споров. Ведь если я решу сдаться, чье-то разрешение или помощь мне не потребуются.

Мы заново перевязываем раны, приковываем Пита к лестнице и ложимся спать. Несколько часов спустя я просыпаюсь и слышу чей-то тихий разговор. Пит и Гейл.

— Спасибо за воду, — говорит Пит.

— Не за что, — отвечает Гейл. — Все равно я просыпаюсь раз десять за ночь.

— Чтобы проверить, здесь ли Китнисс?
— Вроде того.

— Забавную штуку сказала эта Тигрис, — замечает Пит после долгой паузы. — Никто не знает, что делать с Китнисс.

— Ну, уж мы-то — точно, — отвечает Гейл.

Они смеются. Это так странно — они разговаривают, словно друзья, хотя никогда ими не были. Правда, они и не враги.

— Знаешь, она ведь любит тебя, — говорит Пит. — Она практически призналась мне в этом, когда тебя высекли.

— Не верю, — отвечает Гейл. — Во время Квартальной бойни она тебя так поцеловала... Меня она так не целует.

— Это было просто для шоу, — замечает Пит, однако в его голосе я слышу нотку сомнения.

— Нет, ты ее покорил. Пожертвовал всем ради нее. Может, это единственный способ доказать ей свою любовь. — Гейл надолго умолкает. — Нужно было вызваться самому и занять твое место на первых Играх. Тогда бы ее защитил я.

— Ты не мог, — возражает Пит. — Ты должен был позаботиться о ее родных, а они ей дороже жизни. Она бы никогда тебя не простила.

— Ну, теперь это не важно. Вряд ли мы все доживем до конца войны. А если и доживем, то это уже проблема Китнисс — кого из нас выбрать. — Гейл зевает. — Нам нужно поспать.

— Да. — Я слышу, как скользят по опоре наручники Пита, пока он устраивается поудобнее. — Интересно, кого она выберет?

— О, я знаю. — Меха заглушают голос Гейла, и я почти не слышу его. — Китнисс выберет того, кто, по ее мнению, поможет ей выжить.

24

По телу пробегает дрожь. Неужели я настолько холодная и расчетливая? Гейл не сказал: «Китнисс выберет того, кто разбил ей сердце», или даже «того, без кого она не сможет жить». Тогда бы подразумевалось, что в своих действиях я руководствуюсь какой-то страстью. Но мои лучшие друзья предполагают, что я выберу того, кто «поможет мне выжить». Ни малейшего намека на то, что на мое решение повлияет любовь, желание или даже сходство характеров. Нет, я беспристрастно произведу оценку того, что могут мне предложить потенциальные партнеры, и не более того. Как будто в конце концов все сведется к одному вопросу: кто максимально продлит мою жизнь — охотник или пекарь? Ужасно, что Гейл так сказал, а Пит не попытался ему возразить. Особенно если учесть, что на моих чувствах играли и Капитолий, и повстанцы. Сейчас мой выбор прост: я прекрасно обойдусь без обоих.

Утром у меня нет ни времени, ни сил обижаться. Мы встаем до рассвета, завтракаем паштетом и печеньем с финиками, а затем собираемся у телевизора, чтобы посмотреть на очередной ролик Бити. В ходе войны новый поворот. После того как по городу прокатилась черная волна, кому-то из повстанческих командиров пришла в голову блестящая мысль: он конфискует брошенные автомобили и пускает их, без водителей, по улицам. Машины активируют не все, но большинство капсул. Примерно в четыре часа утра повстанцы начали прокладывать три пути — в ролике их называют просто линии «А», «Б» и «В» — к центру Капитолия. В результате они захватывают квартал за кварталом практически без потерь.

— Это ненадолго, — говорит Гейл. — Более того, удивительно, что повстанцев сразу не остановили. Капитолийцы изменят тактику: отключат определенные капсулы, а затем активируют их вручную, когда противник подойдет поближе.

Через несколько минут мы видим, как это происходит. Какой-то отряд посылает по улице машину. Четыре капсулы активируются, и с виду все нормально. За машиной идут три разведчика; они без приключений добираются до конца улицы. Но когда за ними следует группа из двадцати солдат, розовые кусты перед цветочным магазином взрываются, разнося повстанцев в клочья.

— Плутарх дорого бы дал, чтобы оказаться за пультом управления капсулами, — замечает Пит.

Бити позволяет Капитолию продолжить трансляцию; на экране появляется мрачный репортер, перечисляющий кварталы, жителям которых приказано эвакуироваться. В свете зари я вижу странное зрелище. Из занятых повстанцами кварталов к центру Капитолия течет поток беженцев. Те, кто перепугался больше всего, одеты только в ночные сорочки и шлепанцы; более подготовленные закутаны в несколько слоев одежды. Люди несут собачек, шкатулки с драгоценностями, цветы в горшках. Мужчина в пушистом халате держит в руке переспелый банан. Сонные, ничего не понимающие дети молча ковыляют за родителями — они так потрясены, что даже не плачут. Я вижу их — огромные карие глаза, ручонка, сжимающая любимую куклу, босые ноги, посиневшие от холода, шлепающие по неровной мостовой. Я вспоминаю детей Двенадцатого, погибших во время бомбежки, и отхожу от окна.

Тигрис — единственная среди нас, за чью голову не назначена награда, — предлагает свои услуги в качестве разведчика. Спрятав нас в подвале, она идет в Капитолий, чтобы добыть какие-нибудь полезные сведения.

В подвале я начинаю ходить взад и вперед, и это бесит остальных. Что-то мне подсказывает: мы должны слиться с потоком беженцев. Лучшей маскировки не придумаешь, верно? С другой стороны, каждый беженец — еще одна пара глаз, которая выслеживает пятерых беглецов-мятежников. И все же, что мы теряем? Сейчас мы просто сидим в подвале, подъедаем наши скромные запасы и ждем... чего? Что повстанцы возьмут Капитолий? Штурм может продлиться несколько недель, и, кроме того, я не знаю, что делать в этом случае. Выбегать на улицы и приветствовать освободителей я не собираюсь. Ведь не успею я сказать: «Морник, морник, морник», как люди Койн отправят меня обратно в Тринадцатый. Не для того я проделала такой путь и потеряла столько людей, чтобы сдаться на милость этой женщины. *«Я убью Сноу».* Кроме того, за последние дни произошло много такого, чего я не смогу объяснить. И если эти события всплывут, соглашению об амнистии для победителей, скорее всего, крышка. А кое-кому из них эта амнистия очень бы пригодилась — Питу, например, который, как ни крути, бросил Митчелла в сеть, и это снято на пленку. Представляю себе, что сделает с записью трибунал, организованный Койн.

Вечереет, а Тигрис все нет, и мы начинаем нервничать. Обсуждаем возможные варианты: быть может, Тигрис арестовали, и она нас выдала, или же она пострадала, попав в толпу беженцев. Примерно в шесть часов Тигрис возвращается. Сверху доносится какое-то шуршание, затем Тигрис отодвигает панель. В воздухе распространяется чудесный запах жареного мяса: Тигрис приготовила жаркое из свинины с картошкой. Мы уже несколько дней не ели горячей пищи, и пока Тигрис раскладывает еду по тарелкам, у меня текут слюнки.

Я ем и пытаюсь слушать рассказ Тигрис о том, как она добыла продукты, а в голове остается только то, что меховое белье внезапно стало очень ценным товаром — особенно для тех, кому пришлось в спешке покинуть свои дома. Многие из этих людей все еще бродят по улицам, пытаясь найти себе кров. Жители роскошных квартир в центре города, не распахнули двери перед беженцами — напротив, они заперли двери на все замки, опустили жалюзи и притворились, будто их нет дома. Город заполнили беженцы, и миротворцы силой вламываются в чужие дома, чтобы разместить тех, кто остался без крова.

По телевизору немногословный главный миротворец объясняет, сколько беженцев будет размещено в квартире той или иной площади. Он напоминает жителям Капитолия, что ночью будут сильные заморозки, и предупреждает, что все должны не просто принять у себя беженцев, но и активно им помогать. Затем нам показывают плохо отрепетированные сцены: граждане оказывают теплый прием благодарным беженцам. По словам главного миротворца, сам президент приказал подготовить часть своего дворца для размещения пострадавших. Миротворец добавляет, что владельцы магазинов также должны быть готовы принять у себя беженцев.

— Тигрис, а ведь это и к тебе относится, — говорит Пит, и я понимаю, что он прав, — если число беженцев возрастет, их могут разместить даже в этом магазине, более похожем на коридор. И тогда подвал действительно превратится в ловушку, где мы будем сидеть в постоянном страхе, что нас обнаружат. Сколько у нас дней — один, два?

Главный миротворец продолжает инструктировать население. Вечером произошел прискорбный инцидент: толпа забила до смерти юношу, похожего на Пита. Отныне люди, увидевшие мятежников, должны немедленно сообщить об этом властям, которые займутся установлением личности и арестом подозреваемых. На экране появляется фотография погибшего. Если не считать высветленных локонов, юноша похож на Пита не больше, чем я.

— Люди сошли с ума, — бормочет Крессида.

В коротком ролике повстанцы сообщают, что сегодня захватили еще несколько кварталов. Я запоминаю адреса захваченных домов и нахожу их на карте.

— Линия «В» всего в четырех кварталах отсюда, — объявляю я.

Почему-то это беспокоит меня больше, чем мысль о том, что сюда могут явиться миротворцы. Чтобы справиться с волнением, я развиваю бурную деятельность.

— Давайте, я вымою посуду.

— Я тебе помогу. — Гейл собирает тарелки.

Мы выходим из комнаты, и я чувствую, что Пит провожает нас взглядом. В задней части магазина находится крохотная кухонька. Я наполняю раковину горячей водой и выливаю в нее мыльный раствор.

— Думаешь, Сноу действительно пустит беженцев во дворец? — спрашиваю я.

— Ему придется это сделать — хотя бы для того, чтобы показать по телевидению.

— Утром я уйду, — говорю я.

— Я с тобой, — отвечает Гейл. — А с остальными что будем делать?

— Поллукс и Крессида могут пригодиться, они хорошие проводники. Если честно, то Поллукс с Крессидой меня не беспокоят. А вот Пит слишком...

— Непредсказуем, — заканчивает за меня Гейл. — По-твоему, он все еще хочет, чтобы мы его бросили?

— Скажем ему, что он представляет для нас опасность. Если убедим его, он, возможно, останется здесь.

Пит относится к нашему предложению довольно прагматично и сразу соглашается, что оставлять его с нами — слишком большой риск. Я уже с облегчением думаю, что у нас все получится, что он просто посидит в подвале у Тигрис, как вдруг Пит объявляет, что дальше пойдет один.

— И что ты собираешься делать? — спрашивает Крессида.

— Пока не знаю. Возможно, мне удастся отвлечь от вас внимание. Вы же видели, что стало с тем парнем, похожим на меня, — говорит Пит.

— А что, если ты... утратишь контроль над собой? — спрашиваю я.

— То есть... превращусь в переродка? Ну, если я почувствую, что это происходит, то попытаюсь вернуться сюда, — уверяет он.

— А если Сноу снова тебя схватит? — спрашивает Гейл. — У тебя даже ствола нет.

— Придется рискнуть — как и всем вам, — отвечает Пит. Они с Гейлом переглядываются, затем Гейл достает из нагрудного кармана капсулу с морником и отдает Питу.

— А ты? — Пит держит капсулу на ладони, не принимая и не отвергая ее.

— Не волнуйся, Бити научил меня взрывать подрывные стрелы вручную. Если это не сработает, у меня есть нож, а также Китнисс, — улыбается Гейл. — Она не позволит миротворцам взять меня живым.

В моей голове возникает картинка — миротворцы утаскивают Гейла, и снова звучит та песня...

«В полночь, в полночь приходи...»

— Бери ее, Пит, — выдавливаю я, беру его руку и заставляю сжать капсулу в кулаке. — Случись что, тебя никто не выручит.

Спим мы тревожно, нам снятся кошмары, и время от времени кто-нибудь будит всех остальных криками. На уме только одно — завтрашние планы, и в пять утра я чувствую облегчение от того, что уже можно действовать. Мы подъедаем остатки продовольствия — консервированные персики, печенье, улиток, и оставляем банку лосося для Тигрис, жалкий знак благодарности за все, что она для нас сделала. Похоже, этот жест ее растрогал; она корчит какую-то странную гримасу и с жаром берется за дело. За час Тигрис полностью изменяет наш облик. Она прячет форму под слоями другой одежды, под плащами и пальто, а наши армейские ботинки — под какими-то пушистыми тапочками. Закрепляет заколками парики на головах. Стирает наложенную второпях косметику и снова делает нам грим. Прячет оружие в складках верхней одежды. Дает нам в руки сумочки и другие безделушки. В конце концов, нас уже не отличить от беженцев.

— Не стоит недооценивать способности гениального стилиста, — замечает Пит, и эти слова вгоняют Тигрис в краску.

По телевизору не сообщают ничего стоящего, но переулок забит беженцами ничуть не меньше, чем вчера. Наш план — разбиться на три группы и смешаться с толпой. Сначала пойдут Крессида и Поллукс, они станут нашими проводниками. Затем выйдем мы с Гейлом и присоединимся к беженцам, которых сегодня поведут в президентский дворец. За нами пойдет Пит, который, в случае необходимости, отвлечет внимание на себя.

Тигрис следит за тем, что происходит на улице, из-за шторы. Выбрав подходящий момент, она отпирает дверь и кивает Крессиде с Поллуксом.

— Береги себя, — говорит Крессида, и они с Поллуксом уходят.

Через минуту за ними последуем мы. Я достаю ключ, освобождаю Пита от наручников и кладу их в карман. Пит потирает и разминает запястья. На меня накатывает волна отчаяния — как в тот раз, на Квартальной бойне, когда Бити дал нам с Джоанной проволоку.

— Только без глупостей, ладно? — говорю я.

— Нет. Только в крайнем случае. Абсолютно, — отвечает Пит.

Я обнимаю его за шею. Секунду он колеблется, потом тоже обнимает меня. Его руки не такие крепкие, как раньше, и все равно теплые и сильные. На меня обрушивается поток воспоминаний, таких сладких воспоминаний. Тысячи моментов, и в каждом из них его объятия были моим единственным убежищем. Тогда я этого не ценила. А сейчас я Пита потеряла.

— Ну ладно. — Я отпускаю его.

— Пора, — говорит Тигрис.

Я целую ее в щеку, застегиваю красный плащ с капюшоном, натягиваю на лицо шарф и выхожу на мороз вслед за Гейлом.

Колючие снежинки кусают меня за щеки. Заря безуспешно пытается пробиться сквозь мрак. В темноте можно разглядеть только тех, кто совсем рядом. Это прекрасно, но беда в том, что я не вижу Крессиду и Поллукса. Опустив голову, мы с Гейлом ковыляем вместе с беженцами. Вокруг плач, стоны, затрудненное дыхание — а где-то неподалеку слышна стрельба.

— Дядя, куда мы идем? — спрашивает мальчик, дрожащий от холода.

— В президентский дворец, там нам дадут новое жилье, — пыхтит мужчина, пригибающийся к земле под тяжестью небольшого сейфа.

Мы выходим на одну из главных улиц города.

— Держись правой стороны! — командует кто-то.

В толпе стоят миротворцы, управляющие потоком людей. Из-за стеклянных витрин на нас глядят испуганные лица; магазины уже битком набиты беженцами. Если так пойдет и дальше, то уже к полудню у Тигрис появятся новые гости. Похоже, мы оказали услугу не только ей, уйдя оттуда.

Снегопад усиливается, но солнце светит ярче, и поэтому видимость улучшилась. Я замечаю Крессиду и Поллукса, они бредут в толпе ярдах в тридцати от нас. Я оборачиваюсь и пытаюсь найти Пита. Его я не вижу, однако замечаю девочку в лимонно-желтом пальто, которая с любопытством разглядывает нас. Я толкаю Гейла локтем и замедляю шаг, чтобы пропустить ее вперед.

— Возможно, нам нужно разделиться, — говорю я вполголоса. — Вон та девочка...

Грохочут выстрелы, и несколько людей рядом со мной валятся на землю. Вопли сливаются с треском второй очереди, которая срезает группу людей позади нас. Мы с Гейлом падаем на мостовую, проползаем десять ярдов и прячемся за стеллажом с сапогами, выставленным перед обувным магазином.

— Кто стреляет? Ты его видишь? — спрашивает Гейл, пытаясь разглядеть хоть что-нибудь из-за рядов украшенной перьями обуви.

Через щель между лиловыми и светло-зелеными кожаными сапогами видна только улица, заваленная телами. Девочка, наблюдавшая за мной, стоит на коленях рядом с лежащей неподвижно женщиной, рыдает и пытается ее разбудить. Вдруг желтое пальто становится красным, и девочка падает: еще одна очередь попала ей в грудь. Я смотрю на крошечное тельце и на мгновение теряю дар речи. Гейл толкает меня локтем.

— Китнисс?

— Они над нами, на крыше, — отвечаю я. Снова раздаются выстрелы, и на заснеженную мостовую падают люди в белой форме. — Пытаются уничтожать миротворцев, но с меткостью у них не очень. Наверно, это повстанцы.

Мои союзники прорвали оборону противника, однако никакой радости я не испытываю. У меня из головы не идет лимонно-желтое пальто.

— Если начнем стрелять, нам конец. Весь мир поймет, что это мы, — говорит Гейл.

Он прав. У нас есть только наши знаменитые луки; выпустить хоть одну стрелу — значит, известить обе стороны о том, что мы здесь.

— Мы должны подобраться к Сноу! — яростно выпаливаю я.

— Тогда пошли, пока эти ребята не взорвали весь квартал, — говорит Гейл.

Мы продолжаем путь, держась вдоль стен. Только вот стены — это, в основном, витрины, за которыми видны прижатые к ним потные ладони и изумленные лица. Я поднимаю шарф повыше, и мы бежим от одного магазина к другому. За стеллажом с фотографиями Сноу в рамках мы обнаруживаем раненого миротворца, прислонившегося к кирпичной стене. Он просит о помощи. Гейл бьет его коленом по голове и забирает у него оружие. На перекрестке Гейл убивает второго миротворца, так что теперь у нас есть огнестрельное оружие.

— Так кто мы теперь? — спрашиваю я.

— Отчаявшиеся жители Капитолия, — отвечает Гейл. — Миротворцы решат, что мы на их стороне, а повстанцы, надеюсь, найдут себе более интересные цели.

Я не уверена в правильности такого решения, но когда мы добираемся до следующего квартала, кто мы — и кто все остальные, — уже не важно. На лица никто не смотрит. Да, повстанцы здесь, это точно — они выбегают на улицу, прячутся в подъездах и за машинами, стреляют, выкрикивают команды хриплыми голосами. Повстанцы готовятся встретить армию миротворцев, которая уже идет сюда. Беженцы — безоружные, сбитые с толку, раненые — оказались меж двух огней.

Впереди активируется капсула, выпуская поток пара, который варит заживо всех, кто попал в его облако. Жертвы выглядят неестественно розовыми. Затем начинается полный хаос. Остатки пара смешиваются со снегом, все окутывает густой туман; я вижу не дальше ствола своего оружия. Миротворцы, повстанцы, мирные жители — кто их разберет? Каждый, кто движется, — цель. Люди стреляют почти машинально, и я не исключение. Сердце колотится в груди, в крови горит адреналин, и вокруг враги — все, кроме Гейла, моего напарника, человека, который всегда меня прикроет. Мы можем только идти вперед, убивая всех, кто оказался на нашем пути. Везде кричат люди, везде раненые и мертвые. Мы добираемся до перекрестка, и тут квартал впереди озаряет яркая фиолетовая вспышка. Мы даем задний ход, укрываемся за лестницей и закрываем глаза. С людьми, которых осветила эта вспышка, что-то происходит. Их что-то атакует... но что — звук, волна, лазер? Люди роняют оружие, закрывают лицо руками; из глаз, ушей, ртов и носов течет кровь. За минуту все умирают, и свет гаснет. Сжав зубы, я бросаюсь вперед, перепрыгиваю через трупы, едва сохраняю равновесие, наступая на скользкие внутренности. Меня ослепляет поземка, однако даже завывания ветра не могут заглушить все усиливающийся топот сапог.

— Ложись! — шепчу я Гейлу.

Мы падаем на мостовую. Мое лицо оказывается в луже еще теплой крови, но я притворяюсь мертвой и не двигаюсь, пока по нам проходят сапоги. Кое-кто обходит трупы, другие наступают мне на руки и на спину, случайно бьют ногами по голове, проходя мимо. Когда звук шагов стихает, я открываю глаза и киваю Гейлу.

На следующем перекрестке мы снова натыкаемся на перепуганных беженцев, хотя солдат здесь уже меньше. Как только я думаю, что нам повезло, раздается треск — усиленный в тысячу раз звук яйца, разбиваемого о край миски. Мы останавливаемся, ищем глазами капсулу. Ничего. Внезапно я ощущаю ступнями, что улица едва заметно наклонилась.

— Беги! — кричу я Гейлу.

На объяснения нет времени, но скоро принцип работы капсулы становится ясен. В центре квартала появляется дыра; две половины мостовой отгибаются вниз, словно клапаны, и люди падают в образовавшееся отверстие.

Я не могу решить — то ли бежать к следующему перекрестку, то ли попытаться проникнуть в одно из зданий. В результате я двигаюсь не параллельно улице, а под небольшим углом, и пока «клапаны» продолжают опускаться, моим ногам все труднее находить опору на скользких плитах мостовой.

Это похоже на бег по ледяной горе, которая с каждым шагом становится все круче. До обеих целей — перекрестка и зданий — остается несколько футов, и внезапно «клапан» уходит из-под ног. Я прыгаю в направлении перекрестка и, вцепившись в край мостовой, понимаю, что «клапаны» полностью опустились. Ноги болтаются в воздухе, и поставить их не на что. Снизу поднимается волна смрада, какую могла бы издавать гора трупов в летнюю жару. На дне, футах в пятидесяти, возникают черные фигуры, заставляющие умолкнуть тех, кто выжил после падения.

Из моей глотки вырывается сдавленный вопль. Мне никто не поможет. Пальцы скользят по ледяной поверхности. По счастью, до угла капсулы всего футов шесть. Медленно двигаюсь вдоль края, пытаясь не слушать ужасные вопли внизу. Когда ладони обхватывают угол капсулы, я заношу правую ногу, упираюсь ею во что-то и осторожно выбираюсь на поверхность. Выползаю на улицу и хватаюсь за фонарный столб, хотя поверхность здесь и так абсолютно ровная. Меня бьет дрожь, дышать тяжело.

— Гейл? — Я всматриваюсь в яму, уже не беспокоясь о том, что меня узнают. — Гейл?

— Сюда!

Я изумленно смотрю налево. «Клапан» поднял все к самому основанию здания, и теперь десяток людей держится за все, что смогли найти, — за ручки, дверные молотки, почтовые ящики. Гейл, через три двери от меня, вцепился в железную декоративную решетку и колотит ногами в дверь. Будь дверь открыта, он мог бы легко войти в дом, но на стук никто не открывает.

— В укрытие! — Я поднимаю оружие. Гейл отворачивается, а я стреляю по замку до тех пор, пока дверь не улетает внутрь дома. На секунду у меня возникает эйфория от того, что я спасла Гейла, и тут его хватают руки в белых перчатках.

Гейл ловит мой взгляд и что-то говорит. Я ничего не слышу и не знаю, что делать. Бросить его я не могу, добраться до него — тоже. Гейл снова шевелит губами. Я трясу головой: «Не понимаю». Миротворцы, которые уже втаскивают его в дом, могут в любую секунду сообразить, кого они поймали.

— Уходи! — кричит Гейл.

Я поворачиваюсь и бегу прочь от капсулы. Теперь я одна. Гейл в плену, Крессида с Поллуксом десять раз могли погибнуть. А Пит? Я не видела его с тех пор, как мы ушли от Тигрис. Я цепляюсь за мысль о том, что он, быть может, вернулся в магазин. Почувствовал, что начинается приступ, и отступил обратно в подвал, пока не утратил контроль над собой. Понял, что отвлекать внимание не нужно — ведь Капитолий сам делает все для этого необходимое. Не нужно становиться приманкой, не нужно принимать морник... Морник! У Гейла нет капсулы! Даже если он умеет взрывать стрелы руками, такого шанса у него не будет — ведь миротворцы сразу же отнимут у Гейла оружие.

Я залетаю в подъезд; глаза щиплет от слез.

«Застрели меня» — вот что он пытался сказать. Я должна была его застрелить! Это мой долг, невысказанное обещание, которое все мы дали друг другу. А теперь миротворцы убьют его, запытают, вколют яд ос-убийц или... Сознание раскалывается на множество частей. У меня осталась только одна надежда — надежда на то, что Капитолий падет и миротворцы сдадутся, прежде чем причинят вред Гейлу. Однако пока жив Сноу, этого не произойдет.

Мимо пробегают двое миротворцев; на плачущую жительницу Капитолия, которая прячется в подъезде, они даже не обращают внимания. Я подавляю рыдания, смахиваю слезы, пока они не замерзли, и успокаиваюсь. Так, я по-прежнему безымянная беженка. Или миротворцы, схватившие Гейла, сумели меня разглядеть? Снимаю плащ, выворачиваю его наизнанку; из красного он становится черным. Закрываю лицо капюшоном и, прижав оружие к груди, осматриваю квартал. Здесь только с десяток потрясенных беженцев. Я иду за двумя стариками, которые меня не замечают. Мы доходим до следующего перекрестка; беженцы останавливаются, и я едва не налетаю на них. Мы на огромной Круглой площади, окруженной величественными зданиями, прямо напротив президентского дворца.

На площади полно народу: люди бродят туда-сюда, плачут или просто сидят, постепенно превращаясь в снежные сугробы. Здесь никто меня не найдет. Я начинаю кружными путями подбираться к дворцу, спотыкаясь о чьи-то брошенные сокровища и обледенелые ноги. Примерно на полпути натыкаюсь на бетонную баррикаду высотой около четырех футов. Она образует прямоугольник, в центре которого находится дворец Сноу. Казалось бы, здесь никого не должно быть, однако на баррикаде полно беженцев. Может, это та самая группа, которую разместят во дворце? Впрочем, подойдя ближе, я замечаю, что на баррикаде нет ни одного взрослого, только дети — малыши и подростки, замерзшие, напуганные. Одни сбились в кучу, другие сидят на земле и раскачиваются.

Никто не собирается вести их во дворец. Они сидят в загоне; со всех сторон их окружают миротворцы, которые здесь явно не для того, чтобы защищать детей. Если бы Капитолий хотел спасти ребят, то отправил бы их в какой-нибудь бункер. Нет, дети защищают Сноу, они — его «живой щит».

Начинается какой-то шум, и толпа бросается влево, увлекая меня в сторону, сбивая с намеченного курса. Слышны крики: «Мятежники! Мятежники!» Судя по всему, повстанцы ворвались в город. Людская волна прижимает меня к фонарному столбу; я вцепляюсь в привязанную к нему веревку, поднимаюсь над толпой. Теперь я вижу, как повстанцы выбегают на площадь, оттесняя беженцев в переулки. Вот-вот начнут рваться капсулы. Однако взрыва не происходит. Происходит вот что.

Прямо над баррикадой возникает планолет с эмблемой Капитолия; из него сыплются десятки серебряных парашютов. Даже в этом хаосе дети понимают, что на парашютах еда, лекарства и подарки. Дети хватают их, неуклюже пытаются развязать веревки замерзшими пальцами. Планолет исчезает, и через пять секунд примерно двадцать парашютов одновременно взрываются.

Толпа воет. Снег залит кровью, повсюду части детских тел. Многие дети погибли мгновенно, другие корчатся на земле. Кое-кто из них ковыляет, уставившись на парашюты в своих руках, словно внутри все-таки находится нечто ценное. Миротворцы разбирают баррикады, прокладывая путь к детям, — судя по всему, солдаты сами не ожидали того, что произошло. В брешь устремляется еще одна группа людей в белой форме, но это не миротворцы — это врачи, врачи повстанцев. Их форму ни с чем не спутаешь. Медики с аптечками в руках бросаются к детям.

Сперва я замечаю длинную светлую косу. Затем, когда девушка снимает пальто, укрывая им плачущего ребенка, я вижу, что полы рубашки выбились сзади, словно утиный хвостик. Я реагирую точно так же, как и в тот день, когда Эффи Бряк назвала ее имя. Видимо, я теряю сознание, поскольку внезапно понимаю, что сижу у основания столба и что воспоминаний о нескольких секундах у меня нет. В следующий миг я протискиваюсь сквозь толпу, выкрикивая имя девушки. Я почти у цели, почти у самой баррикады, и, кажется, девушка меня слышит — ее губы произносят мое имя.

И тут взрываются остальные парашюты.

25

Правда или ложь? Я горю. Огненные шары, вырвавшиеся из парашютов, пролетели сквозь поземку, над баррикадами и врезались в толпу. Один из них задел меня, когда я отворачивалась, провел языком по спине и превратил в новое существо, потушить которое так же сложно, как и солнце.

Огненному перерóдку знакомо только одно чувство — невыносимая боль. У него нет ни зрения, ни слуха — ничего, кроме ощущения вечно горящей плоти. Возможно, время от времени перерóдок теряет сознание, но какая мне разница, если даже в эти мгновения я не могу обрести покой? Я — птица Цинны, пылающая, бешено устремившаяся к чему-то неизбежному. Огненные перья растут из моего тела. Удары крыльев лишь раздувают пламя. Я сжигаю саму себя, но бесцельно.

Наконец мои крылья слабеют. Я теряю высоту, и сила тяжести погружает меня в пенистое море такого же цвета, что и глаза Финника. Я плыву на спине; она горит и под водой, но невыносимая боль стихает, превращаясь в просто боль. И сейчас, когда я дрейфую и не могу управлять своим движением, появляются они. Мертвецы.

Те, кого я любила, пролетают надо мной, словно птицы, кружат в небе, взмывают, зовут меня. Так хочется присоединиться к ним, но морская вода наполнила легкие и не дает подняться на поверхность. Те, кого я ненавидела, оказались в воде — ужасные чешуйчатые твари, они кусают снова и снова, рвут мою соленую плоть зубами-иголками, увлекают меня на дно.

Белая, с капелькой розового птичка камнем падает вниз и пытается удержать меня на поверхности, вцепившись когтями в грудь.

— Нет, Китнисс! Нет! Не уходи!

Однако те, кого я ненавидела, побеждают, и если птица не отпустит меня, то погибнет.

— Прим, отпусти!

И в конце концов она меня отпускает.

Я под водой, и все меня бросили. Я слышу только свое дыхание — с огромным усилием втягиваю воду в легкие и выталкиваю обратно. Я хочу остановиться, задержать дыхание, но море снова входит в меня против моей воли. «Дай мне умереть, дай уйти вслед за остальными», — умоляю я то, что удерживает меня здесь. Ответа нет.

Я провожу в этой ловушке дни, годы, а может, и столетия. Я мертва, но умереть мне не дозволено. Жива, но фактически мертва — и так одинока, что любое существо, пусть даже самое мерзкое, я встретила бы с распростертыми объятиями. Однако когда ко мне наконец приходит гость, это так приятно. Морфлинг. Он течет по венам, снимает боль, делает тело таким невесомым, что оно вновь поднимается на поверхность, к слою пены.

Пена. Я и впрямь дрейфую в слое пены, чувствую ее под пальцами; она облепила мое обнаженное тело. Мне очень больно, и все-таки я чувствую, что нахожусь в реальном мире — горло першит, в воздухе витает запах средства от ожогов, я слышу голос матери. Это меня пугает, и я пытаюсь вернуться в морские глубины и там во всем разобраться. Однако назад дороги нет, и постепенно меня вынуждают с этим смириться. Я — сильно обожженная девушка без крыльев. Без огня. И без сестры.

В невероятно белой больнице Капитолия надо мной колдуют врачи — завертывают в новые слои кожи, уговаривают клетки стать частью меня, крутят и растягивают руки-ноги, чтобы они встали точно на место. Все наперебой говорят, как мне повезло: глаза целы, лицо почти не пострадало, легкие хорошо реагируют на лечение. Я буду как новенькая.

Когда моя нежная кожа загрубела настолько, что может выдержать давление простыней, ко мне пускают посетителей. Морфлинг открывает двери всем — и живым, и мертвым. Хмурый, желтолицый Хеймитч, Цинна, шьющий свадебное платье, Делли, щебечущая о том, какие все добрые. Отец поет мне все четыре куплета «Дерева висельника» и предупреждает, чтобы я не рассказывала об этом матери, которая между сменами спит в кресле у моей кровати.

Проснувшись однажды, я узнаю, что вечно жить в стране грез мне не позволят. Я должна есть ртом. Разрабатывать мышцы. Ходить в туалет. Краткий визит президента Койн окончательно решает вопрос.

— Не беспокойся, — говорит она. — Я приберегла его для тебя.

Врачи все больше удивляются тому, что я не могу говорить. Я прохожу множество тестов, и хотя у меня обнаруживают повреждение связок, немота вызвана не им. Наконец главный врач, доктор Аврелий, выдвигает теорию, в соответствии с которой моя безгласость вызвана не физическими повреждениями, а эмоциональной травмой. Врачи предлагают сотни методов лечения, но Аврелий требует, чтобы меня оставили в покое. Я никого ни о чем не спрашиваю, и тем не менее поток информации не иссякает. О войне: Капитолий пал в тот же день, когда с неба слетели парашюты, Панемом правит президент Койн, повстанцы уничтожают последние очаги сопротивления. О президенте Сноу: он в плену, его ждет суд и почти наверняка — казнь. О моем отряде: Крессиду с Поллуксом отправили в дистрикты снимать репортаж о разрушениях, вызванных войной. Гейл, который получил две пули при попытке к бегству, зачищает Второй от миротворцев. Пит все еще в ожоговом отделении. Он всетаки добрался до Круглой площади. О моей семье: мать ищет утешения в работе.

У меня работы нет, и поэтому горе накрывает меня с головой. Силы поддерживает только обещание Койн. Я смогу убить Сноу. Потом у меня не останется ничего.

В конце концов меня выписывают из больницы и поселяют вместе с матерью в одной из комнат президентского дворца. Мама почти не появляется — она ест и спит на работе. Ухаживать за мной — следить за тем, чтобы я ела и принимала лекарства, — приходится Хеймитчу. Работа эта нелегкая, ведь я снова веду себя, как в Тринадцатом, — гуляю без разрешения по дворцу, захожу в спальни, кабинеты, залы, ванные комнаты, ищу укромные местечки. Шкаф, полный мехов. Шкафчик в библиотеке. Давно забытая ванна в комнате, забитой старой мебелью. В моих тайниках темно, так что найти меня здесь невозможно. Я сворачиваюсь клубочком, сжимаюсь, пытаюсь совсем исчезнуть. Затем, в полной тишине, я снова и снова кручу на запястье браслет с надписью: «Психически нездорова».

Меня зовут Китнисс Эвердин. Мне семнадцать лет. Мой дом — Двенадцатый дистрикт. Двенадцатого дистрикта нет. Я — Сойка-пересмешница. Я уничтожила Капитолий. Президент Сноу меня ненавидит. Он убил мою сестру. А теперь я убью его, и тогда Голодным играм придет конец...

Время от времени я вновь обнаруживаю себя в своей комнате — не знаю, то ли меня отлавливает Хеймитч, то ли приводит обратно стремление получить дозу морфлинга. Пересаженная кожа до сих пор розовая, как у младенца. Старая, которую признали поврежденной, но поддающейся лечению, выглядит красной, горячей, а местами — расплавленной. Островки непострадавшей кожи кажутся бледными, почти белыми. Я похожа на жуткое лоскутное кожаное одеяло. Часть волос сгорела до самых корней, остальные неровно подстрижены. Китнисс Эвердин, Огненная Китнисс. Мне, в общем, все равно, но при виде своего тела я вспоминаю о боли — и о том, почему я ее испытывала, и о том, что произошло до боли, и о том, как моя сестренка превратилась в живой факел.

Я закрываю глаза, но это не помогает. Во тьме огонь горит еще ярче.

Иногда приходит доктор Аврелий. Он мне нравится — ведь он не говорит глупостей вроде «здесь ты в полной безопасности» или «сейчас ты этого не понимаешь, но когда-нибудь ты снова будешь счастлива» и даже «теперь жизнь в Панеме станет лучше». Аврелий только спрашивает, не хочу ли я поговорить, и, не получив ответа, засыпает в кресле. Думается, он заходит ко мне с одной целью — вздремнуть. Такое положение вещей устраивает нас обоих.

Подходит назначенный срок, хотя сколько часов и минут прошло, я сказать не могу. Президента Сноу судили, признали виновным и приговорили к смертной казни. Об этом мне сказал Хеймитч, об этом в коридорах болтают охранники. В моей комнате появляется костюм Сойки и лук, ничуть не поврежденный, но ни одной стрелы — либо они сломаны, либо мне не разрешено владеть оружием. Я рассеянно думаю, должна ли я как-то подготовиться к грядущему событию, однако на ум ничего не приходит.

Однажды в конце дня, после долгого сидения в кресле у окна за раскрашенной ширмой, я выхожу из комнаты и поворачиваю не направо, как обычно, а налево, забредаю в незнакомую часть дворца и немедленно понимаю, что заблудилась. Спросить дорогу не у кого, но мне это нравится. Жаль, что я не зашла сюда раньше. Здесь так тихо: толстые ковры и тяжелые гобелены поглощают звуки. Свет мягкий. Приглушенные цвета. Вокруг все спокойно — и вдруг я чувствую аромат роз. Я ныряю за какую-то занавеску и жду появления перeродков: от потрясения нет даже сил бежать. Наконец становится ясно, что они не придут. Так откуда взялся этот запах? Что это — настоящие розы? Может, рядом сад, в котором растут злые создания?

Я крадусь по коридору; запах становится невыносимым. Он не такой сильный, как у перeродков, но более отчетливый — ведь к нему не примешивается запах взрывчатки и вонь отбросов. Повернув за угол, я натыкаюсь на двух изумленных охранников. Нет, конечно, это не миротворцы — миротворцев больше нет, — однако и не подтянутые солдаты Тринадцатого дистрикта в серой форме. Эти двое — мужчина и женщина — одеты в какие-то лохмотья. Настоящие повстанцы. Худые, в бинтах, они охраняют дверь, за которой находятся розы. Я пытаюсь пройти. Они скрещивают передо мной автоматы.

— Мисс, вам туда нельзя, — говорит мужчина.

— Солдат, — поправляет женщина. — Солдат Эвердин, вход запрещен. Приказ президента.

Я терпеливо жду, когда они опустят оружие и поймут — без слов, — что за дверью находится то, что мне нужно. Просто роза. Хотя бы один бутон. Чтобы я могла вставить цветок в петлицу Сноу, прежде чем его застрелить. Охранники явно нервничают. Они уже собираются звонить Хеймитчу, как вдруг женский голос у меня за спиной произносит:

— Пропустите ее.

Голос мне знаком, но я не могу вспомнить, где именно его слышала — не в Шлаке, не в Тринадцатом и точно не в Капитолии. Обернувшись, я оказываюсь лицом к лицу с Пэйлор, командиром из Восьмого. Сейчас она выглядит даже хуже, чем тогда, в больнице; впрочем, нам всем пришлось несладко.

— Под мою ответственность. Все, что находится за дверью, принадлежит ей, — говорит Пэйлор. Это ее солдаты, а не Койн, и поэтому они без вопросов опускают оружие и пропускают меня.

Пройдя по короткому коридору, я распахиваю стеклянные двери и захожу внутрь. Здесь аромат роз настолько мощный, что обоняние притупляется, и он уже делается терпимым. Прохладный влажный воздух ласкает разгоряченную кожу. А розы великолепны — целые ряды роскошных красных, оранжевых и даже голубых бутонов. Я хожу между рядами аккуратно подстриженных кустов, смотрю, но не трогаю — то, насколько опасны эти красавицы, я выучила на горьком опыте. Наконец я нахожу то, что мне нужно: изящный кустик, и на нем великолепный белый бутон, едва начинающий раскрываться. Натянув рукав на левую ладонь, чтобы не уколоться, беру садовые ножницы и подношу их к розе.

— Красивая, — внезапно говорит Сноу.

У меня дергается рука.

— Остальные, конечно, тоже хороши, но цвет совершенства — белый.

Я все еще не вижу Сноу. Голос доносится от соседней клумбы, на которой растут красные розы. Аккуратно приколов стебель на рукав, медленно захожу за угол: Сноу сидит на табурете, прислонившись к стене. Как всегда, он ухожен и безупречно одет, однако отягощен наручниками, кандалами и устройствами слежения. В руке у него платок, на котором видны свежие пятна крови, но даже сейчас, когда он в таком состоянии, его холодные змеиные глаза ярко сверкают.

— Я надеялся, что ты найдешь дорогу в мои покои.

Его покои. Я пробралась в его дом — так же, как год назад Сноу проскользнул в мой, шипя и источая аромат роз. Эта теплица — одна из его комнат, возможно любимая; кто знает, может, в лучшие времена он лично ухаживал за цветами. Теперь это часть его тюрьмы; вот почему охранники меня остановили, и вот почему Пэйлор позволила мне войти.

Я полагала, что его посадят в самое глубокое подземелье Капитолия, а не позволят наслаждаться роскошью. Однако Койн оставила его здесь — видимо, для того, чтобы создать прецедент. Тогда, если влияние утратит она сама, все будут знать, что президенты — даже самые отвратительные — заслуживают особого обращения. В конце концов, кто знает, когда она лишится власти?

— Нам столько нужно обсудить! Впрочем, мне кажется, твой визит будет кратким. Поэтому сначала о главном. — Сноу кашляет, и платок, который он прижимает к губам, становится еще более красным. — Приношу соболезнования по поводу смерти твоей сестры.

Лекарства притупили мои чувства, но даже в этом состоянии онемения я чувствую боль, вызванную словами Сноу. Они напоминают мне, что его жестокость беспредельна и что он до самой смерти не оставит попыток меня уничтожить.

— Такая бессмысленная смерть. В ту минуту всем было ясно, что игра окончена. Более того, когда они сбросили парашюты, я как раз собирался официально объявить о капитуляции.

Не мигая, он неотрывно смотрит на меня, словно не хочет упустить ни малейшей реакции. Однако в его словах нет смысла. «Когда они сбросили парашюты?»

— Ну, ты же не думаешь, что приказ отдал я? Будь в моем распоряжении работающий планолет, я бы бежал на нем. Это очевидно. И в любом случае, вопрос остается открытым: чего бы я добился? Мы оба знаем, что я готов убивать детей, но не люблю тратить ресурсы зря. Если я отнимаю у кого-нибудь жизнь, то не без причины, — а причин уничтожать целый загон капитолийских детей у меня не было.

Он снова заходится в кашле. Что это — трюк, чтобы дать его словам время проникнуть в мое сознание? Сноу лжет — конечно, лжет, — но за ложью есть какая-то правда, и она силится выйти наружу.

— Должен признать, Койн действовала блестяще. Даже самые преданные люди отвернулись от меня, когда увидели, что я бомбил наших собственных беззащитных детей. Всякое сопротивление прекратилось. Ты знаешь, что все показывали в прямом эфире? Здесь видна рука Плутарха, и в затее с парашютами — тоже.

Ну, таких идей и ждешь от руководителя Игр, верно? — Сноу промакивает рот платком. — Уверен, уничтожать твою сестру он не собирался, но в таких делах всякое бывает.

Сноу уже далеко; я в лаборатории, в Тринадцатом, вместе с Гейлом и Бити; мы смотрим на модели, созданные по принципу ловушек Гейла. Первая бомба убила жертв, вторая — спасателей. Я вспоминаю слова Гейла:

«Правила есть. Мы с Бити следуем тем, которые использовал президент Сноу, когда промывал мозги Питу».

— Моя ошибка, — говорит Сноу, — заключалась в том, что я слишком поздно раскусил замысел Койн: Тринадцатый позволяет Капитолию и дистриктам ослабить друг друга, а затем практически без потерь подчиняет их себе. Пойми, она с самого начала собиралась занять мое место. Ведь именно жители Тринадцатого подняли мятеж, который привел к Темным Временам, а затем бросили жителей остальных дистриктов в беде, когда удача от них отвернулась. Но я следил не за Койн, а за тобой, Сойка, — а ты следила за мной. Боюсь, что нас обоих одурачили.

Я отказываюсь верить. Такого не вынести даже мне. Я произношу первые слова после смерти сестры:

— Не верю.

Сноу качает головой, притворяясь разочарованным.

— О, дорогая мисс Эвердин, мы же договаривались не лгать друг другу.

26

Выйдя в коридор, я вижу, что Пэйлор не сдвинулась с места.

— Нашла, что искала? — спрашивает она.

В ответ я поднимаю белый бутон и молча ковыляю дальше. Наверное, до комнаты я добралась, потому что помню, как набирала воду в стакан и ставила в него розу. Я встаю на колени, на холодный кафель, и прищуриваюсь — в ярком люминесцентном свете сложно разглядеть белую розу. Палец попадает под браслет, поворачивает его, царапая запястье. Может быть, боль поможет мне, как и Питу, сохранить связь с реальностью. Надо держаться, надо узнать правду.

Вариантов всего два. Первый, общепризнанный: Капитолий отправил планолет и приказал сбросить парашюты, прекрасно понимая, что повстанцы кинутся спасать детей. Доказательства — эмблема Капитолия на планолете, тот факт, что его даже не пытались сбить, а также привычка капитолийцев использовать детей в борьбе с другими дистриктами. Но есть еще версия Сноу: в соответствии с ней, управляли планолетом и бомбили детей повстанцы, которые хотели быстрейшего окончания войны. Если это так, почему капитолийцы не стреляли по планолету? Может, действия повстанцев застали их врасплох? Может, мятежники вывели из строя противовоздушную оборону? Неужели противовоздушная оборона Капитолия была полностью уничтожена? Жители Тринадцатого всегда считали детей самой большой ценностью — по крайней мере, мне так казалось. Возможно, я ошибалась. Например, когда я перестала приносить пользу, от меня решили избавиться. Правда, я уже давно не ребенок. Но зачем бы они стали убивать детей? Ведь ясно было, что их собственные врачи бросятся на помощь и погибнут при втором взрыве. Повстанцы бы так не поступили. Не могли так поступить. Сноу лжет и, как обычно, манипулирует мною, надеясь, что я перейду на его сторону и уничтожу повстанцев. Да. Конечно.

Если это так, то что не дает мне покоя? Прежде всего, дважды взрывающиеся бомбы. Конечно, Капитолий мог изобрести подобное оружие, но я уверена, что его придумали повстанцы. Эти бомбы — творение Бити и Гейла. Затем тот факт, что Сноу не пытался бежать, — а я знаю, что он борется до последнего. Я почти уверена, что где-то находится его убежище, какой-нибудь бункер, до отказа забитый провизией, где президент мог бы провести остаток дней. И, наконец, его оценка Койн. Он точно описал ее действия: она позволила Капитолию и дистриктам уничтожить друг друга, а затем легко захватила власть. Впрочем, отсюда не следует, что парашюты сбросила она. Победа уже была у нее в руках. Все было в ее руках.

Все, кроме меня.

Я вспоминаю тот разговор с Боггсом, когда речь зашла о преемнике Сноу. «Если ты задумываешься и не сразу отвечаешь «Койн», — ты представляешь угрозу. Ты — лицо освободительной войны. Ни у кого нет столько влияния, как у тебя.

И ты никогда особенно не скрывала своего отношения к Койн».

Внезапно я вспоминаю Прим: ей еще и четырнадцати не исполнилось, она даже звания солдата не получила, но почему-то оказалась на передовой. Как это могло произойти? Что моя сестра рвалась в бой, я не сомневаюсь. Что у нее больше способностей, чем у детей старше ее, — очевидно. И тем не менее отправить тринадцатилетнюю девочку в бой могло только вышестоящее начальство. Может, это сделала Койн, надеясь окончательно свести меня с ума? Или, по крайней мере, окончательно заручиться моей поддержкой? Мне бы даже не пришлось видеть это вживую — за событиями на Круглой площади следили десятки камер, они бы запечатлели исторический момент.

Нет, я схожу с ума, у меня начинается паранойя. О задании знало слишком много людей, правда выплыла бы наружу. Или нет? Кто знал о нем, кроме Койн, Плутарха и небольшой команды преданных помощников, от которых при случае можно легко избавиться?

Мне так хочется, чтобы кто-нибудь помог мне разобраться, но все, кому я доверяла, — Цинна, Боггс, Финник, Прим — мертвы. Правда, есть Пит, но он, скорее всего, способен лишь высказать пару догадок — и, кроме того, неизвестно, в каком он сейчас состоянии. Остается только Гейл. Он далеко, и даже если бы он оказался рядом, можно ли ему довериться? Что сказать, какие слова выбрать, чтобы Гейл не решил, будто Прим убила одна из его бомб? Именно невероятное неправдоподобие этой теории убеждает меня в том, что Сноу солгал.

Есть лишь один человек, который мог знать, что произошло, и который, возможно, все еще на моей стороне. Да, говорить на эту тему с Хеймитчем рискованно, ведь он, не колеблясь, рискнул моей жизнью на арене, однако я не думаю, что он выдаст меня Койн. Наши разногласия мы предпочитаем улаживать лично.

Я встаю и иду в его комнату. На стук никто не отвечает; я толкаю дверь и захожу. Фу. Удивительно, как быстро ему удалось загадить помещение. Повсюду валяются тарелки с объедками, разбитые бутылки и обломки мебели — похоже, Хеймитч крушил все в пьяном угаре. Он, грязный и растрепанный, лежит на кровати, запутавшись в простынях. Отрубился.

— Хеймитч!

Я трясу его за ногу. Этого, конечно, недостаточно, но я делаю еще несколько попыток — и только затем выливаю ему на голову кувшин воды. Ахнув, Хеймитч приходит в себя и вслепую тычет перед собой ножом. Похоже, его кошмары не прекратились даже после свержения Сноу.

— А, это ты, — говорит Хеймитч, и по голосу я понимаю, что он еще не протрезвел.

— Хеймитч... — начинаю я.

— Вы только послушайте, Сойка обрела голос! Плутарх будет счастлив! — Хеймитч смеется и отхлебывает из бутылки. — Но почему я промок до нитки?

Я бросаю кувшин за спину, в кучу грязной одежды.

— Мне нужна твоя помощь, — говорю я.

Хеймитч рыгает, и воздух наполняется перегаром.

— А в чем дело, солнышко? Опять проблемы с мальчиками? — Не знаю почему, но на сей раз слова Хеймитча ранят меня гораздо сильнее обычного. Взглянув на мое лицо, он, хотя и пьяный, понимает, что допустил ошибку, и пытается взять свои слова назад. — Ладно, шутка вышла не смешной.

Я уже у двери.

— Я пошутил! Вернись!

Судя по грохоту, с каким его тело падает на пол, Хеймитч пытался меня догнать.

Я петляю по коридорам дворца и в конце концов исчезаю в гардеробе, набитом шелковой одеждой. Я срываю вещи с вешалок, сваливаю их в кучу и зарываюсь в нее. В кармане завалялась таблетка морфлинга, и я проглатываю ее, борясь с накатывающей истерикой. Однако ситуацию это не исправляет. Где-то вдалеке Хеймитч зовет меня, но в теперешнем состоянии он меня не найдет — тем более здесь, в ворохе шелковых одежд. Я чувствую себя куколкой в коконе, готовой превратиться в бабочку. В своих убежищах я всегда успокаивалась, а сейчас мне все больше кажется, что я попала в ловушку, что гладкие узы душат меня, что я не смогу выбраться, пока не превращусь во что-то красивое. Я извиваюсь, хочу избавиться от разрушенного тела и отрастить безупречные крылья — и все же, несмотря на огромные усилия, остаюсь чудовищем, появившемся на свет в результате взрыва бомбы.

После разговора со Сноу ко мне возвращаются старые кошмары. Это похоже на действие яда ос-убийц: меня накрывает волна ужасных образов, за ней следует короткая передышка, которую я принимаю за бодрствование, пока не накатывает новая волна. Когда меня наконец находит охрана, я сижу в шкафу, завернутая в шелк, и ору во всю глотку. Сначала я отбиваюсь, потом они убеждают меня в своих добрых намерениях, избавляют от душащих шелковых одежд и ведут обратно в комнату. Мы проходим мимо окна, и я вижу, что над Капитолием поднимается серая, снежная заря.

В комнате ждет страдающий от жестокого похмелья Хеймитч с пригоршней таблеток и подносом с едой. Есть никому из нас не хочется. Хеймитч делает жалкие попытки завязать разговор, но видя, что это бесполезно, отправляет меня в ванну, которую кто-то уже наполнил. Ванна глубокая; к бортику приделана лестница из трех ступенек. Я залезаю в теплую воду и сижу по шею в мыльной пене, надеясь, что лекарства скоро подействуют. И тут замечаю розу, которая за ночь уже распустилась, наполнив влажный воздух сильным ароматом. Я встаю и уже тянусь к полотенцу, чтобы набросить на розу, когда кто-то неуверенно стучит в дверь. Она распахивается, и я вижу три знакомых лица. Они пытаются улыбаться, но даже Вения не может скрыть шок при виде моего обезображенного тела, тела переродка.

— Сюрприз! — пищит Октавия и заливается слезами. Постепенно до меня доходит, что сегодня, наверное, день казни. Они пришли, чтобы подготовить меня к съемке. Вернуть к состоянию «базис-ноль». Неудивительно, что Октавия рыдает, ведь это невыполнимая задача.

Они не осмеливаются прикоснуться к моей коже, боясь причинить боль, и поэтому я сама смываю с себя мыльную пену и вытираюсь. Я говорю, что почти не чувствую боли, но Флавий все равно морщится, надевая на меня халат. В спальне ждет еще один сюрприз. Сидящий в кресле. Изысканный. В золотом парике и кожаных сапогах. С планшетом в руках. Если не считать безучастного выражения лица, она совсем не изменилась.

— Эффи.

— Привет, Китнисс. — Она встает и целует меня в щеку, словно со времени нашей последней встречи в ночь перед Квартальной бойней ничего не произошло. — Похоже, нас ждет еще один большой, большой, большой день. Давай начинай, а я пойду и проверю, как идет подготовка.

— Ладно, — говорю я ей в спину.

— По слухам, Плутарху с Хеймитчем еле удалось ее спасти, — вполголоса замечает Вения. — Когда ты сбежала, ее посадили в тюрьму.

Назвать Эффи Бряк врагом Капитолия можно лишь с большой натяжкой. Но я не хочу, чтобы Койн убила ее, и поэтому заранее готовлюсь представить Эффи как мятежницу.

— Значит, Плутарх не зря вас похитил.

— Мы — последняя команда стилистов, участвовавшая в Квартальной бойне. Все остальные погибли, — говорит Вения, не уточняя, кто именно их убил, но мне кажется, что это уже не важно.

— Какие будем делать ногти, красные или черные? — спрашивает Вения, осматривая мои израненные руки.

Флавий тем временем сотворил чудо с моими волосами: не только подровнял их, но и уложил так, чтобы они закрыли проплешины на затылке. Лицо не пострадало, поэтому работы с ним относительно немного. Когда я облачаюсь в костюм Сойки-пересмешницы, созданный Цинной, видны только шрамы на шее, предплечьях и кистях. Октавия прикалывает мне на грудь брошь с сойкой-пересмешницей, и мы все смотрим на меня в зеркало. Невероятно: я опустошена, но им удалось вернуть мне нормальный облик.

Раздается стук в дверь, и в комнату заходит Гейл.

— Можно тебя на минутку? — спрашивает он.

Я смотрю в зеркало на стилистов: они не знают, куда им деться, и, натыкаясь друг на друга, скрываются в ванной. Гейл встает у меня за спиной, и мы разглядываем друг друга в зеркало. Я пытаюсь найти то, что напомнило бы мне о мальчике и девочке, которые пять лет назад случайно встретились в лесу. Думаю о том, что бы произошло, если бы девочку не отправили на Голодные игры, если бы она влюбилась в мальчика и даже вышла за него замуж, а в будущем, когда братья и сестры подросли, убежала бы с ним в лес и навсегда покинула Двенадцатый. Была бы она счастлива с ним там, в глуши, или же тьма и печаль разделили бы их и без помощи Капитолия?

— Я принес тебе вот это. — Гейл вытаскивает колчан с одной стрелой. — Это символ. Ты сделаешь последний выстрел в этой войне.

— А если я промахнусь? — спрашиваю я. — Что тогда? Койн принесет мне стрелу обратно или сама застрелит Сноу?

— Не промахнешься. — Гейл поправляет колчан на моем плече.

Мы стоим лицом к лицу, но не смотрим друг другу в глаза.

— Ты не навестил меня в больнице. — Он молчит, и в конце концов я не выдерживаю. — Бомбу сделал ты?

— Не знаю. И Бити тоже не знает, — отвечает Гейл. — Какая разница? Все равно ты всегда будешь об этом думать.

Он ждет, что я начну возражать, и я хотела бы возразить, да не могу. Даже сейчас я вижу вспышку, которая подожгла Прим, чувствую жар. Для меня этот миг навечно связан с Гейлом. Мое молчание — мой ответ.

— Это был мой единственный плюс — то, что я заботился о твоей семье. Не промахнись, ладно?

Гейл легонько гладит меня по щеке и уходит. Я хочу позвать его, сказать, что я ошибалась, что я вспомню, при каких обстоятельствах Гейл создал бомбу, не забуду и про свои собственные преступления. Я хочу выяснить, кто сбросил парашюты, доказать, что виноваты не повстанцы, хочу простить его. Но я не могу принять то, что произошло, и поэтому мне придется жить с этой болью.

Возвращается Эффи: нам нужно идти на какое-то совещание. Я беру лук и в последнюю секунду вспоминаю про белоснежную розу, которая стоит в стакане с водой. Открываю дверь в ванную — стилисты, ссутулившись, сидят на бортике ванны, и вид у них подавленный. Я не единственный человек, чей мир уничтожила война.

— Идемте, — говорю я. — Зрители ждут.

Я думала, что мы придем на съемочную площадку и Плутарх укажет, где я должна встать и когда застрелить Сноу. Вместо этого мы оказываемся в комнате, в которой за столом сидят шестеро — Пит, Джоанна, Бити, Хеймитч, Энни и Энорабия. Все одеты в серую форму Тринадцатого дистрикта, и вид у всех довольно бледный.

— Что происходит? — спрашиваю я.

— Точно не знаем, — отвечает Хеймитч. — Кажется, встреча оставшихся в живых победителей.

— Выжили только мы?

— Такова цена славы, — замечает Бити. — Нас ненавидели обе стороны. Капитолийцы убивали победителей, которых подозревали в сотрудничестве с мятежниками. Повстанцы уничтожали тех, кого считали союзниками Капитолия.

— А она что здесь делает? — рычит Джоанна, глядя на Энорабию.

— *Она* получила неприкосновенность по условиям так называемого Договора Сойки, — отвечает Койн, входя в комнату вслед за мной. — Китнисс Эвердин согласилась поддержать повстанцев в обмен на гарантии безопасности для пленных победителей. Она выполнила свою часть соглашения, и мы поступим так же.

Энорабия презрительно улыбается, глядя на Джоанну.

— Смейся, смейся, — бурчит Джоанна. — Мы все равно тебя убьем.

— Китнисс, садись, пожалуйста, — говорит Койн, закрывая дверь. Осторожно положив розу на стол, я сажусь между Энни и Бити. Как обычно, Койн сразу переходит к сути дела. — Я пригласила вас сюда, чтобы уладить один вопрос. Сегодня мы казним Сноу. За последние недели сотни подручных Сноу, угнетавших население Панема, также предстали перед судом и теперь ждут казни. Однако жители дистриктов считают, что это слишком малая плата за их страдания. Более того, многие требуют уничтожить всех граждан Капитолия — но мы не можем на такое пойти, ведь подобная мера поставит под угрозу выживание нас как вида.

Я смотрю на руки Пита сквозь стакан с водой. Следы ожогов. Теперь мы оба огненные переродки. Языки пламени лизнули его лоб и спалили брови, но чудом не тронули глаза, — те самые глаза, которые украдкой глядели на меня в школе. Так же, как глядят на меня сейчас.

— Мы предложили альтернативный вариант, но, не сумев прийти к единому решению, согласились, что это должны сделать победители. План утверждается большинством из четырех голосов, воздержаться от голосования нельзя. Предложение заключается в следующем: вместо того, чтобы уничтожить все население Капитолия, мы устроим последние, символические Голодные игры, в которых будут участвовать люди, напрямую связанные с бывшими властителями.

Мы все поворачиваемся к ней.

— Что? — спрашивает Джоанна.

— Мы устроим еще одни Голодные игры, в которых примут участие дети Капитолия, — отвечает Койн.

— Вы шутите? — восклицает Пит.

— Нет. И если мы в самом деле проведем Игры, все будут знать, что это сделано с вашего одобрения, однако результаты голосования мы сохраним в тайне — ради вашей же безопасности, — говорит Койн.

— Это придумал Плутарх? — спрашивает Хеймитч.

— Нет, это моя идея, — отвечает Койн. — Нам нужно уравновесить жажду мести и число жертв. Можете приступать к голосованию.

— Нет! — восклицает Пит. — Я, конечно, против! Нельзя устраивать еще одни Игры!

— Почему бы и нет? — парирует Джоанна. — Так будет справедливо. У Сноу даже внучка есть. Я голосую «за».

— И я тоже, — говорит Энорабия почти безучастно. — Пусть узнают, каково пришлось нам.

— Именно из-за этого мы и подняли восстание! Помните? — Пит обводит нас взглядом. — Энни?

— Я, как и Пит, голосую «против», — говорит она. — И если бы Финник был здесь, он поступил бы так же.

— Но его здесь нет. Его убили переродки Сноу, — напоминает Джоанна.

— Нет, — говорит Бити. — Это создаст плохой прецедент. Нельзя считать всех остальных врагами; сейчас главное — единство, иначе нам не выжить. Я против.

— Остались Китнисс и Хеймитч, — напоминает Койн.

Интересно, а как это произошло семьдесят пять лет назад? Другая группа людей тоже сидела и голосовала за и против Голодных игр? Единогласно ли они приняли решение? Может, кто-то взывал к милосердию, но его заглушили вопли тех, кто требовал смерти детей? Аромат розы проникает из носа в горло, и оно сжимается от отчаяния. Все, кого я любила, умерли, а мы обсуждаем следующие Голодные игры, чтобы предотвратить дальнейшие жертвы. Ничего не изменилось. И ничего не изменится.

Я тщательно взвешиваю возможности, обдумываю все варианты.

— Я голосую «за»... ради Прим, — говорю я, не отводя глаз от розы.

— Хеймитч, твой голос решающий, — напоминает ему Койн.

Пит в ярости. Он произносит целую речь, призывая Хеймитча не становиться соучастником преступления. Хеймитч наблюдает за мной. Настал решительный момент. Сейчас мы узнаем, насколько мы похожи и действительно ли Хеймитч меня понимает.

— Я поддерживаю Сойку, — говорит Хеймитч.

— Отлично. Решение принято, — резюмирует Койн. — А теперь нам пора. Казнь состоится совсем скоро.

Она проходит мимо меня, и я протягиваю ей стакан с розой.

— Вы не могли бы распорядиться, чтобы над сердцем ему прикололи вот это?

Койн улыбается.

— Конечно. Кроме того, я позабочусь о том, чтобы он узнал о новых Играх.

— Спасибо, — говорю я.

Люди забегают в комнату, окружают меня, еще раз напудривают, передают распоряжения Плутарха, ведут к главному входу. Круглая площадь переполнена, но по улицам к ней все еще стекаются люди. Все встают по местам — стражники, чиновники, лидеры повстанцев, победители. Слышны приветственные крики: это Койн вышла на балкон. Эффи похлопывает меня по плечу, и я выхожу в холодные лучи зимнего солнца и становлюсь на свое место. Меня сопровождает оглушительный рев толпы. В соответствии с инструкциями я поворачиваюсь так, чтобы меня видели в профиль, и жду. Когда выводят Сноу, зрители приходят в неистовство. Охрана приковывает его к столбу, однако это ни к чему — Сноу не сбежит. Бежать некуда. Здесь не просторная площадка рядом с Тренировочным центром, а узкая улочка перед президентским дворцом. Неудивительно, что никто не гонял меня на стрельбы. Ведь Сноу же в десяти ярдах от меня.

Лук урчит в моей руке. Я достаю стрелу из колчана, кладу на тетиву, прицеливаюсь в розу и смотрю в лицо Сноу. Он облизывает пухлые губы, кашляет; по подбородку бежит кровавый ручеек. Я пытаюсь прочитать в глазах бывшего президента хоть что-нибудь — страх, раскаяние, гнев, — но, как и во время нашей прошлой встречи, вижу лишь изумление. Сноу словно повторяет свою последнюю фразу: «О, дорогая мисс Эвердин, мы же договаривались не лгать друг другу».

Он прав. Мы договаривались.

Наконечник стрелы идет вверх, я отпускаю тетиву, и президент Койн падает с балкона на землю. Она мертва.

27

Все потрясенно умолкают. В тишине слышен только один звук — ужасный, булькающий смех Сноу. Он сгибается в три погибели, начинает кашлять, изо рта у него льется пенящийся поток крови. Бывшего президента окружают охранники, и он исчезает из моего поля зрения.

Ко мне идут люди в серой форме. Я думаю о том, что ждет меня, убийцу нового президента Панема, — допрос, возможно, пытки и, разумеется, публичная казнь. Думаю, что снова не попрощалась с горсткой людей, которые мне все еще дороги. Затем понимаю, что пришлось бы встретиться с матерью, у которой теперь никого не осталось, и это решает дело.

— Спокойной ночи, — шепчу я луку и чувствую, как он замирает. Я поднимаю левую руку и наклоняю голову, чтобы сорвать зубами капсулу с ядом, пришитую к рукаву. Но зубы впиваются не в ткань, а в живую плоть. Я разжимаю челюсти, поднимаю голову и вижу перед собой глаза Пита — и на сей раз он не отводит взгляд. На руке, которой Пит сжал капсулу с морником, следы моих зубов.

— Отпусти! — рычу я, пытаясь высвободиться.

— Не могу, — отвечает он.

Его оттаскивают от меня, отрывая карманчик «с мясом»; фиолетовая капсула падает на землю и ее давит сапог солдата. Толпа наседает, и я превращаюсь в дикого зверя — лягаюсь, царапаюсь, кусаюсь, делаю все, чтобы вырваться. Стражники поднимают меня и несут на руках, над толпой. Я кричу, зову Гейла. В толпе его не видно, но он поймет, что мне нужно, — один точный выстрел, чтобы со всем покончить. Но выстрела нет. Может, Гейл меня не видит? Нет. Над Круглой площадью висят огромные экраны, которые показывают все, что происходит. Он видит, он знает, и все же ничего не делает — как и я, когда в плен попал он. Жалкие отговорки и для охотников, и для друзей — для нас обоих.

Помочь мне некому.

Меня приводят в особняк, заковывают в наручники, надевают на глаза повязку и то ли несут, то ли волокут по длинным коридорам, везут вверх и вниз на лифте. Затем кладут на ковер и снимают наручники. За спиной хлопает дверь. Я стаскиваю повязку: меня привели в мою старую комнату в Тренировочном центре. Здесь я провела несколько дней перед первыми Голодными играми и Квартальной бойней. На кровати только матрас, дверцы пустого шкафа распахнуты, но эту комнату я узнаю с одного взгляда.

Я с трудом поднимаюсь на ноги и стаскиваю костюм Сойки. Тело в синяках, возможно, сломана пара пальцев, но больше всего во время борьбы с охранниками пострадала моя кожа. Розовая кожа, созданная из клонированных в лаборатории клеток, порвана в клочья, словно бумажная салфетка, и сквозь нее сочится кровь. Впрочем, лечить меня явно не собираются, а мне уже все равно. Я заползаю на матрас, предполагая, что умру от потери крови.

Ничего подобного. К вечеру кровь сворачивается; все тело липкое, оно одеревенело и болит, но я жива. Дохромав до ванной, включаю самую щадящую программу, которую помню, без мыла и шампуня, и сижу на корточках под струей теплой воды, обхватив голову руками.

«Меня зовут Китнисс Эвердин. Почему я не умерла? Я должна умереть. Так будет лучше для всех»...

Я выхожу из душа, встаю на коврик, и горячий воздух досуха поджаривает мою поврежденную кожу. Чистой одежды нет, нет даже полотенца, чтобы завернуться. Вернувшись в комнату, я вижу, что костюм Сойки исчез, вместо него — бумажный халат. Из какой-то таинственной кухни прибыл поднос с едой, а на десерт — мои лекарства. Я съедаю пищу, принимаю лекарства, мажу кожу бальзамом. Мне нужно выбрать, как покончить с собой.

Я сворачиваюсь клубочком на матрасе, покрытом пятнами крови; мне не холодно, но сейчас, когда нежную кожу прикрывает только слой бумаги, я чувствую себя совсем обнаженной. Выпрыгнуть из окна не получится — стекло, наверное, в фут толщиной. Можно сделать отличную петлю, да только зацепить ее не за что. Можно накопить таблеток, а затем принять смертельную дозу, но я уверена, что за мной следят круглые сутки. В эту минуту Сойку показывают в прямом эфире, а комментаторы обсуждают причины, заставившие ее убить Койн. Почти любая попытка самоубийства обречена на провал. Моя жизнь в руках Капитолия. Снова.

Выход один — сдаться. Я решаю, что буду лежать на постели — не есть, не пить и не принимать лекарства. Я бы могла это сделать — просто умереть, — если бы не ломки. Уменьшать дозу морфлинга придется не постепенно, как в больнице, а сразу. Наверное, его количество было довольно большим: желание принять новую дозу сопровождается такой сильной дрожью, приступами боли и невероятным ознобом, что моя решимость разлетается на мелкие кусочки, словно яичная скорлупа. Стоя на коленях, я прочесываю ковер ногтями, пытаясь найти выброшенные ранее драгоценные таблетки. План самоубийства приходится модифицировать: теперь меня ждет медленная смерть от морфлинга. Я превращусь в мешок с костями, обтянутый желтой кожей. Два дня все идет по плану, затем происходит нечто непредвиденное.

Я начинаю петь — у окна, в душе, во сне, часами вывожу баллады, песенки о любви, народные песни. Все их я узнала от отца, ведь после его смерти музыки в моей жизни было очень мало. Удивительно, что я так хорошо все помню — и мелодии, и тексты. Мой голос, сначала хриплый, не вытягивающий высокие ноты, постепенно разогревается, превращается в нечто прекрасное. Услышав такой голос, все сойки умолкнут, а затем наперебой бросятся повторять мелодию. Проходят дни, недели. Я слежу за тем, как на карниз за окном падает снег. И все время слышу только собственный голос.

Что они там вообще делают? Чем вызвана задержка? Неужели так сложно организовать казнь одной девушки-убийцы? Я продолжаю уничтожать себя. Мое тело невероятно исхудало, а битва с голодом идет так яростно, что иногда животная часть меня поддается искушению и съедает хлеб с маслом или кусок жареного мяса. И все равно, в этой войне я побеждаю. В течение нескольких дней самочувствие довольно скверное, и мне кажется, я наконец прощаюсь с жизнью, но внезапно замечаю, что число таблеток морфлинга уменьшается. Меня пытаются постепенно избавить от зависимости. Зачем? Сойку, накачанную наркотиками, будет гораздо проще публично казнить. В голову приходит ужасная мысль: а что, если казни не будет? Что, если они планируют переделать меня, переучить и снова использовать?

Я не поддамся. Если мне не удастся покончить с собой в этой комнате, я воспользуюсь первой возможностью, когда выйду на свободу. Меня могут откормить, отполировать мое тело до блеска, одеть, снова сделать красивой. Могут изобрести невероятные виды оружия, которое оживает в руках, но меня больше никогда не заставят прикоснуться к нему. Я больше не чувствую себя связанной клятвой верности этим чудовищам, которых называют людьми, пусть даже сама я — одна из них. Возможно, Пит прав: мы уничтожаем друг друга, чтобы наше место занял другой, более достойный вид. Ведь с существами, которые улаживают разногласия, жертвуя своими детьми, что-то явно не в порядке. Можно придумывать какие угодно объяснения, но они ничего не изменят. Сноу считал Голодные игры эффективным методом контроля. Койн думала, что парашюты приблизят победу в войне. А в конце концов кому все это принесло выгоду? Никому. Никому не выгодно жить в мире, где творится такое.

После двух дней, в течение которых я не ем, не пью и даже не принимаю морфлинг, дверь в комнату открывается. Кто-то садится на постель и попадает в поле моего зрения. Хеймитч.

— Твой суд завершен. Собирайся, мы едем домой.

Домой? О чем он говорит? Моего дома больше нет — и даже если бы это воображаемое место действительно существовало, я слишком слаба, чтобы двигаться. Появляются незнакомые люди; меня кормят, поят, моют и одевают. Кто-то поднимает меня, словно тряпичную куклу, несет на крышу, сажает в планолет и пристегивает ремнем безопасности. Напротив сидят Хеймитч и Плутарх. Через несколько секунд мы взлетаем.

Никогда еще не видела Плутарха в таком хорошем настроении. Он буквально сияет.

— Наверно, у тебя миллион вопросов!

Я молчу, но он все равно на них отвечает.

После того как я застрелила Койн, начался хаос. Когда шум стих, нашли труп Сноу, все еще привязанный к столбу, — то ли он задохнулся, смеясь, то ли его задавила толпа. Это, на самом деле, никого не интересует. Кое-как организовали экстренные выборы, и в результате президентом избрали Пэйлор. Она назначила Плутарха министром связи, а значит, он контролирует телеэфир. Первым крупным событием, которое показали по телевизору, стал судебный процесс надо мной, в котором Плутарх сыграл роль одного из главных свидетелей. Хотя основная заслуга в том, что меня оправдали, принадлежит доктору Аврелию, который отработал свои часы сна, представив Китнисс Эвердин как безнадежную, контуженную душевнобольную. Меня освободили при одном условии: что я буду находиться под его присмотром — хотя надзор и придется осуществлять по телефону, так как доктор Аврелий никогда не станет жить в такой дыре, как Двенадцатый дистрикт, куда меня ссылают вплоть до особого распоряжения. Честно говоря, теперь, когда война окончилась, никто не знает, что со мной делать. Правда, Плутарх уверен, что в случае возникновения нового конфликта мне найдут применение. Завершив свою речь, Плутарх расхохотался. То, что его шутки другим не понятны, Плутарха не беспокоит.

— Готовишься к очередной войне? — спрашиваю я.

— О нет. Сейчас тот самый замечательный период, когда все согласны, что недавние ужасы не должны повториться, — отвечает Плутарх. — Но обычно общественное согласие недолговечно. Мы — непостоянные, тупые твари со слабой памятью и талантом к самоуничтожению. Хотя... кто знает? Может, на сей раз все получится.

— Что?

— Возможно, мы стали свидетелями того, как человечество эволюционирует. Подумай об этом.

Затем он спрашивает, не хочу ли я принять участие в музыкальной программе, съемки которой начнутся через несколько недель. Мне стоит выбрать какую-нибудь веселую песню. Он пришлет съемочную группу в мой дом.

Мы ненадолго приземляемся в Третьем дистрикте, чтобы высадить Плутарха. Он встречается с Бити, чтобы обновить трансляционное оборудование. На прощание Плутарх говорит:

— Не пропадай.

Когда мы снова взмываем к облакам, я смотрю на Хеймитча.

— Так почему ты возвращаешься в Двенадцатый?

— Для меня в Капитолии места тоже не нашлось.

Сначала я принимаю его слова за чистую монету, потом в душу закрадываются сомнения. Хеймитч никого не убил. Он мог бы отправиться куда угодно — и если он возвращается в Двенадцатый, значит, он действует по приказу.

— Ты должен присматривать за мной? Стать моим наставником?

Он пожимает плечами, и внезапно я все понимаю.

— Моя мать не вернется.

— Нет. — Хеймитч вытаскивает конверт из кармана пиджака и протягивает мне. Изящный, аккуратный почерк.

— Она помогает создать больницу в Четвертом дистрикте. Хочет, чтобы ты позвонила ей, как только мы приедем.

Я обвожу пальцем буквы.

— Знаешь, почему она не может приехать?

Да, знаю: потому что после смерти отца и Прим маме будет больно находиться здесь. А мне, очевидно, нет.

— Хочешь знать, кто еще туда не приедет?

— Нет. Пусть это станет для меня сюрпризом, — отвечаю я.

Хеймитч, как хороший наставник, заставляет меня съесть сэндвич, а затем притворяется, что верит, будто остаток пути я сплю. Он заглядывает в каждый ящик в салоне планолета, находит выпивку и укладывает бутылки в свою сумку. В Деревню победителей мы прилетаем уже ночью. В половине домов, включая дом Хеймитча и мой, но не дом Пита, горит свет. В кухне кто-то развел огонь. Я сажусь в кресло-качалку у очага, сжимая в руках письмо матери.

— Ну, до завтра, — говорит Хеймитч.

— Что-то не верится, — шепчу я, когда лязг бутылок в его сумке стихает.

Я не в силах подняться с кресла. Дом нависает надо мной, пустой, темный и холодный. Я закутываюсь в старую шаль и сажусь у огня. Наверное, я засыпаю, ведь стоит мне открыть глаза, на дворе уже утро, и Сальная Сэй гремит на кухне сковородками. Она приносит яичницу с поджаренным хлебом и сидит рядом, пока я не съедаю все. Мы почти не разговариваем. Ее внучка — та, которая живет в своем собственном мире, — берет из корзины моей матери клубок ярко-синей шерсти. Сэй приказывает внучке вернуть клубок на место, но я говорю, что девочка можете оставить его себе. В этом доме все равно никто не умеет вязать. После завтрака Сальная Сэй моет посуду и уходит, а в обед возвращается, чтобы снова меня накормить. Не знаю, то ли она считает, что выполняет свой долг, то ли правительство ей за это платит — как бы то ни было, два раза в день Сэй появляется у меня. Она готовит, я ем и пытаюсь понять, что делать дальше. Теперь мне никто не помешает покончить с собой — однако, похоже, я чего-то жду.

Телефон все звонит и звонит, но я не беру трубку. Хеймитч не заходит. Может, он передумал и уехал из дистрикта — хотя мне почему-то кажется, что он просто в стельку пьян. Кроме Сэй и ее внучки, у меня никто не бывает — правда, после нескольких месяцев одиночного заключения даже эти двое кажутся целой толпой.

— Прекрасный весенний денек, — говорит Сэй. — Тебе нужно гулять, так сходила бы на охоту.

Я еще ни разу не выбиралась из дома, и даже из кухни, если не считать походов в ванную, которая находится всего в двух шагах. На мне та же одежда, в которой я уехала из Капитолия. А мое единственное занятие заключается в том, что я сижу у огня и смотрю на стопку невскрытых писем на каминной полке.

— У меня нет лука.

— Посмотри в прихожей, — отвечает Сэй.

Когда она уходит, я думаю о том, чтобы прогуляться до прихожей, но отказываюсь от этого намерения. Правда, через несколько часов я все равно иду туда, неслышно ступая по полу в одних носках, как будто не хочу будить призраков. В кабинете, где мы с президентом Сноу пили чай, я нахожу коробку, в которой лежит отцовская охотничья куртка, наша книга с рисунками и названиями растений, свадебная фотография родителей, трубка для живицы, присланная Хеймитчем, и медальон, который Пит подарил мне на арене с циферблатом. На столе лежат два лука и колчан со стрелами, которые Гейл спас в ночь, когда сбросили зажигательные бомбы. Я надеваю куртку, а к остальному не прикасаюсь. Потом засыпаю на диване в гостиной. Мне снится кошмар: я лежу в глубокой могиле, и каждый умерший, которого я когда-то знала, бросает в могилу лопату пепла. Сон довольно длинный, особенно если учесть число моих знакомых, и чем толще слой пепла, тем труднее дышать. Я пытаюсь позвать на помощь, умоляю их прекратить, но пепел забивается в рот и в ноздри, и я не могу издать ни звука — а лопата все шуршит, снова и снова зачерпывая пепел...

Я резко просыпаюсь. Из-за штор еле-еле пробивается бледный утренний свет. Все еще не отойдя от кошмара, я выбегаю из дома, поворачиваю за угол — и теперь я уверена, что в случае необходимости смогу кричать на мертвых. Заметив его, я резко останавливаюсь. Раскрасневшись от усилий, он копает землю под окнами. В тачке лежат пять чахлых кустиков.

— Ты вернулся.

— Доктор Аврелий только вчера разрешил мне покинуть Капитолий, — отвечает Пит. — Кстати, он просил передать, что не может и дальше притворяться, будто лечит тебя. Бери трубку, когда он звонит.

Пит хорошо выглядит — да, он похудел, а его кожа, как и моя, покрыта шрамами от ожогов, но глаза прояснились, и он уже не выглядит затравленным. Слегка нахмурясь, он разглядывает меня. Я нерешительно пытаюсь откинуть волосы со лба и вдруг понимаю, что они свалялись. Я чувствую себя загнанной в угол и поэтому перехожу в наступление.

— А ты что здесь делаешь?

— Утром сходил в лес и выкопал их — для нее. Подумал, что мы могли бы посадить их рядом с домом.

Я смотрю на кустики, на корни с комьями земли, и у меня перехватывает дыхание: в голове крутится только одно слово — *«розы»*. Я уже собираюсь завопить, обругать Пита последними словами, и внезапно вспоминаю полное название растений — примрозы, примулы. Цветы, в честь которых назвали мою сестру. Я киваю, бегу обратно в дом и запираю за собой дверь. Но зло не снаружи, а внутри. Дрожа от волнения и слабости, я бегу вверх по лестнице, на последней ступеньке спотыкаюсь и падаю. Запах, хотя и очень слабый, все еще витает в воздухе. Он все еще здесь. В вазе, среди других цветов, стоит белая роза, выращенная в теплице Сноу, — сморщенная, хрупкая, однако все еще сохранившая неестественные, идеальные очертания. Я хватаю вазу, ковыляю на кухню и там вытряхиваю цветы в камин. Они загораются; яркое голубое пламя охватывает розу и поглощает ее. Огонь снова одержал победу над розами. На всякий случай я разбиваю вазу об пол.

Вернувшись наверх, распахиваю настежь окна спальни, чтобы избавиться от вони Сноу, но она не исчезает, оседая на моей одежде, проникая в поры. Я срываю с себя одежду; за нее цепляются кусочки кожи размером с игральные карты. Стараясь не смотреть на себя в зеркало, я забираюсь в душ и яростно смываю аромат роз с волос, с тела, с губ. Кожа розовеет и начинает пощипывать. Я нахожу чистые вещи и трачу полчаса на то, чтобы расчесать волосы. Сальная Сэй отпирает входную дверь. Пока готовится завтрак, я сжигаю в камине старую одежду и, по совету Сэй, обрезаю ножом ногти.

— А где Гейл? — спрашиваю я Сэй, поедая яичницу.

— Во Втором дистрикте, там у него какая-то шикарная работа. Время от времени он мелькает в телевизоре, — отвечает Сэй.

Пытаюсь понять, что я чувствую — гнев, ненависть, тоску, но, на самом деле, испытываю лишь облегчение.

— Сегодня пойду на охоту, — говорю я.

— Дичь бы нам не помешала, — замечает Сэй.

Я беру лук со стрелами и выхожу из дома, намереваясь выйти из Двенадцатого через Луговину. У площади работают несколько команд: люди в масках и перчатках просеивают то, что пролежало зиму под снегом, ищут останки и укладывают их в телеги, запряженные лошадьми. Одна телега стоит перед домом мэра. Я узнаю Тома, старого товарища Гейла. Том на секунду останавливается, чтобы утереть пот со лба тряпкой. Я помню, что видела его в Тринадцатом, но он, наверное, вернулся. Том приветствует меня, и я, набравшись храбрости, спрашиваю:

— Нашли кого-нибудь?

— Всю семью и двух работников, — отвечает Том.

Мадж. Тихая, добрая и смелая девушка; именно от нее я получила брошь, давшую мне имя. Я с трудом сглатываю, задумываюсь о том, придет ли Мадж сегодня в мой кошмар, станет ли засыпать меня пеплом.

— Я думала, раз он мэр...

— Вряд ли должность мэра в Двенадцатом как-то улучшила его шансы на спасение, — говорит Том.

Я киваю и иду дальше, отводя взгляд от телеги. В других частях города и в Шлаке все то же самое. Люди собирают урожай из мертвецов. Чем ближе я подхожу к развалинам нашего старого дома, тем больше телег на дороге. Луговины больше нет; по крайней мере, она уже совсем не та, что раньше. В ней выкопали глубокую яму и теперь туда сваливают кости — она стала братской могилой для моего народа. Я огибаю ее и вхожу в лес там же, где и раньше. Это уже не важно: ограда не под напряжением, и кто-то подпер ее длинными ветками, чтобы через нее не перебрались хищники, да только старые привычки не забываются. Мне хочется пойти к озеру, но я так слаба, что едва добредаю до нашего с Гейлом места встречи. Сажусь на камень, на котором нас снимала Крессида, — без Гейла он кажется слишком широким. Несколько раз я закрываю глаза и считаю до десяти, надеясь, что Гейл бесшумно появится передо мной, как уже неоднократно проделывал раньше. Мне приходится напоминать себе о том, что у него работа во Втором дистрикте и что сейчас Гейл, наверное, целует другую девушку.

Раньше Китнисс очень любила такие дни, как этот, — ранняя весна, лес просыпается после зимней спячки. Но всплеск энергии, который возник во мне при виде примул, угасает, и к тому моменту, когда я снова оказываюсь у изгороди, мне так плохо, что Тому приходится везти меня домой на телеге, предназначенной для мертвецов. Он приводит меня в гостиную, укладывает на диван и оставляет наблюдать за тем, как в тонких лучах солнечного света кружатся пылинки.

Раздается шипение, и я поворачиваю голову. Проходит некоторое время, прежде чем я решаю, что это не призрак, а в самом деле Лютик. Как он сюда добрался? Он исполосован чьими-то когтями, поджимает заднюю лапу и совсем осунулся. Значит, он пришел сюда из самого Тринадцатого. Может, его выгнали, или же он не выдержал жизни без Прим и отправился в путь, чтобы найти ее.

— Зря пришел. Ее здесь нет, — говорю я. Лютик снова шипит. — Можешь шипеть сколько угодно, но ее здесь нет. Прим ты здесь не найдешь. — Услышав ее имя, кот настораживается, поднимает уши и с надеждой мяучит. — Убирайся! — Лютик уворачивается от брошенной в него подушки. — Прочь! Здесь тебе ничего не светит! — Я дрожу от ярости. — Она не вернется! Она никогда сюда не вернется! — Я беру еще одну подушку, встаю, чтобы точнее прицелиться, и внезапно понимаю, что по щекам текут слезы. — Она умерла. — Я хватаюсь за живот, чтобы унять боль, оседаю, обхватываю подушку, раскачиваюсь и плачу. — Она умерла, тупой кот. Умерла.

Из меня вырывается новый звук — то ли плач, то ли песня. Тело пытается дать выход отчаянию. Лютик тоже начинает выть. Что бы я ни делала, он не уйдет. Кот кружит вокруг меня, вне досягаемости, и после нескольких приступов рыданий я наконец теряю сознание. Но он все понял. Похоже, он знает, что произошло немыслимое и что дальнейшее выживание потребует от нас действий, которые прежде казались немыслимыми, — потому что несколько часов спустя, когда я прихожу в себя в своей постели, он все еще здесь, в столбе лунного света. Сжавшись в комок и настороженно сверкая желтыми глазами, он охраняет меня в ночи.

Утром Лютик стоически переносит промывание ран, а когда дело доходит до вытаскивания колючки из лапы, не выдерживает и начинает жалобно мяукать, словно котенок. В конце концов мы оба плачем, но на сей раз мы утешаем друг друга. Это придает мне сил, и я открываю письмо от матери, которое передал мне Хеймитч. Я звоню ей и плачу с ней тоже. Вместе с Сальной Сэй приходит Пит с теплым караваем. Салли готовит нам завтрак, и я скармливаю весь свой бекон Лютику.

Медленно, теряя много дней, я возвращаюсь к жизни. Я пытаюсь следовать совету доктора Аврелия — механически заниматься обычными делами, и удивляюсь, когда в конце концов они обретают смысл. Я делюсь с доктором Аврелием своей идеей насчет книги, и следующий поезд привозит из Капитолия большую коробку с пергаментом.

На эту мысль меня навела книга с описанием растений, принадлежавшая моей матери, — та самая, куда записываешь то, что не хочешь забыть. Страница начинается с изображения человека — если удается найти фотографию, то с нее, а если нет, то с наброска или рисунка, сделанного Питом. Затем я самым аккуратным почерком записываю все подробности, забыть которые было бы преступлением. Леди, лижущая Пита в щеку. Смех папы. Отец Пита с печеньем. Цвет глаз Финника. То, что мог сделать Цинна из куска шелка. Боггс, изменяющий программу голографа. Рута, которая стоит на цыпочках, слегка разведя руки, словно птица, готовая взлететь. И так далее. Мы запечатываем страницы соленой водой и обещаем жить хорошо, чтобы смерть этих людей не стала напрасной. В конце концов к нам присоединяется Хеймитч и рассказывает о двадцати трех годах, в течение которых его заставляли учить трибутов. Записи становятся короче. Кусочек прошлого, внезапно всплывший в памяти. Цветок примулы. Фрагменты чужих жизней — например, фото новорожденного сына Финника и Энни.

Мы снова учимся наполнять жизнь делами. Пит печет хлеб. Я охочусь. Хеймитч пьет, пока не заканчивается выпивка, а затем, пока не прибудет следующий поезд, ухаживает за гусями. К счастью, гуси и сами могут о себе позаботиться. Мы не одни: несколько сотен людей вернулись — ведь, что бы ни случилось, это наш дом. Шахты закрыты, так что люди перепахивают засыпанную пеплом землю, сеют хлеб, сажают овощи. Машины, привезенные из Капитолия, роют котлован для будущей фабрики, на которой мы будем делать лекарства. И хотя Луговину никто не засевает, она вновь зарастает травой.

Мы с Питом снова сближаемся. Правда, иногда он все еще замирает, стискивает спинку стула и ждет, пока схлынет поток воспоминаний. Мне время от времени снятся кошмары о переродках и пропавших детях, и я кричу во сне. Но Пит рядом, он обнимает и успокаивает меня. А потом целует. Ночью я снова чувствую тот голод, который застиг меня врасплох на берегу. Я знаю, что рано или поздно это все равно бы произошло. Знаю, что мне нужен не огонь Гейла, подпитываемый гневом и ненавистью, а весенний одуванчик — символ возрождения, обещание того, что, несмотря на все потери, жизнь продолжается. Что все снова будет хорошо. И это может дать мне только Пит.

И когда он шепчет мне:
— Ты меня любишь. Правда или ложь?
Я отвечаю:
— Правда.

ЭПИЛОГ

Они играют на Луговине. Темноволосая девочка с голубыми глазами танцует, а сероглазый малыш с белокурыми локонами пытается ее догнать. Прошло пять, десять, пятнадцать лет, прежде чем я согласилась. Пит так сильно хотел детей. Когда я почувствовала, как она зашевелилась во мне, меня охватил страх — такой сильный, что его усмирила только радость оттого, что я держу на руках дочку. Мальчика я носила легче, но не намного.

Вопросы только начинаются. Все арены уничтожили, построили мемориалы, Голодные игры больше не проводят. Но историю Игр изучают в школе, и девочка знает, что мы в них участвовали. Пройдет несколько лет, и об этом узнает и мальчик. Как я могу рассказать им о том мире, чтобы не напугать их до смерти — моих детей, которые воспринимают слова этой песни как само собой разумеющееся:

> Глазки устали. Ты их закрой.
> Буду хранить я твой покой.
> Все беды и боли ночь унесет.

>
> Растает туман, когда солнце взойдет.
> Тут ласковый ветер. Тут травы, как пух.
> И шелест ракиты ласкает твой слух.

Мой голос становится едва слышным:

> Пусть снятся тебе расчудесные сны,
> Пусть вестником счастья станут они.

Мои дети, которые не догадываются, что играют на кладбище.

Пит утверждает, что все будет хорошо. У нас есть семья. И книга. Мы все объясним детям так, что они станут храбрее. Но когда-нибудь мне придется рассказать им о моих кошмарах — и о том, почему страшные сны никогда не исчезнут.

Я расскажу детям о том, как я справляюсь с этим, о том, как в плохие дни меня ничто не радует — ведь я боюсь потерять все. Именно в такие дни я составляю в уме список всех добрых дел, которым стала свидетелем. Это похоже на игру. Она повторяется снова и снова. После двадцати с лишним лет она даже стала немного утомительной.

Но есть игры гораздо хуже этой.

КОНЕЦ

Содержание

Часть I. ПЕПЕЛ 7
Часть II. АТАКА. 150
Часть III. ПОКУШЕНИЕ 279
ЭПИЛОГ 412